CLASSIQUES & CIE
LYCÉE

Anthologie

La poésie française au XIXe siècle

Collection dirigée par
Marc Robert

Notes et dossier
Robert Benet
agrégé de lettres modernes

Hatier

PREMIÈRE SECTION

Les romantiques

Conception graphique de la maquette :
c-album, Jean-Baptiste Taisne, Rachel Pfleger
Principe de couverture : Double
Mise en pages : Chesteroc International Graphics
Iconographie : Hatier Illustration
Suivi éditorial : Bertrand Louët

ISBN : 978-2-218-95881-6

DEUXIÈME SECTION

L'œuvre de Victor Hugo après 1851

TROISIÈME SECTION

Charles Baudelaire

QUATRIÈME SECTION

L'Aventure symboliste

INTRODUCTION HISTORIQUE GÉNÉRALE

LA PÉRIODE 1800-1848

1802-1814 : ÉPISODE NAPOLÉONIEN ET NAISSANCE D'UN MYTHE

L'épisode napoléonien

Après le coup d'État du 18 Brumaire (*cf.* « L'Expiation », p. 73), Napoléon Bonaparte installe progressivement son pouvoir. Il se fait nommer Premier Consul à vie par le Sénat le 2 août 1802. Le 18 mai 1804, le Sénat adopte la Constitution de l'an XII, qui fait du Premier Consul l'Empereur des Français. Pendant son règne, Napoléon n'aura aucun égard pour les écrivains qui ne lui prêteront pas allégeance. Il les placera sous haute surveillance. Ni Mme de Staël, ni Chateaubriand n'entreront dans son jeu, et donc, ne trouveront grâce à ses yeux.

Ses grandes victoires militaires (Austerlitz, 2 décembre 1805), son sens de la stratégie et de la manœuvre, sa rapidité d'exécution sur les champs de bataille donnent à Napoléon toute sa stature.

La naissance du mythe napoléonien

La légende d'un Napoléon symbole de grandeur et de dépassement, naît plus tard, après 1815, sous le règne de Louis XVIII, à un moment où la jeunesse s'ennuie devant la platitude de l'Histoire qui se déroule devant elle. L'aventure napoléonienne sera vue dès lors comme une grande épopée par l'imagination populaire.

1814-1848 : RESTAURATION ET MONARCHIE DE JUILLET

La première Restauration (1814-1815)

On connaît le déclin de Napoléon Ier avec le désastre de la campagne de Russie, en 1812 (*cf.* « L'Expiation », p. 73), la grande coalition russe, autrichienne, prussienne et anglaise ramène la France aux limites qui étaient les siennes avant la Révolution, l'invasion de la France, enfin l'abdication de Napoléon obligé de se retirer à l'île d'Elbe.

Louis XVIII rentre de son exil en Angleterre en promettant une constitution qui établira un gouvernement représentatif avec deux Chambres : c'est la Charte constitutionnelle, promulguée le 4 juin 1814. La nation, lasse des guerres napoléoniennes, accueille sans résistance une monarchie qui se veut libérale. La bourgeoisie est heureuse à la perspective d'une reprise des affaires. Rapidement, toutefois, l'opinion publique doit déchanter.

Les Cent Jours (février-juin 1815)

C'est dans ce climat troublé que Napoléon, le 26 février 1815, quitte l'île d'Elbe et rentre à Paris le 20 mars 1815. À l'extérieur, les Alliés mettent Napoléon au ban de l'Europe et la campagne de Belgique s'organise. Napoléon bat Blucher à Ligny, charge Grouchy de poursuivre les Prussiens et se tourne contre l'armée anglaise de Wellington mais c'est pour connaître une cuisante défaite à Waterloo, le 18 juin 1815. Tous ces noms de « Waterloo », « Grouchy », « Blücher », « Wellington » résonnent dans la poésie de Hugo, notamment dans « L'Expiation » des *Châtiments* (*cf.* p. 76). Obligé d'abdiquer, Napoléon demande asile aux Anglais. Il est interné à l'île de Sainte-Hélène en 1815. Il y meurt le 5 mai 1821. Cette fin lui donne l'auréole du martyre et fait naître la légende napoléonienne.

La seconde Restauration (1815-1830)

Les règnes de Louis XVIII (1815-1824) et de Charles X (1824-1830) délimitent la période de la Restauration proprement dite. Trois partis en présence vont lutter sans merci : les libéraux acquis à la République, le parti constitutionnel favorable à la Charte concédée par le roi, les Ultras opposés à la Charte et partisans du retour de l'Ancien Régime. La Révolution de 1830 scelle la défaite définitive de ce camp politique. Le roi Louis-Philippe accède au pouvoir et met en place une monarchie parlementaire.

La Monarchie de Juillet (1830-1848)

En 1832, Pierre Leroux lance le terme de « socialisme » dans le dessein d'apporter des réponses à la question sociale qui se pose de plus en plus directement dans la société industrielle qui se développe. Ce socialisme, qualifié par Engels d'*utopique* en 1880, s'attache aux mêmes thématiques que les romantiques, d'où l'expression de « socialisme romantique ».

Socialisme et romantisme développent des points de vue parfois communs. Tous deux expriment un profond désenchantement face à un monde qui pousse les esprits à rechercher des solutions dans des systèmes ésotériques empreints de vague religiosité et de spiritualité. (Saint-Simon, Fourier). Au plan politique, tous deux contestent (par la bouche de Lamennais, Louis Blanc, Proudhon) la domination de la bourgeoisie et sa politique du « juste milieu » cher à Louis-Philippe.

Vers une autre Révolution

Le gouvernement de Louis-Philippe dure près de dix-huit ans. Le roi restant sourd aux vœux du peuple qui réclame une réforme électorale pour se voir représenté équitablement au gouvernement, le mécontentement grandit. Le 24 février 1848, des barricades s'élèvent un peu partout dans Paris, des affiches couvrent les murs en faveur de la République. Louis-Philippe abdique en faveur de son petit-fils. Les émeutiers envahissent le Palais Bourbon et les Tuileries tandis que Lamartine, Dupont de l'Eure et Ledru-Rollin font acclamer la République et proclament un gouvernement provisoire.

1848-1870 : LA DEUXIÈME RÉPUBLIQUE ET LE SECOND EMPIRE

Louis-Napoléon Bonaparte accède à la Présidence de la République française le 10 décembre 1848. Le 2 décembre 1851, il fait arrêter un certain nombre de personnalités républicaines et royalistes et dissout l'Assemblée : ce premier coup d'Etat est plébiscité par environ 7 500 000 suffrages. En 1852, par senatus-consulte, il rétablit l'Empire et prend le nom de Napoléon III. Ce second coup d'État est ratifié les 21 et 22 novembre 1852 par un plébiscite qui obtient 7 824 000 oui. Mais l'Empereur se heurte vite à une opposition républicaine dont Hugo est l'un des chantres, en particulier dans *Les Châtiments*.

Hugo tente vainement d'organiser une résistance : le peuple, lassé des barricades ne le suit pas. Le 11 décembre, Hugo, muni d'un faux passeport, se réfugie à Bruxelles. Le 9 janvier 1852, il est expulsé du territoire par décret « pour cause de sûreté générale ». C'est pour lui le début d'un exil qui durera autant que le Second Empire. Il refusera en effet l'amnistie accordée par l'Empereur en 1859 : « Quand la liberté rentrera, je rentrerai » dira-t-il. C'est au cours de son exil à Jersey (1852-1855) qu'il écrit *Les Châtiments* publiés à Bruxelles en 1853.

DE 1870 À 1914

Au cours de l'été 1870, un conflit diplomatique pousse l'Empereur Napoléon III à déclarer la guerre à la Prusse. La série des défaites qu'essuie la France (dont la capitulation de Sedan, le 1er septembre 1870) entraîne la déchéance de l'Empereur le 4 septembre 1870. La résistance organisée par Gambetta dure encore six mois. Paris est assiégé. L'armistice du 28 janvier 1871 arrête les combats. L'Empire allemand – l'unité allemande – naît de la défaite française. Hugo rentre en France.

Thiers forme un gouvernement de conciliation à Bordeaux où l'Assemblée nationale s'est réunie. Mais éclate la Commune (18 mars-27 mai 1871), émeute née chez les Parisiens qui, humiliés de voir les décisions venir de la province (Bordeaux puis Versailles), humiliés par les privations et la défaite, se rendent maîtres de Paris en se confiant à des meneurs et à la troupe qui se désolidarise de sa hiérarchie. Vite écrasée, la Commune, conçue sans idée sociale, va devenir le symbole de la lutte des classes contre la bourgeoisie.

La France, après cette période de troubles, travaille à se relever et la IIIe République s'installe, non sans crises politiques, économiques et religieuses. En 1894, l'affaire Dreyfus divise profondément le pays. À l'extérieur, les conflits balkanique puis austro-serbe et austro-russe débouchent sur un vaste conflit européen. Il se résout dans une guerre que tout le monde présageait courte, et qui dura de 1914 à 1918.

PREMIÈRE SECTION

Les romantiques

Alphonse de Lamartine
(1790-1869)

MÉDITATIONS POÉTIQUES (1820)

Le Lac

Ainsi, toujours poussés vers de nouveaux rivages,
Dans la nuit éternelle emportés sans retour,
Ne pourrons-nous jamais sur l'océan des âges
Jeter l'ancre un seul jour ?

Ô lac ! l'année à peine a fini sa carrière,
Et près des flots chéris qu'elle devait revoir,
Regarde ! je viens seul m'asseoir sur cette pierre
Où tu la vis s'asseoir !

Tu mugissais ainsi sous ces roches profondes,
Ainsi tu te brisais sur leurs flancs déchirés,
Ainsi le vent jetait l'écume de tes ondes [1]
Sur ses pieds adorés.

---

1. *L'écume de tes ondes :* le lac du Bourget est un lac agité par mauvais temps. Lors d'une promenade en barque sur le lac, Mme Charles fut mise en danger par un mauvais coup de vent. Lamartine lui porta secours.

Un soir, t'en souvient-il ? nous voguions en silence ;
On n'entendait au loin, sur l'onde et sous les cieux,
Que le bruit des rameurs qui frappaient en cadence
Tes flots harmonieux.

Tout à coup des accents inconnus à la terre
Du rivage charmé frappèrent les échos :
Le flot fut attentif, et la voix qui m'est chère
Laissa tomber ces mots :

« Ô temps ! suspends ton vol, et vous, heures propices !
Suspendez votre cours :
Laissez-nous savourer les rapides délices
Des plus beaux de nos jours !

« Assez de malheureux ici-bas vous implorent,
Coulez, coulez pour eux ;
Prenez avec leurs jours les soins[1] qui les dévorent,
Oubliez les heureux.

« Mais je demande en vain quelques moments encore,
Le temps m'échappe et fuit ;
Je dis à cette nuit : Sois plus lente ; et l'aurore
Va dissiper la nuit.

« Aimons donc, aimons donc ! de l'heure fugitive,
Hâtons-nous, jouissons !
L'homme n'a point de port, le temps n'a point de rive ;
Il coule, et nous passons ! »

1. *Soins :* le terme a ici son sens classique de soucis.

Temps jaloux, se peut-il que ces moments d'ivresse,
Où l'amour à longs flots nous verse le bonheur,
S'envolent loin de nous de la même vitesse
Que les jours de malheur ?

Eh quoi ! n'en pourrons-nous fixer au moins le trace ?
Quoi ! passés pour jamais ! quoi ! tout entiers perdus !
Ce temps qui les donna, ce temps qui les efface,
Ne nous les rendra plus !

Éternité, néant, passé, sombres abîmes,
Que faites-vous des jours que vous engloutissez ?
Parlez : nous rendrez-vous ces extases sublimes
Que vous nous ravissez ?

Ô lac ! rochers muets ! grottes ! forêt obscure !
Vous, que le temps épargne ou qu'il peut rajeunir.
Gardez de cette nuit, gardez, belle nature,
Au moins le souvenir !

Qu'il soit dans ton repos, qu'il soit dans tes orages,
Beau lac, et dans l'aspect de tes riants coteaux,
Et dans ces noirs sapins, et dans ces rocs sauvages
Qui pendent sur tes eaux.

Qu'il soit dans le zéphyr qui frémit et qui passe,
Dans les bruits de tes bords par tes bords répétés,
Dans l'astre au front d'argent qui blanchit ta surface
De ses molles clartés [1].

1. *Astre au front d'argent, blanchit, molles clartés :* clichés du style poétique à la mode depuis le XVIIe siècle.

Que le vent qui gémit, le roseau qui soupire,
Que les parfums légers de ton air embaumé,
Que tout ce qu'on entend, l'on voit ou l'on respire,
Tout dise : Ils ont aimé !

Alfred de Vigny
(1797-1863)

LES DESTINÉES (1864)

La Mort du Loup

I

Les nuages couraient sur la lune enflammée
Comme sur l'incendie on voit fuir la fumée,
Et les bois étaient noirs jusques à l'horizon.
Nous marchions, sans parler, dans l'humide gazon,
Dans la bruyère épaisse et dans les hautes brandes [1],
Lorsque, sous des sapins [2] pareils à ceux des landes,
Nous avons aperçu les grands ongles marqués
Par les loups voyageurs que nous avions traqués.
Nous avons écouté, retenant notre haleine
Et le pas suspendu. – Ni le bois ni la plaine
Ne poussaient un soupir dans les airs ; seulement
La girouette en deuil criait au firmament,
Car le vent, élevé bien au-dessus des terres,
N'effleurait de ses pieds que les tours solitaires,

1. *Brandes :* plantes (bruyères, ajoncs, genêts, etc.) qui poussent dans les terres infertiles.
2. *Sapins :* ce sont des pins qui poussent dans les Landes, et non des sapins.

Et les chênes d'en bas, contre les rocs penchés,
Sur leurs coudes semblaient endormis et couchés.
Rien ne bruissait donc, lorsque, baissant la tête,
Le plus vieux des chasseurs qui s'étaient mis en quête
A regardé le sable en s'y couchant ; bientôt,
Lui que jamais ici l'on ne vit en défaut,
A déclaré tout bas que ces marques récentes
Annonçaient la démarche et les griffes puissantes
De deux grands loups-cerviers [1] et de deux louveteaux.
Nous avons tous alors préparé nos couteaux,
Et, cachant nos fusils et leurs lueurs trop blanches,
Nous allions, pas à pas, en écartant les branches.

Trois s'arrêtent, et moi, cherchant ce qu'ils voyaient,
J'aperçois tout à coup deux yeux qui flamboyaient,
Et je vois au-delà quatre formes légères
Qui dansaient sous la lune au milieu des bruyères,
Comme font, chaque jour, à grand bruit sous nos yeux,
Quand le maître revient, les lévriers joyeux.
Leur forme était semblable et semblable la danse ;
Mais les enfants du Loup se jouaient [2] en silence,
Sachant bien qu'à deux pas, ne dormant qu'à demi,
Se couche dans ses murs l'homme, leur ennemi.

Le père était debout, et plus loin, contre un arbre,
Sa louve reposait, comme celle de marbre
Qu'adoraient les Romains et dont les flancs velus
Couvaient les demi-dieux Rémus et Romulus [3].

1. *Loups-cerviers :* lynx des régions boréales. Ici, l'expression désigne des loups assez robustes pour s'attaquer aux cerfs. \ **2.** *Se jouaient :* tournure classique pour « jouaient ». \ **3.** *Rémus et Romulus :* fondateurs mythiques jumeaux de la ville de Rome. La légende veut que le roi d'Albe, leur beau-père, craignant d'être détrôné par eux, les fasse jeter dans le Tibre. Une louve les trouvant sur la rive où les avaient déposés les flots, les allaita. La statue de la louve allaitant les enfants est depuis la figure emblématique de Rome.

Le Loup vient et s'assied, les deux jambes dressées,
Par leurs ongles crochus dans le sable enfoncées.
Il s'est jugé perdu, puisqu'il était surpris,
Sa retraite coupée et tous ses chemins pris ;
Alors il a saisi, dans sa gueule brûlante,
Du chien le plus hardi la gorge pantelante,
Et n'a pas desserré ses mâchoires de fer,
Malgré nos coups de feu qui traversaient sa chair,
Et nos couteaux aigus qui, comme des tenailles,
Se croisaient en plongeant dans ses larges entrailles,
Jusqu'au dernier moment où le chien étranglé,
Mort longtemps avant lui, sous ses pieds a roulé.
Le Loup le quitte alors et puis il nous regarde.
Les couteaux lui restaient au flanc jusqu'à la garde,
Le clouaient au gazon tout baigné de son sang ;
Nos fusils l'entouraient en sinistre croissant.
Il nous regarde encore, ensuite il se recouche,
Tout en léchant le sang répandu sur sa bouche,
Et, sans daigner savoir comment il a péri,
Refermant ses grands yeux, meurt sans jeter un cri.

II

J'ai reposé mon front sur mon fusil sans poudre,
Me prenant à penser, et n'ai pu me résoudre
À poursuivre sa Louve et ses fils, qui, tous trois,
Avaient voulu l'attendre, et, comme je le crois,
Sans ses deux louveteaux, la belle et sombre veuve
Ne l'eût pas laissé seul subir la grande épreuve ;
Mais son devoir était de les sauver, afin
De pouvoir leur apprendre à bien souffrir la faim,
À ne jamais entrer dans le pacte des villes

Que l'homme a fait avec les animaux serviles [1]
Qui chassent devant lui, pour avoir le coucher,
Les premiers possesseurs du bois et du rocher.

III

Hélas ! ai-je pensé, malgré ce grand nom d'Hommes,
Que j'ai honte de nous, débiles que nous sommes !
Comment on doit quitter la vie et tous ses maux,
C'est vous qui le savez, sublimes animaux !
À voir ce que l'on fut sur terre et ce qu'on laisse,
Seul le silence est grand, tout le reste est faiblesse.
– Ah ! je t'ai bien compris, sauvage voyageur,
Et ton dernier regard m'est allé jusqu'au cœur !
Il disait : « Si tu peux, fais que ton âme arrive,
À force de rester studieuse [2] et pensive,
Jusqu'à ce haut degré de stoïque fierté
Où, naissant dans les bois, j'ai tout d'abord [3] monté.
Gémir, pleurer, prier, est également lâche.
Fais énergiquement ta longue et lourde tâche,
Dans la voie où le Sort a voulu t'appeler,
Puis, après, comme moi, souffre et meurs sans parler. »

Écrit au château du M***, 1843.

1. *Animaux serviles :* sans doute Vigny pense-t-il aux chiens. \ **2.** *Studieuse :* appliquée. \ **3.** *Tout d'abord :* aussitôt (sens classique).

Victor Hugo
(1802-1885)

ORIENTALES (1829)

L'Enfant[1]

Les Turcs ont passé là. Tout est ruine et deuil.
Chio[2], l'île des vins, n'est plus qu'un sombre écueil,
Chio qu'ombrageaient les charmilles,
Chio, qui dans les flots reflétait ses grands bois,
Ses coteaux, ses palais, et le soir quelquefois
Un chœur dansant de jeunes filles.

Tout est désert. Mais non ; seul près des murs noircis[3],
Un enfant aux yeux bleus, un enfant grec, assis,
Courbait sa tête humiliée.
Il avait pour asile, il avait pour appui
Une blanche aubépine, une fleur, comme lui,
Dans le grand ravage oubliée.

---

1 *« L'Enfant » :* ce poème, daté de Juin 1828, est inspiré par la guerre d'indépendance de la Grèce contre l'empire ottoman de 1821 à 1827. \ **2.** *Chio :* île grecque de la mer Egée qui, en 1822, fut mise à feu et à sang par les Turcs : sur 90 000 habitants, 25 000 furent massacrés et 50 000 vendus comme esclaves. Au Salon de 1824, fut exposé un tableau célèbre d'Eugène Delacroix représentant *Les Massacres de Chio.* \ **3.** *Murs noircis :* par l'incendie.

– Ah ! pauvre enfant, pieds nus sur les rocs anguleux
Hélas ! pour essuyer les pleurs de tes yeux bleus
        Comme le ciel et comme l'onde,
Pour que dans leur azur, de larmes orageux,
Passe le vif éclair de la joie et des jeux,
        Pour relever ta tête blonde,

Que veux-tu ?… Bel enfant, que te faut-il donner,
Pour rattacher[1] gaîment et gaîment ramener[2]
        En boucles sur ta blanche épaule
Ces cheveux, qui du fer n'ont pas subi l'affront[3],
Et qui pleurent épars autour de ton beau front,
        Comme les feuilles sur le saule ?

Qui pourrait dissiper tes chagrins nébuleux ?
Est-ce d'avoir ce lis, bleu comme tes yeux bleus,
        Qui d'Iran borde le puits sombre ?
Ou le fruit du tuba[4], de cet arbre si grand,
Qu'un cheval au galop met, toujours en courant,
        Cent ans à sortir de son ombre ?

Veux-tu pour me sourire, un bel oiseau des bois,
Qui chante avec un chant plus doux que le hautbois,
        Plus éclatant que les cymbales ?…
Que veux-tu ? fleur, beau fruit, ou l'oiseau merveilleux ?
– Ami, dit l'enfant grec, dit l'enfant aux yeux bleus,
        Je veux de la poudre et des balles. –

Juin 1828.

1. *Pour rattacher :* pour que tu rattaches. \ **2.** *Pour ramener :* pour que tu ramènes. \ **3.** *Qui du fer n'ont pas subi l'affront :* qui n'ont pas été rasés. On rasait les cheveux des prisonniers vendus comme esclaves. \ **4.** *Tuba :* arbre du bonheur dans le paradis du Koran.

FEUILLES D'AUTOMNE (1831)

Soleils couchants

Merveilleux tableaux que la vue découvre à la pensée
CH. NODIER.

I

J'aime les soirs sereins et beaux, j'aime les soirs,
Soit qu'ils dorent le front des antiques manoirs
Ensevelis dans les feuillages,
Soit que la brume au loin s'allonge en bancs de feu,
Soit que mille rayons brisent dans un ciel bleu
À des archipels de nuages.

Oh ! regardez le ciel ! cent nuages mouvants,
Amoncelés là-haut sous le souffle des vents,
Groupent leurs formes inconnues ;
Sous leurs flots par moments flamboie un pâle éclair,
Comme si tout à coup quelque géant de l'air
Tirait son glaive dans les nues.

Le soleil à travers leurs ombres brille encor ;
Tantôt fait, à l'égal des larges dômes d'or,
Luire le toit d'une chaumière ;
Ou dispute aux brouillards les vagues horizons ;
Ou découpe, en tombant sur les sombres gazons,
Comme de grands lacs de lumière.

Puis voilà qu'on croit voir, dans le ciel balayé,
Pendre un grand crocodile au dos large et rayé,
Aux trois rangs de dents acérées ;
Sous son ventre plombé glisse un rayon du soir ;
Cent nuages ardents luisent sous son flanc noir
Comme des écailles dorées.

Puis se dresse un palais. Puis l'air tremble et tout fuit.
L'édifice effrayant des nuages détruit
S'écroule en ruines pressées ;
Il jonche au loin le ciel, et ses cônes vermeils
Pendent, la pointe en bas, sur nos têtes, pareils
À des montagnes renversées.

Ces nuages de plomb, d'or, de cuivre, de fer,
Où l'ouragan, la trombe, et la foudre, et l'enfer,
Dorment avec de sourds murmures,
C'est Dieu qui les suspend en foule aux cieux profonds,
Comme un guerrier qui pend aux poutres des plafonds
Ses retentissantes armures.

Tout s'en va ! Le soleil, d'en haut précipité,
Comme un globe d'airain qui, rouge, est rejeté
Dans les fournaises remuées,
En tombant sur leurs flots, que son choc désunit,
Fait en flocons de feu jaillir jusqu'au zénith
L'ardente écume des nuées.

Oh ! contemplez le ciel ! et, dès qu'a fui le jour,
En tout temps, en tout lieu, d'un ineffable amour,
Regardez à travers ses voiles ;
Un mystère est au fond de leur grave beauté,

L'hiver, quand ils sont noirs comme un linceul, l'été,
Quand la nuit les brode d'étoiles.

Novembre 1828.

II

Le jour s'enfuit des cieux ; sous leur transparent voile
De moments en moments se hasarde une étoile ;
La nuit, pas à pas, monte au trône obscur des soirs ;
Un coin du ciel est brun, l'autre lutte avec l'ombre ;
Et déjà, succédant au couchant rouge et sombre,
Le crépuscule gris meurt sur les coteaux noirs.

Et là-bas, allumant ses vitres étoilées,
Avec sa cathédrale aux flèches dentelées,
Les tours de son palais, les tours de sa prison[1],
Avec ses hauts clochers, sa bastille[2] obscurcie,
Posée au bord du ciel comme une longue scie,
La ville aux mille toits découpe l'horizon.

Oh ! qui m'emportera sur quelque tour sublime[3]
D'où la cité sous moi s'ouvre comme un abîme !
Que j'entende, écoutant la ville où nous rampons,
Mourir sa vaste voix, qui semble un cri de veuve,
Et qui, le jour, gémit plus haut que le grand fleuve,
Le grand fleuve irrité luttant contre vingt ponts !

1. *Palais, prison :* lieux emblématiques, aux yeux de Hugo, d'un pouvoir politique discrétionnaire. \ **2.** *Bastille :* château fort, mais en raison du symbole que représente le 14 Juillet 1789, le terme prend sens de prison. \ **3.** *Tour sublime :* élevée.

Que je voie, à mes yeux en fuyant apparues,
Les étoiles des chars[1] se croiser dans les rues,
Et serpenter le peuple en l'étroit carrefour,
Et tarir la fumée au bout des cheminées,
Et, glissant sur le front des maisons blasonnées[2],
Cent clartés naître, luire et passer tour à tour!

Que la vieille cité, devant moi, sur sa couche
S'étende ; qu'un soupir s'échappe de sa bouche,
Comme si de fatigue on l'entendait gémir!
Que, veillant seul, debout sur son front que je foule,
Avec mille bruits sourds d'océan et de foule,
Je regarde à mes pieds la géante dormir!

23 juillet 1828.

III

Plus loin! allons plus loin! – Aux feux du couchant sombre,
J'aime à voir dans les champs croître et marcher mon ombre.
Et puis, la ville est là! je l'entends, je la voi.
Pour que j'écoute en paix ce que dit ma pensée,
Ce Paris, à la voix cassée,
Bourdonne encor trop près de moi.

Je veux fuir assez loin pour qu'un buisson me cache
Ce brouillard, que son front porte comme un panache,
Ce nuage éternel sur ses tours arrêté,
Pour que du moucheron, qui bruit et qui passe,

1. *Étoiles des chars :* lanternes des fiacres et autres voitures de l'époque. \ 2. *Blasonnées :* des maisons qui portent les armoiries des nobles qui les habitent.

L'humble et grêle murmure efface
La grande voix de la cité !

26 août 1828.

IV

Oh ! sur des ailes, dans les nues,
Laissez-moi fuir ! laissez-moi fuir !
Loin des régions inconnues
C'est assez rêver et languir !
Laissez-moi fuir vers d'autres mondes.
C'est assez, dans les nuits profondes,
Suivre un phare, chercher un mot.
C'est assez de songe et de doute.
Cette voix que d'en bas j'écoute,
Peut-être on l'entend mieux là-haut.

Allons ! des ailes ou des voiles !
Allons ! un vaisseau tout armé !
Je veux voir les autres étoiles
Et la croix du sud enflammé.
Peut-être dans cette autre terre
Trouve-t-on la clef du mystère
Caché sous l'ordre universel ;
Et peut-être aux fils de la lyre
Est-il plus facile de lire
Dans cette autre page du ciel !

Août 1828.

V

Quelquefois, sous les plis des nuages trompeurs,
Loin dans l'air, à travers les brèches des vapeurs
Par le vent du soir remuées,
Derrière les derniers brouillards, plus loin encor,
Apparaissent soudain les mille étages d'or
D'un édifice des nuées ;

Et l'œil épouvanté, par delà tous nos cieux,
Sur une île de l'air au vol audacieux,
Dans l'éther libre aventurée,
L'œil croit voir jusqu'au ciel monter, monter toujours,
Avec ses escaliers, ses ponts, ses grandes tours,
Quelque Babel démesurée.

Septembre 1828.

VI

Le soleil s'est couché ce soir dans les nuées.
Demain viendra l'orage, et le soir, et la nuit ;
Puis l'aube, et ses clartés de vapeurs obstruées,
Puis les nuits, puis les jours, pas du temps qui s'enfuit.

Tous ces jours passeront ; ils passeront en foule
Sur la face des mers, sur la face des monts,
Sur les fleuves d'argent, sur les forêts où roule
Comme un hymne confus des morts que nous aimons.

Et la face des eaux, et le front des montagnes,
Ridés et non vieillis, et les bois toujours verts

S'iront rajeunissant ; le fleuve des campagnes
Prendra sans cesse aux monts le flot qu'il donne aux mers.

Mais moi, sous chaque jour courbant plus bas ma tête,
Je passe, et, refroidi sous ce soleil joyeux,
Je m'en irai bientôt, au milieu de la fête,
Sans que rien manque au monde immense et radieux.

22 avril 1829.

LES RAYONS ET LES OMBRES

Tristesse d'Olympio

Les champs n'étaient point noirs, les cieux n'étaient pas mornes.
Non, le jour rayonnait dans un azur sans bornes
Sur la terre étendu,
L'air était plein d'encens et les prés de verdures
Quand il revit ces lieux où par tant de blessures
Son cœur s'est répandu !

L'automne souriait ; les coteaux vers la plaine
Penchaient leurs bois charmants qui jaunissaient à peine ;
Le ciel était doré ;
Et les oiseaux, tournés vers celui que tout nomme,
Disant peut-être à Dieu quelque chose de l'homme,
Chantaient leur chant sacré !

Il voulut tout revoir, l'étang près de la source,
La masure où l'aumône avait vidé leur bourse,
Le vieux frêne plié,
Les retraites d'amour au fond des bois perdues,
L'arbre où dans les baisers leurs âmes confondues
Avaient tout oublié !

Il chercha le jardin, la maison isolée,
La grille d'où l'œil plonge en une oblique allée,
Les vergers en talus.
Pâle, il marchait. – Au bruit de son pas grave et sombre,
Il voyait à chaque arbre, hélas ! se dresser l'ombre
Des jours qui ne sont plus !

Il entendait frémir dans la forêt qu'il aime
Ce doux vent qui, faisant tout vibrer en nous-même,
Y réveille l'amour,
Et, remuant le chêne ou balançant la rose,
Semble l'âme de tout qui va sur chaque chose
Se poser tour à tour !

Les feuilles qui gisaient dans le bois solitaire,
S'efforçant sous ses pas de s'élever de terre,
Couraient dans le jardin ;
Ainsi, parfois, quand l'âme est triste, nos pensées
S'envolent un moment sur leurs ailes blessées,
Puis retombent soudain.

Il contempla longtemps les formes magnifiques
Que la nature prend dans les champs pacifiques ;
Il rêva jusqu'au soir ;
Tout le jour il erra le long de la ravine [1],
Admirant tour à tour le ciel, face divine,
Le lac, divin miroir !

Hélas ! se rappelant ses douces aventures,
Regardant, sans entrer, par-dessus les clôtures,
Ainsi qu'un paria [2],
Il erra tout le jour. Vers l'heure où la nuit tombe,
Il se sentit le cœur triste comme une tombe,
Alors il s'écria :

– « Ô douleur ! j'ai voulu, moi dont l'âme est troublée,

1. *Ravine :* petit ravin, petite vallée étroite. \ **2.** *Paria :* en Inde, c'est l'individu au plus bas degré de l'échelle sociale, dont le contact est considéré comme une souillure. Le jour où le poète revient à la maison des Metz, il trouve le jardin de la maison fermé et ne peut y entrer. Il se sent rejeté comme un paria.

Savoir si l'urne encor conservait la liqueur[1],
Et voir ce qu'avait fait cette heureuse vallée
De tout ce que j'avais laissé là de mon cœur !

« Que peu de temps suffit pour changer toutes choses !
Nature au front serein, comme vous oubliez !
Et comme vous brisez dans vos métamorphoses
Les fils mystérieux où[1] nos cœurs sont liés !

« Nos chambres de feuillage en halliers sont changées ;
L'arbre où fut notre chiffre est mort ou renversé ;
Nos roses dans l'enclos ont été ravagées
Par les petits enfants qui sautent le fossé.

« Un mur clôt la fontaine où, par l'heure échauffée,
Folâtre, elle buvait en descendant des bois ;
Elle prenait de l'eau dans sa main, douce fée,
Et laissait retomber des perles de ses doigts !

« On a pavé la route âpre et mal aplanie,
Où dans le sable pur se dessinant si bien,
Et de sa petitesse étalant l'ironie,
Son pied charmant semblait rire à côté du mien.

« La borne du chemin, qui vit des jours sans nombre,
Où jadis pour m'entendre elle aimait à s'asseoir,
S'est usée en heurtant, lorsque la route est sombre,
Les grands chars gémissants qui reviennent le soir.

« La forêt ici manque et là s'est agrandie…
De tout ce qui fut nous presque rien n'est vivant

1. *Urne, liqueur :* termes du langage poétique noble. Cette vallée a contenu son cœur comme un flacon un liquide précieux. \ **2.** *Où :* auxquels.

Et, comme un tas de cendre éteinte et refroidie,
L'amas des souvenirs se disperse à tout vent !

« N'existons-nous donc plus ? Avons-nous eu notre heure ?
Rien ne la rendra-t-il à nos cris superflus ?
L'air joue avec la branche au moment où je pleure ;
Ma maison me regarde et ne me connaît plus.

« D'autres vont maintenant passer où nous passâmes.
Nous y sommes venus, d'autres vont y venir ;
Et le songe qu'avaient ébauché nos deux âmes,
Ils le continueront sans pouvoir le finir !

« Car personne ici-bas ne termine et n'achève ;
Les pires des humains sont comme les meilleurs ;
Nous nous réveillons tous au même endroit du rêve.
Tout commence en ce monde et tout finit ailleurs.

« Oui, d'autres à leur tour viendront, couples sans tache,
Puiser dans cet asile heureux, calme, enchanté,
Tout ce que la nature à l'amour qui se cache
Mêle de rêverie et de solennité !

« D'autres auront nos champs, nos sentiers, nos retraites.
Ton bois, ma bien-aimée, est à des inconnus.
D'autres femmes viendront, baigneuses indiscrètes,
Troubler le flot sacré qu'ont touché tes pieds nus ?

« Quoi donc ! c'est vainement qu'ici nous nous aimâmes !
Rien ne nous restera de ces coteaux fleuris
Où nous fondions notre être en y mêlant nos flammes !
L'impassible nature a déjà tout repris.

« Oh ! dites-moi, ravins, frais ruisseaux, treilles mûres,
Rameaux chargés de nids, grottes, forêts, buissons,
Est-ce que vous ferez pour d'autres vos murmures ?
Est-ce que vous direz à d'autres vos chansons ?

« Nous vous comprenions tant ! doux, attentifs, austères,
Tous nos échos s'ouvraient si bien à votre voix !
Et nous prêtions si bien, sans troubler vos mystères,
L'oreille aux mots profonds que vous dites parfois !

« Répondez, vallon pur, répondez, solitude,
Ô nature abritée en ce désert si beau,
Lorsque nous dormirons tous deux dans l'attitude
Que donne aux morts pensifs la forme du tombeau ;

« Est-ce que vous serez à ce point insensible
De nous savoir couchés, morts avec nos amours,
Et de continuer votre fête paisible,
Et de toujours sourire et de chanter toujours ?

« Est-ce que, nous sentant errer dans vos retraites,
Fantômes reconnus par vos monts et vos bois,
Vous ne nous direz pas de ces choses secrètes
Qu'on dit en revoyant des amis d'autrefois ?

« Est-ce que vous pourriez, sans tristesse et sans plainte,
Voir nos ombres flotter où marchèrent nos pas,
Et la voir m'entraîner, dans une morne étreinte,
Vers quelque source en pleurs qui sanglote tout bas ?

« Et s'il est quelque part, dans l'ombre où rien ne veille,
Deux amants sous vos fleurs abritant leurs transports,

Ne leur irez-vous pas murmurer à l'oreille :
– Vous qui vivez, donnez une pensée aux morts !

« Dieu nous prête un moment les prés et les fontaines
Les grands bois frissonnants, les rocs profonds et sourds,
Et les cieux azurés et les lacs et les plaines,
Pour y mettre nos cœurs, nos rêves, nos amours ;

« Puis il nous les retire. Il souffle notre flamme ;
Il plonge dans la nuit l'antre où nous rayonnons[1] ;
Et dit à la vallée, où s'imprima notre âme,
D'effacer notre trace et d'oublier nos noms.

« Eh bien ! oubliez-nous, maison, jardin, ombrages !
Herbe, use notre seuil ! ronce, cache nos pas !
Chantez oiseaux ! ruisseaux, coulez ! croissez, feuillages !
Ceux que vous oubliez ne vous oublieront pas.

« Car vous êtes pour nous l'ombre de l'amour même !
Vous êtes l'oasis qu'on rencontre en chemin !
Vous êtes, ô vallon, la retraite suprême
Où nous avons pleuré nous tenant par la main !

« Toutes les passions s'éloignent avec l'âge.
L'une emportant son masque[2] et l'autre son couteau[3],
Comme un essaim chantant d'histrions[4] en voyage
Dont le groupe décroît derrière le coteau.

« Mais toi, rien ne t'efface, amour ! toi qui nous charmes !
Toi qui, torche ou flambeau, luis dans notre brouillard !

1. *Nous rayonnons :* nous irradions de bonheur. \ **2.** *Le masque :* attribut de la comédie. \ **3.** *Le couteau :* attribut de la tragédie ou du drame. \ **4.** *Histrions :* comédiens avec une nuance péjorative.

Tu nous tiens par la joie, et surtout par les larmes ;
Jeune homme on te maudit, on t'adore vieillard.

« Dans ces jours où la tête au poids des ans s'incline,
Où l'homme, sans projets, sans but, sans visions,
Sent qu'il n'est déjà plus qu'une tombe en ruine
Où gisent ses vertus et ses illusions ;

« Quand notre âme en rêvant descend dans nos entrailles [1],
Comptant dans notre cœur, qu'enfin la glace atteint,
Comme on compte les morts sur un champ de batailles,
Chaque douleur tombée et chaque songe éteint,

« Comme quelqu'un qui cherche en tenant une lampe,
Loin des objets réels, loin du monde rieur,
Elle arrive à pas lents par une obscure rampe
Jusqu'au fond désolé du gouffre intérieur ;

« Et là, dans cette nuit qu'aucun rayon n'étoile,
L'âme, en un repli sombre où tout semble finir,
Sent quelque chose encor palpiter sous un voile… –
C'est toi qui dors dans l'ombre, ô sacré souvenir » !

21 octobre 1837.

1. *Entrailles :* désigne la sensibilité, la faculté d'émotion.

Alfred de Musset
(1810-1857)

LES NUITS (1835-1841)

La Nuit de mai

LA MUSE

Poète, prends ton luth[1] et me donne un baiser ;
La fleur de l'églantier sent ses bourgeons éclore.
Le printemps naît ce soir ; les vents vont s'embraser ;
Et la bergeronnette, en attendant l'aurore,
Aux premiers buissons verts commence à se poser.
Poète, prends ton luth, et me donne un baiser.

LE POÈTE

Comme il fait noir dans la vallée !
J'ai cru qu'une forme voilée
Flottait là-bas sur la forêt.
Elle sortait de la prairie ;
Son pied rasait l'herbe fleurie ;
C'est une étrange rêverie ;
Elle s'efface et disparaît.

1. *Luth* : instrument à cordes qui symbolise l'inspiration poétique

La muse

Poète, prends ton luth ; la nuit sur la pelouse,
Balance le zéphyr dans son voile odorant.
La rose, vierge encor, se referme jalouse
Sur le frelon nacré qu'elle enivre en mourant[1].
Écoute ! tout se taît ; songe à ta bien-aimée[2].
Ce soir, sous les tilleuls, à la sombre ramée
Le rayon du couchant laisse un adieu plus doux.
Ce soir, tout va fleurir : l'immortelle nature
Se remplit de parfums, d'amour et de murmure,
Comme le lit joyeux de deux jeunes époux.

Le poète

Pourquoi mon cœur bat-il si vite ?
Qu'ai-je donc en moi qui s'agite
Dont je me sens épouvanté ?
Ne frappe-t-on pas à ma porte ?
Pourquoi ma lampe à demi morte
M'éblouit-elle de clarté ?
Dieu puissant ! tout mon corps frissonne.
Qui vient ? qui m'appelle ? – Personne.
Je suis seul ; c'est l'heure qui sonne ;
Ô solitude ! ô pauvreté !

La muse

Poète, prends ton luth ; le vin de la jeunesse
Fermente cette nuit dans les veines de Dieu.
Mon sein est inquiet ; la volupté l'oppresse,
Et les vents altérés m'ont mis la lèvre en feu.
Ô paresseux enfant ! regarde, je suis belle.
Notre premier baiser, ne t'en souviens-tu pas,

1. *En mourant :* c'est le frelon qui meurt. \ **2.** *Ta bien aimée :* la muse.

Quand je te vis si pâle au toucher de mon aile,
Et que, les yeux en pleurs, tu tombas dans mes bras ?
Ah ! je t'ai consolé d'une amère souffrance !
Hélas ! bien jeune encor, tu te mourais d'amour.
Console-moi ce soir, je me meurs d'espérance ;
J'ai besoin de prier pour vivre jusqu'au jour.

LE POÈTE

Est-ce toi dont la voix m'appelle,
Ô ma pauvre Muse ! est-ce toi ?
Ô ma fleur ! ô mon immortelle !
Seul être pudique et fidèle
Où vive encor l'amour de moi !
Oui, te voilà, c'est toi, ma blonde,
C'est toi, ma maîtresse et ma sœur !
Et je sens, dans la nuit profonde,
De ta robe d'or qui m'inonde
Les rayons glisser dans mon cœur.

LA MUSE

Poète, prends ton luth ; c'est moi, ton immortelle
Qui t'ai vu cette nuit triste et silencieux,
Et qui, comme un oiseau que sa couvée appelle,
Pour pleurer avec toi descends du haut des cieux.
Viens, tu souffres, ami. Quelque ennui solitaire
Te ronge, quelque chose a gémi dans ton cœur ;
Quelque amour t'est venu, comme on voit sur terre,
Une ombre de plaisir, un semblant de bonheur.
Viens, chantons devant Dieu ; chantons dans tes pensées
Dans tes plaisirs perdus, dans tes peines passées ;
Partons, dans un baiser, pour un monde inconnu.
Éveillons au hasard les échos de ta vie,
Parlons-nous de bonheur, de gloire et de folie,

Et que ce soit un rêve, et le premier venu.
Inventons quelque part des lieux où l'on oublie ;
Partons, nous sommes seuls, l'univers est à nous.
Voici la verte Écosse et la brune Italie,
Et la Grèce, ma mère, où le miel est si doux,
Argos[1], et Ptéléon[2], ville des hécatombes,
Et Messa[3] la divine, agréable aux colombes,
Et le front chevelu du Pélion[4] changeant ;
Et le bleu Titarèse[5], et le golfe d'argent
Qui montre dans ses eaux, où le cygne se mire,
La blanche Oloossone[6] à la blanche Camyre[7].
Dis-moi, quel songe d'or nos chants vont-ils bercer ?
D'où vont venir les pleurs que nous allons verser ?
Ce matin, quand le jour à frappé ta paupière,
Quel séraphin pensif, courbé sur ton chevet,
Secouait des lilas dans sa robe légère,
Et te contait tout bas les amours qu'il rêvait ?
Chanterons-nous l'espoir, la tristesse ou la joie ?
Tremperons-nous de sang les bataillons d'acier[8] ?
Suspendrons-nous l'amant sur l'échelle de soie[9] ?
Jetterons-nous au vent l'écume du coursier[10] ?
Dirons-nous quelle main, dans les lampes sans nombre
De la maison céleste, allume nuit et jour
L'huile sainte de vie et d'éternel amour ?
Crierons-nous à Tarquin : « Il est temps, voici l'ombre ! »[11]

1. *Argos :* ville de Grèce, dans le Péloponnèse, ancienne capitale de l'Argolide et centre artistique. Sa lutte contre Sparte l'affaiblit. \ **2.** *Ptéléon :* ancienne place forte de Thessalie. \ **3.** *Messa :* en Laconie. \ **4.** *Pélion :* montagne de Thessalie. \ **5.** *Titarèse :* fleuve de Thessalie. \ **6.** *Oloosone :* ville de Thessalie. \ **7.** *Camyre :* ville de l'île de Rhodes. Tous ces noms semblent choisis pour leur sonorité. \ **8.** *Les bataillons d'acier :* allusion à la poésie héroïque et épique. \ **9.** *L'Amant sur l'échelle de soie :* allusion à Roméo et Juliette et à la poésie amoureuse. \ **10.** *L'écume du coursier :* allusion à la poésie fantastique et aux chevauchées de certaines ballades par exemple celle de Lénore du poète allemand Bürger. \ **11.** *Il est temps… :* c'est l'histoire tragique de Lucrèce, dame romaine qui se tua de désespoir après avoir été outragée par un fils de Tarquin le superbe. Allusion à la poésie dramatique.

Descendrons-nous cueillir la perle au fond des mers[1] ?
Mènerons-nous la chèvre aux ébéniers amers[2] ?
Montrerons-nous le ciel à la Mélancolie[3] ?
Suivrons-nous le chasseur[4] sur les monts escarpés ?
La biche le regarde ; elle pleure et supplie ;
Sa bruyère l'attend ; ses faons sont nouveau-nés ;
Il se baisse, il l'égorge, il jette à la curée
Sur les chiens en sueur son cœur encor vivant.
Peindrons-nous une vierge à la joue empourprée[5],
S'en allant à la messe, un page la suivant,
Et d'un regard distrait, à côté de sa mère,
Sur la lèvre entr'ouverte oubliant sa prière ?
Elle écoute en tremblant, dans l'écho du pilier,
Résonner l'éperon d'un hardi cavalier.
Dirons-nous aux héros des vieux temps de la France
De monter tout armés aux créneaux de leurs tours,
Et de ressusciter la naïve romance
Que leur gloire oubliée apprit aux troubadours ?
Vêtirons-nous de blanc une molle élégie ?
L'homme de Waterloo nous dira-t-il sa vie,
Et ce qu'il a fauché du troupeau des humains
Avant que l'envoyé de la nuit éternelle
Vînt sur son tertre vert l'abattre d'un coup d'aile,
Et sur son cœur de fer lui croiser les deux mains ?
Clouerons-nous au poteau[6] d'une satire altière
Le nom sept fois vendu d'un pâle pamphlétaire,
Qui, poussé par la faim, du fond de son oubli,
S'en vient, tout grelottant d'envie et d'impuissance,

1. *Descendrons-nous… :* allusion à la poésie scientifique et didactique. \ **2.** *Mènerons-nous… :* allusion à la poésie bucolique. Les « ébéniers amers » sont des troènes. \ **3.** *La Mélancolie :* poésie romantique d'inspiration mélancolique. \ **4.** *Le chasseur :* sujet romantique (*cf. Guillaume Tell* de Schiller) \ **5.** *Vierge à la joue empourprée :* poésie du Moyen Âge. \ **6.** *Poteau :* le pilori.

Sur le front du génie insulter l'espérance,
Et mordre le laurier que son souffle a sali ?
Prends ton luth ! prends ton luth ! je ne peux plus me taire ;
Mon aile me soulève au souffle du printemps.
Le vent va m'emporter ; je vais quitter la terre.
Une larme de toi ! Dieu m'écoute ; il est temps.

LE POÈTE

S'il ne te faut, ma sœur chérie,
Qu'un baiser d'une lèvre amie
Et qu'une larme de mes yeux,
Je te les donnerai sans peine ;
De nos amours qu'il te souvienne,
Si tu remontes dans les cieux.
Je ne chante ni l'espérance,
Ni la gloire, ni le bonheur,
Hélas ! pas même la souffrance.
La bouche garde le silence
Pour écouter parler le cœur.

LA MUSE

Crois-tu donc que je sois comme le vent d'automne,
Qui se nourrit de pleurs jusque sur un tombeau,
Et pour qui la douleur n'est qu'une goutte d'eau ?
Ô poète ! un baiser, c'est moi qui te le donne.
L'herbe que je voulais arracher de ce lieu,
C'est ton oisiveté ; ta douleur est à Dieu.
Quel que soit le souci que ta jeunesse endure,
Laisse-la s'élargir, cette sainte blessure
Que les noirs séraphins t'ont faite au fond du cœur ;
Rien ne nous rend si grands qu'une grande douleur,
Mais, pour en être atteint, ne crois pas, ô poète,
Que ta voix ici-bas doive rester muette.

Les plus désespérés sont les chants les plus beaux,
Et j'en sais d'immortels qui sont de purs sanglots.
Lorsque le pélican[1], lassé d'un long voyage,
Dans les brouillards du soir retourne à ses roseaux,
Ses petits affamés courent sur le rivage
En le voyant au loin s'abattre sur les eaux.
Déjà, croyant saisir et partager leur proie,
Ils courent à leur père avec des cris de joie
En secouant leurs becs sur leurs goîtres hideux.
Lui, gagnant à pas lents une roche élevée,
De son aile pendante abritant sa couvée,
Pêcheur mélancolique, il regarde les cieux.
Le sang coule à longs flots de sa poitrine ouverte ;
En vain il a des mers fouillé la profondeur ;
L'Océan était vide et la plage déserte ;
Pour toute nourriture il apporte son cœur.
Sombre et silencieux, étendu sur la pierre,
Partageant à ses fils ses entrailles de père,
Dans son amour sublime il berce sa douleur,
Et, regardant couler sa sanglante mamelle,
Sur son festin de mort il s'affaisse et chancelle,
Ivre de volupté, de tendresse et d'horreur.
Mais parfois, au milieu du divin sacrifice,
Fatigué de mourir dans un trop long supplice,
Il craint que ses enfants ne le laissent vivant ;
Alors il se soulève, ouvre son aile au vent,
Et, se frappant le cœur avec un cri sauvage,
Il pousse dans la nuit un si funèbre adieu,
Que les oiseaux des mers désertent le rivage,
Et que le voyageur attardé sur la plage,
Sentant passer la mort, se recommande à Dieu.

1. *Le pélican :* selon une très ancienne légende, lorsqu'il n'a pu se procurer de nourriture pour ses petits, le pélican les nourrit de son propre sang.

Poète, c'est ainsi que font les grands poètes.
Ils laissent s'égayer ceux qui vivent un temps ;
Mais les festins humains qu'ils servent à leurs fêtes
Ressemblent la plupart à ceux des pélicans.
Quand ils parlent ainsi d'espérances trompées,
De tristesse et d'oubli, d'amour et de malheur,
Ce n'est pas un concert à dilater le cœur.
Leurs déclamations sont comme des épées :
Elles tracent dans l'air un cercle éblouissant,
Mais il y pend toujours quelque goutte de sang.

Le poète

Ô Muse ! spectre insatiable,
Ne m'en demande pas si long.
L'homme n'écrit rien sur le sable
À l'heure où passe l'aquilon.
J'ai vu le temps où ma jeunesse
Sur mes lèvres était sans cesse
Prête à chanter comme un oiseau ;
Mais j'ai souffert un dur martyre,
Et le moins que j'en pourrais dire,
Si je l'essayais sur ma lyre,
La briserait comme un roseau

La Nuit de décembre

Le poète

Du temps que j'étais écolier,
Je restais un soir à veiller
Dans notre salle solitaire.
Devant ma table vint s'asseoir

Un pauvre enfant vêtu de noir,
Qui me ressemblait comme un frère.

Son visage était triste et beau :
À la lueur de mon flambeau,
Dans mon livre ouvert il vint lire.
Il pencha son front sur sa main,
Et resta jusqu'au lendemain,
Pensif, avec un doux sourire.

Comme j'allais avoir quinze ans,
Je marchais un jour, à pas lents,
Dans un bois, sur une bruyère.
Au pied d'un arbre vint s'asseoir
Un jeune homme vêtu de noir,
Qui me ressemblait comme un frère.

Je lui demandai mon chemin ;
Il tenait un luth d'une main,
De l'autre un bouquet d'églantine.
Il me fit un salut d'ami,
Et, se détournant à demi,
Me montra du doigt la colline[1].

À l'âge où l'on croit à l'amour,
J'étais seul dans ma chambre un jour,
Pleurant ma première misère.
Au coin de mon feu vint s'asseoir
Un étranger vêtu de noir,
Qui me ressemblait comme un frère.

1. *La colline :* elle symbolise les hauteurs de la poésie.

Il était morne et soucieux ;
D'une main il montrait les cieux,
Et de l'autre il tenait un glaive[1].
De ma peine il semblait souffrir,
Mais il ne poussa qu'un soupir,
Et s'évanouit comme un rêve.

À l'âge où l'on est libertin,
Pour boire un toast en un festin,
Un jour je soulevai mon verre.
En face de moi vint s'asseoir
Un convive vêtu de noir,
Qui me ressemblait comme un frère.

Il secouait sous son manteau
Un haillon de pourpre en lambeau,
Sur sa tête un myrte[2] stérile.
Son bras maigre cherchait le mien,
Et mon verre, en touchant le sien,
Se brisa dans ma main débile.

Un an après, il était nuit ;
J'étais à genoux près du lit
Où venait de mourir mon père[3].
Au chevet du lit vint s'asseoir
Un orphelin vêtu de noir,
Qui me ressemblait comme un frère.

Ses yeux étaient noyés de pleurs ;
Comme les anges de douleurs,

1. *Un glaive :* un poignard. \ **2.** *Myrte : plante* consacrée à Vénus. Les anciens s'en couronnaient dans les banquets et les joutes littéraires. \ **3.** *Mon père :* le père de Musset mourut du choléra en avril 1832.

Il était couronné d'épine ;
Son luth à terre était gisant,
Sa pourpre de couleur de sang,
Et son glaive dans sa poitrine.

Je m'en suis si bien souvenu,
Que je l'ai toujours reconnu
À tous les instants de ma vie.
C'est une étrange vision,
Et cependant, ange ou démon,
J'ai vu partout cette ombre amie.

Lorsque plus tard, las de souffrir,
Pour renaître ou pour en finir,
J'ai voulu m'exiler de France ;
Lorsqu'impatient de marcher,
J'ai voulu partir, et chercher
Les vestiges d'une espérance ;

À Pise[1], au pied de l'Apennin ;
À Cologne[2], en face du Rhin ;
À Nice, au penchant des vallées ;
À Florence, au fond des palais ;
À Brigues[3], dans les vieux chalets ;
Au sein des Alpes désolées ;

À Gênes, sous les citronniers ;
À Vevey[4], sous les verts pommiers ;
Au Havre, devant l'Atlantique ;

1. *Pise :* lors du voyage en Italie qu'il fit avec George Sand. \ **2.** *Cologne :* Musset y passa en septembre 1834 lors de son voyage à Bade. \ **3.** *Brigues :* en Suisse, dans le canton de Vaud. \ **4.** *Vevey :* sur la rive suisse du lac de Genève.

À Venise, à l'affreux Lido[1],
Où vient sur l'herbe d'un tombeau
Mourir la pâle Adriatique ;

Partout où, sous ces vastes cieux,
J'ai lassé mon cœur et mes yeux,
Saignant d'une éternelle plaie ;
Partout où le boiteux Ennui,
Traînant ma fatigue après lui,
M'a promené sur une claie[2] ;

Partout où, sans cesse altéré
De la soif d'un monde ignoré,
J'ai suivi l'ombre de mes songes ;
Partout où, sans avoir vécu,
J'ai revu ce que j'avais vu,
La face humaine et ses mensonges ;

Partout où le long des chemins,
J'ai posé mon front dans mes mains,
Et sangloté comme une femme ;
Partout où j'ai, comme un mouton,
Qui laisse sa laine au buisson,
Senti se dénuer mon âme ;

Partout où j'ai voulu dormir,
Partout où j'ai voulu mourir,
Partout où j'ai touché la terre,
Sur ma route est venu s'asseoir

1. *Lido :* longue digue de sable à l'est de Venise qu'elle protège de l'Adriatique. C'est là que George Sand fit à Musset l'aveu de sa trahison, d'où l'épithète « affreux ». \ **2.** *Claie :* treillage en fer sur lequel, au Moyen Âge, on traînait les corps suppliciés des criminels.

Un malheureux vêtu de noir,
Qui me ressemblait comme un frère.

Qui donc es-tu, toi que dans cette vie
Je vois toujours sur mon chemin ?
Je ne puis croire, à ta mélancolie,
Que tu sois mon mauvais Destin.
Ton doux sourire a trop de patience,
Tes larmes ont trop de pitié.
En te voyant, j'aime la Providence.
Ta douleur même est sœur de ma souffrance ;
Elle ressemble à l'Amitié.

Qui donc es-tu ? – Tu n'es pas mon bon ange,
Jamais tu ne viens m'avertir.
Tu vois mes maux (c'est une chose étrange !)
Et tu me regardes souffrir.
Depuis vingt ans tu marches dans ma voie,
Et je ne saurais t'appeler.
Qui donc es-tu, si c'est Dieu qui t'envoie ?
Tu me souris sans partager ma joie,
Tu me plains sans me consoler !

Ce soir encor je t'ai vu m'apparaître.
C'était par une triste nuit.
L'aile des vents battait à ma fenêtre ;
J'étais seul, courbé sur mon lit.
J'y regardais une place chérie,
Tiède encor d'un baiser brûlant ;
Et je songeais comme la femme oublie,
Et je sentais un lambeau de ma vie
Qui se déchirait lentement.

Je rassemblais des lettres de la veille,
Des cheveux, des débris d'amour.
Tout ce passé me criait à l'oreille
Ses éternels serments d'un jour.
Je contemplais ces reliques sacrées,
Qui me faisaient trembler la main :
Larmes du cœur par le cœur dévorées,
Et que les yeux qui les avaient pleurées
Ne reconnaîtront plus demain !

J'enveloppais dans un morceau de bure[1]
Ces ruines des jours heureux.
Je me disais qu'ici-bas ce qui dure,
C'est une mèche de cheveux.
Comme un plongeur dans une mer profonde,
Je me perdais dans tant d'oubli.
De tous côtés j'y retournais la sonde,
Et je pleurais, seul, loin des yeux du monde,
Mon pauvre amour enseveli.

J'allais poser le sceau de cire noire
Sur ce fragile et cher trésor.
J'allais le rendre, et, n'y pouvant pas croire,
En pleurant j'en doutais encor.
Ah ! faible femme, orgueilleuse insensée,
Malgré toi, tu t'en souviendras !
Pourquoi, grand Dieu ! mentir à sa pensée ?
Pourquoi ces pleurs, cette gorge oppressée,
Ces sanglots, si tu n'aimais pas ?

1. *Bure* : grosse étoffe de laine brune dont certains moines se revêtaient.

Oui, tu languis, tu souffres, et tu pleures ;
Mais ta chimère[1] est entre nous.
Eh bien ! adieu ! Vous compterez les heures
Qui me sépareront de vous.
Partez, partez, et dans ce cœur de glace
Emportez l'orgueil satisfait.
Je sens encor le mien jeune et vivace,
Et bien des maux pourront y trouver place
Sur le mal que vous m'avez fait.

Partez, partez ! la Nature immortelle
N'a pas tout voulu vous donner.
Ah ! pauvre enfant, qui voulez être belle,
Et ne savez pas pardonner !
Allez, allez, suivez la destinée ;
Qui vous perd n'a pas tout perdu.
Jetez au vent notre amour consumée ; –
Éternel Dieu ! toi que j'ai tant aimée,
Si tu pars, pourquoi m'aimes-tu ?

Mais tout à coup j'ai vu dans la nuit sombre
Une forme glisser sans bruit.
Sur mon rideau j'ai vu passer une ombre ;
Elle vient s'asseoir sur mon lit.
Qui donc es-tu, morne et pâle visage,
Sombre portrait vêtu de noir ?
Que me veux-tu, triste oiseau de passage ?
Est-ce un vain rêve ? est-ce ma propre image
Que j'aperçois dans ce miroir ?

1. *Chimère :* vaine imagination, idée fausse.

Qui donc es-tu, spectre de ma jeunesse,
Pèlerin que rien n'a lassé ?
Dis-moi pourquoi je te trouve sans cesse
Assis dans l'ombre où j'ai passé.
Qui donc es-tu, visiteur solitaire,
Hôte assidu de mes douleurs ?
Qu'as-tu donc fait pour me suivre sur terre ?
Qui donc es-tu, qui donc es-tu, mon frère,
Qui n'apparais qu'au jour des pleurs ?

La vision

– Ami, notre père est le tien.
Je ne suis ni l'ange gardien,
Ni le mauvais destin des hommes.
Ceux que j'aime, je ne sais pas
De quel côté s'en vont leurs pas
Sur ce peu de fange où nous sommes.

Je ne suis ni dieu ni démon,
Et tu m'as nommé par mon nom
Quand tu m'as appelé ton frère ;
Où tu vas, j'y serai toujours,
Jusques au dernier de tes jours,
Où j'irai m'asseoir sur ta pierre.

Le ciel m'a confié ton cœur.
Quand tu seras dans la douleur,
Viens à moi sans inquiétude.
Je te suivrai sur le chemin ;
Mais je ne puis toucher ta main,
Ami, je suis la Solitude.

LIRE LES POÈMES

QUESTIONNAIRE DE LECTURE

LES TITRES

1. Quel rapport peut-on établir entre le titre du poème de Vigny « La Mort du Loup » et celui du recueil qui l'englobe : *Les Destinées* ? Quelle est la vision de la condition humaine ainsi suggérée ?

LA NATURE

2. Quelle information apportent les titres au sujet de la nature ?

3. Quels sentiments Lamartine et Hugo éprouvent-ils vis-à-vis de la nature dans les textes proposés ?

4. Comment la nature répond-elle à l'attente de chacun ? En prenant la parole dans les textes ? Au discours direct ? Au discours indirect ? Autrement ? Quels sont les effets produits ?

COMPAREZ « LE LAC » DE LAMARTINE ET « TRISTESSE D'OLYMPIO » DE HUGO

5. La souffrance de chacun des deux poètes est-elle identique ? Pourquoi ?

6. Dans les deux poèmes quel personnage chacun des poètes utilise-t-il ? Comment s'en sert-il ?

7. Qu'est-ce qui, dans leur écriture, donne à ces deux poèmes un caractère oratoire ? Est-il le même pour chacun ? Justifiez votre réponse.

8. Un dialogue est présent dans chacun de ces poèmes : qui parle ? à qui ? dans quel but ? comment la mise en page des textes fait-elle apparaître ces prises de parole ?

LES POÈMES DANS L'HISTOIRE

LE CONTEXTE CULTUREL : LE MOUVEMENT ROMANTIQUE

Le romantisme est un mouvement littéraire que les habitudes de la périodisation limitent couramment à la première moitié du siècle. Mais son influence, et même certaines de ses productions, sont bien postérieures à la Révolution de 1848.

LES PRÉCURSEURS DU ROMANTISME

Le préromantisme français

Le romantisme est un vaste mouvement européen qui naît dès le XVIIIe siècle avec les écrivains qu'on a classés en France sous le vocable de préromantiques : Rousseau et Bernardin de Saint-Pierre. Ils donnent au « moi » ou à l'individualisme son épanouissement, à la sensibilité sa pleine liberté contre toutes les pudeurs à quoi nous avaient habitués les classiques. « *La nature est bonne, c'est la société qui la corrompt* » : à partir de cet *a priori* utopique, on célèbre l'état de nature comme un idéal détruit qu'il conviendrait de restaurer.

Romantisme anglais et romantisme allemand

Le romantisme anglais et le romantisme allemand ont été les devanciers du romantisme français. En Angleterre, évoquons dès 1730 le poète Thomson (les *Saisons)*, en 1742, Young (*Les Nuits)* et surtout les *Poèmes* d'Ossian (supercherie du poète britannique Macpherson) qui, en 1760, exercent une immense influence, enthousiasmant Napoléon tout autant que l'Europe préromantique.

Le romantisme allemand lance vraiment en Europe, autour de Goethe, Schiller et Herder, la période romantique par un mouvement qui, entre 1770 et 1780, en plein règne de Frédéric le Grand, se révolte contre les platitudes pragmatiques et bourgeoises de l'Aufklärung (les Lumières en allemand) et prend le nom d'un drame de Klinger, *Sturm und Drang* (Tempête et Assaut). Une œuvre supplante alors toutes les autres et connaît une réputation internationale : *Les Souffrances du jeune Werther* (1774) de Goethe. On y associera *Les Brigands* de Schiller qui exalte la révolte du héros romantique en quête de liberté. Un nouvel horizon spirituel s'ouvre à la poésie qui se tourne volontiers désormais, pour traduire ses propres aspirations, vers les richesses de la Bible d'une part, du Moyen Âge et de la Chevalerie de l'autre, pour s'opposer à la culture hellénistique privilégiée par le classicisme. C'est dans la revue allemande *Athenaüm*, qui paraît de 1798 à 1800, que l'on trouve pour la première fois l'adjectif substantivé « romantique » (*romantik*) pour désigner les caractéristiques de la poésie chevaleresque.

LES GRANDES THÉMATIQUES ROMANTIQUES

Le romantisme est traversé par une quête d'absolu, un désir d'idéal, l'affirmation d'un « Moi » qui se pose dans sa solitude, avec son deuil existentiel, et côtoie les abîmes de la folie ou de la révolte. Ce moi est le reflet d'une réalité issue des profondeurs de l'artiste.

Une poésie théâtrale : le Moi en question

Le poète romantique a besoin non seulement d'une mise en scène mais aussi d'un dialogue qui assure le dédoublement de sa personnalité. La poésie romantique est volontiers théâtrale, elle multiplie les dialogues et les prises de parole. Dans « Le Lac », le poète cède la parole à celle qu'il a aimée et qui, mourante, n'est plus près de lui. Il crée deux temps et deux espaces : le temps et l'espace du poète en train d'écrire, le temps et l'espace d'Elvire, ou plutôt d'une voix surnaturelle qui assure, par ses paroles, la présence d'un temps qui n'est plus, et d'une émotion évanouie que l'écriture éternise.

Dans « Tristesse d'Olympio », le dispositif est différent. Hugo se dit à travers un personnage au nom mystérieux, qui sonne grec : Olympio. Ce dispositif fictif crée une distance, engage le lecteur dans une quête du sens : le *Je* hugolien est-il un autre ? Est-il fausse identité ? Le poète ne s'invente-t-il pas sous son masque d'emprunt ?

Les poèmes les plus troublants à ce propos sont assurément « La Nuit de mai » et « La Nuit de décembre » de Musset. « La Nuit de mai » se construit comme une scène de théâtre classique avec prise de rôle de deux personnages : « La Muse » et « Le Poète ». L'un est une voix imaginaire, nimbée de surnaturel, « La Muse », l'autre est censé faire entendre un « Poète », mais quel poète ? La figure universelle du poète pris dans son universalité, et, dès lors, tout aussi abstrait et imaginaire que la Muse ? Le poète romantique ? Musset lui-même ? En fait, nous assistons à la mise en scène d'une dissociation.

Nous retrouvons ce moi menacé de dissociation dans « La Nuit de décembre » : l'image du spectre figure l'aliénation d'un moi qui se cherche sans parvenir à une unité intérieure, à un apaisement. Cette vision omniprésente d'une silhouette toujours « vêtue de noir » est le symbole d'un moi divisé contre lui-même. Elle éclaire une instabilité ontologique, le tragique d'un déchirement intérieur funeste (le « noir », couleur de « la Solitude », dernier mot du poème), le malaise de la désorganisation intérieure. Implicitement, le poète dialogue avec lui-même ; explicitement, le texte propose un dialogue élaboré de façon théâtrale entre *le poète* et *la vision*. La difficulté, voire l'impossibilité à s'identifier, est bien une des caractéristiques du Moi romantique.

Le poète romantique aime créer des fictions à plusieurs voix. Il aime se donner des interlocuteurs, des vis-à-vis, il invente des miroirs où se contempler, s'interroger. Ce travail de soi sur soi, de soi avec soi témoigne d'une exigence d'approfondissement qui confère à cette poésie, en même temps qu'une force certaine dans la transcription du mal-être, une certaine lourdeur que rejettera le symbolisme.

Le traitement de la nature

L'écrivain romantique aime situer ses écrits dans un cadre naturel, afin d'y loger ses propres états d'âme, soit qu'il mette la nature en accusation, soit qu'il sélectionne en son sein des éléments qui lui permettent de se dire, dans sa détresse existentielle. Une telle attitude assure la suprématie de « l'Ego[1] ». Elle permet au poète de retrouver l'unité de son être. Ainsi « Le Vallon », dont Jean-Pierre Richard dit qu'il est « l'archétype de l'objet intime…[2] », est pour Lamartine un lieu bienfaisant, offrant au poète des points d'ancrage pour se retrouver et peser sa fragilité, faire un bilan, récupérer son énergie et découvrir l'auteur de toutes choses, Dieu. Dans ce texte,

1. *Ego* : moi en latin. \ **2.** Jean-Pierre Richard, *Études sur le romantisme*, « Lamartine », Le Seuil, 1979.

la nature restitue une vision optimiste d'espérance, donnant lieu à des épanchements lyriques chargés de sensibilité et d'émotion. Dans « La Maison du Berger », au contraire, Vigny imagine une nature indifférente à l'homme. Il n'y voit qu'insensibilité, « impassible théâtre ». C'est ce même sentiment de froideur qu'on retrouve dans « Tristesse d'Olympio » (p. 30) de Hugo : la nature renvoie l'homme à sa solitude et à ses illusions.

Mais, qu'il fusionne avec elle ou qu'il s'en écarte, dans tous les cas l'esprit du poète cherche à se développer, à s'éclairer par une confrontation avec la Nature-Objet. C'est là une vision idéaliste, conférant à l'homme le droit de s'approprier, de remettre en cause, de juger, de sanctionner la nature pour en faire tantôt une amie, tantôt une entité froide et indifférente : on qualifie cette attitude intellectuelle d'anthropocentrisme.

La quête du sens

Les poètes romantiques essaient de répondre à leur angoisse de vivre. Ils cherchent un sens à leur vie, se tournent vers la transcendance. Dans « Le Vallon », Lamartine se réfère à une religion intuitive, celle du cœur :

> Dieu, pour le concevoir, a fait l'intelligence ;
> Sous la nature enfin découvre son auteur.
> Une voix à l'esprit parle dans son silence,
> Qui n'a pas entendu cette voix dans son cœur ?

Le dedans et le dehors sont unis par une correspondance. C'est l'affirmation de la spontanéité instinctive, une attitude sentimentale qui réhabilite l'intuition.

Lorsque Vigny, dans « La Bouteille à la mer », met sa foi dans la survie des idées (« Le vrai Dieu, le Dieu fort, est le Dieu des idées… »), il propose une religion « horizontale », une révélation d'un autre ordre, qui manifeste et soutient le droit d'initiative de l'homme dans le cours de l'histoire, à cette réserve près que le destin, ou « sort », porte encore le nom de Dieu. Il rejoint ainsi le déisme des Lumières qui remettait entre les mains de l'homme son propre avenir dans des limites qu'il ne lui appartenait pas de connaître. Vigny, dans ses visées humanistes, a conscience, par son écriture, de servir à sa manière l'avenir de l'humanité. La vraie survie appartient à ceux qui s'illustrent en apportant le progrès aux hommes. Tous nos poètes savent que leur écriture est un moyen de survie, et lorsque Hugo conclut « Soleils couchants » par ces vers :

Mais moi, sous chaque jour courbant plus bas ma tête,
Je passe, et, refroidi sous ce soleil joyeux,
Je m'en irai bientôt, au milieu de la fête,
Sans que rien manque au monde immense et radieux.
(p. 29, v. 135-138)

Il a conscience qu'en écrivant sa défaite d'homme condamné à mourir et à disparaître, il est aussi en train de lui permettre d'accéder à l'éternité.

Il est remarquable que la vraie contemplation, celle où le moi s'identifie avec ce qu'il contemple, celle qui abolit le temps et la durée, donnant la sensation de pure éternité, est absente de ces poèmes. Le moi surgit toujours, réclamant son dû, s'imposant dans son désir d'être :

Oh ! qui m'emportera sur quelque tour sublime,
D'où la cité sous moi s'ouvre comme un abîme !
(p. 25, v. 61-62)

s'écrie Hugo dans « Soleils couchants », manifestant ainsi son impuissance à se perdre dans une vision du type de celle qu'expérimente Rousseau dans *Les Rêveries* ou Baudelaire dans « Le *Confiteor* de l'artiste » (*cf.* p. 158). La contemplation n'existe que comme appel de sens, aspiration à l'infini.

LA RÉCEPTION DES ŒUVRES ROMANTIQUES

L'ACCUEIL FAIT AUX *MÉDITATIONS POÉTIQUES* DE LAMARTINE

Ce petit ouvrage, qui comporte vingt-quatre *Méditations* lors de la première édition du 11 mars 1820, rend Lamartine célèbre en un moment, d'autant que les milieux catholiques jugent favorablement cette inspiration. « Le succès fut prodigieux. [...] On attendait un Chateaubriand en vers depuis vingt ans. La veille des *Méditations*, il n'y avait rien ; le lendemain, il y avait quelque chose. Ce fut un événement comparable au *Cid*, et venant d'un auteur qui n'était pas connu même par des essais, littéralement ignoré. L'admiration eut des airs d'effarement. "Qui est-il Mais d'où vient-il" ? C'était une source qui avait jailli. » écrit Émile Faguet dans ses *Études littéraires sur le XIX*e *siècle* en 1887. C'est alors que Lamartine reçoit le poste d'attaché d'ambassade à Naples.

Les éditions successives des *Méditations* s'enrichiront de poèmes, pour parvenir au nombre de trente dans la neuvième édition de 1822. C'est l'édition de référence. En 1849, pour des raisons commerciales (on cherchait à relancer l'ouvrage), onze poèmes furent rajoutés au recueil.

Au XIXe siècle

En 1832, l'écrivain et critique littéraire Sainte-Beuve écrit à propos de la poésie lamartinienne : « C'est la facilité dans l'abondance, une sorte de fraîcheur dans l'extase et, avec tant de souffle, l'absence d'échauffement » *(Critiques et Portraits littéraires)*. Ce reproche de poésie « facile » sera repris par la critique universitaire du XIXe siècle. En effet, les grands critiques du XIXe siècle que furent Émile Faguet (1847-1916), érudit brillant, et Gustave Lanson (1857-1934), critique qui préconisait en littérature les recherches et les enquêtes de détail, ont à propos des *Méditations* une opinion mitigée. Le premier dénonce un manque de travail : *« Il faut, avec le génie avoir de l'art. »* Le second va dans le même sens, mais avec plus de nuances, félicitant Lamartine de *« la spontanéité de son âme »*.

Ces deux critiques ont une conception encore très classique de la poésie, selon laquelle il n'est point d'art sans travail.

Au XXe siècle

Le poète Charles Péguy (1873-1914) déplore que Lamartine soit arrivé trop tard dans son siècle : il est victime de sa naissance. Il n'a pas eu le temps de s'émanciper au contact de la République et d'une liberté politique reconquise.

Paul Valéry (1871-1945), lui, ne s'intéresse à Lamartine que par comparaison à Hugo sur l'œuvre de qui il s'étend volontiers. Il ne juge pas Lamartine sur ce qu'il est, mais sur ce qu'il aurait dû être, et il ne prend pas soin d'examiner ce qui est original dans le « matériel » du poète. Aux yeux de Valéry et de sa métaphysique personnelle, la vraie liberté est une conquête de soi, une ascèse, une lutte contre toutes les formes de dispersion. Écrire sans « suite dans les idées », comme il le dit de Lamartine, c'est renoncer à exercer ses facultés intellectuelles, renoncer à se dépasser. S'autoriser une telle liberté, à ses yeux, n'est pas un acte moral.

Le point de vue de Valéry sur Lamartine est assez représentatif de celui de la première moitié du XXe siècle, pendant laquelle le romantisme en général et Lamartine en particulier sont peu appréciés. Le retournement de tendance est tardif. Rendons hommage à Georges Poulet[1] et Jean-Pierre Richard[2] d'avoir dévoilé ce qui, en Lamartine, annonce la poésie symboliste. Ils ne jugent pas ce poète selon le code des bonnes convenances poétiques, mais en fonction d'un avenir qui se prépare, et dont ils détectent les signes avant-coureurs.

L'ACCUEIL FAIT AUX DESTINÉES DE VIGNY

Les Destinées sont formées de onze poèmes rédigés entre 1838 et 1863 et parus dans la *Revue des deux mondes*. C'est Louis Ratisbonne, exécuteur testamentaire du poète, qui, en 1864, les a rassemblés sous le titre *Les Destinées*. L'accueil de l'ouvrage fut d'abord très froid. La postérité le consacra peu à peu au point de le mettre aujourd'hui au rang des grandes œuvres de la poésie française romantique, en dépit de sa publication tardive.

Au XIXe siècle

La critique universitaire du XIXe siècle juge selon des critères académiques de perfection. Elle ne fait pas cet effort de sympathie qui porte à comprendre sans *a priori*, à se pénétrer d'une pensée pour en détecter l'originalité et les profondeurs. Faguet voit en Vigny un « créateur d'idées » à qui il manque une certaine richesse de sensibilité. Lanson, pour sa part, déplore que Vigny manque « d'une certaine souplesse d'imagination » ce manque étant racheté par la rigueur, la sobriété et la netteté de cette poésie aux proportions équilibrées, à « la composition sévère ».

Au XXe siècle

Le XXe siècle retrouve dans l'œuvre de Vigny des valeurs modernes. Albert Camus, dans *L'Homme révolté* (1951), voit Vigny d'un point de vue métaphysique. Le poète incarne à ses yeux la révolte des « fils de Caïn » : Vigny est aux yeux de Camus celui qui « maudira le silence de la divinité ». Camus fait de Vigny son frère d'âme, il retrouve en lui ses propres doutes et ses propres croyances en un humanisme athée. Il voit en lui le précurseur de Baudelaire et des poètes maudits, en particulier Rimbaud et Lautréamont. Une nouvelle perspective s'ouvre ainsi à nous pour juger de l'œuvre de Vigny.

---

1. Georges Poulet : *Les Métamorphoses du Cercle*, Flammarion, « Champs », 1961. \ **2.** Jean-Pierre Richard, *Études sur le romantisme*, « Lamartine », *op. cit.*

L'ACCUEIL FAIT AUX PREMIERS RECUEILS POÉTIQUES DE HUGO

Au XIXe siècle

Hugo fait paraître en 1829 *Les Orientales,* recueil dans lequel il se tourne vers des mots et des sonorités qui tintent étrangement aux oreilles occidentales. La critique voit d'abord en ces poèmes un jeu de couleurs qui l'effarouche. Musset (notamment dans les *Contes d'Espagne et d'Italie*, 1830) et les Parnassiens détectent, eux, le parti qu'ils pourront tirer de ces tableaux éclatants.

Le poème « *L'Enfant* » (p. 21), dans le contexte dramatique de la guerre qui opposait Turcs et Grecs, évoque de façon pittoresque et exotique le Chio florissant et prospère de naguère, le « puits sombre » de l'Iran et le fabuleux « fruit de tuba[1] ».

En 1831, Hugo publie *Les Feuilles d'automne*, recueil plein de sérénité qui paraît au moment où se déroulent en France de graves troubles. Le contraste est étonnant entre les remous de l'Histoire et cette expression du bonheur mélancolique d'une âme qui vibre aux mille frissons de la nature en même temps qu'aux détresses de la vie. Ce recueil jouit d'un très bon accueil unanime, comme si Hugo avait voulu se racheter des « excès » des *Orientales*. Dans la *Revue des deux mondes* du 15 décembre 1831 Sainte-Beuve célèbre l'ouvrage par ces mots : « Le récent ouvrage de M. Victor Hugo, *Les Feuilles d'automne* nous paraissent, comme à tout le monde, son plus beau, son plus complet, son plus touchant recueil lyrique. » Charles Nodier dans la *Revue de Paris* de décembre 1831 parle d'un « *livre admirable* » qui se livre aux sentiments simples et purs et non plus au cliquetis d'un orientalisme de bazar.

Les Rayons et les Ombres paraissent en 1840. À la fin du XIXe siècle, Lanson détecte dans ce recueil le début d'une nouvelle inspiration, celle qui confèrera au poète le rôle d'éclaireur et de conducteur des hommes : entre l'inspiration militante et le peuple, un dialogue doit s'établir. Mais Faguet, lui, n'est pas un hugolâtre. À ses yeux, les idées de Hugo « sont toujours celles de tout le monde à telle date, mais toujours un peu en retard ».

1. *Tuba : (ou tûba)* arbre du bonheur dans le paradis du Koran. Cet arbre situé dans le palais de Mahomet étend ses branches dans les maisons de tous les vrais croyants. Il est chargé de fruits divers d'une grosseur surprenante réservés aux élus.

Au XXe siècle

Rejoignant le jugement de Faguet (un Hugo *« toujours un peu en retard »)*, Péguy (en 1910, dans *Victor-Marie, Comte Hugo*) voit en Hugo un homme attentif aux modes littéraires, qui n'est pas de la race des découvreurs : c'est un « suiviste ». À son propos, il parle de « *mystique de brocanteur* ». Cette position ne concerne pas des recueils particuliers, mais l'ensemble de l'œuvre.

Paul Valéry tente (en 1935) de comprendre les ressorts de la création artistique chez Hugo poète. Pour Valéry, la discipline intellectuelle est érigée en vertu. Cette exigence implique en art la nécessité et l'amour du travail. L'activité de l'artiste est synonyme d'ascèse, de volonté : telle est la voie inévitable pour accéder à la forme supérieure de la poésie. Hugo est, pour Valéry, de ces poètes qui travaillent leur poésie (« Pendant plus de soixante ans, il est chaque jour de cinq heures à midi à son établi de poète »). Valéry voit en lui un inventeur de la forme, des images, des thèmes. La poésie « pure » naît d'une tension, d'une lutte de soi avec soi, de l'esprit avec l'esprit.

Mais d'autres ont un point de vue plus réservé : en répondant à l'enquête de *L'Ermitage* intitulée « Les Poètes et leur poète » (février 1902), Gide désigne « son » poète de prédilection par ces mots célèbres : « Hugo, – hélas ! ».

Plus près de nous, le critique Georges Poulet (dans ses *Études sur le temps humain*, 1976*)* voit en Hugo un poète qui se cherche dans son passé, dans son vécu, dans les objets qui *« doivent nous rendre un jour le dépôt que nous leur avons confié »*. Ainsi, le temps ne se perd pas et les souvenirs ne sont pas lettres mortes.

L'ACCUEIL FAIT AUX *NUITS* D'ALFRED DE MUSSET

L'ensemble réunit des poèmes écrits entre 1835 et 1837 (*Nuit de mai*, 1835 ; *Nuit de décembre*, 1835 ; *Nuit d'août*, 1836 ; *Nuit d'octobre*, 1837).

Au XIXe siècle

Ces poésies de Musset ont été publiées dans des revues, en particulier dans la *Revue des deux mondes*, où elles passaient inaperçues du grand public. La célébrité et la gloire viendront tardivement à Musset, surtout après la publication de ses poésies dans l'édition de 1852 et, plus encore, après sa mort, alors que, vers 1860, on s'est un peu lassé de Lamartine et de Hugo, et qu'on « redécouvre » Vigny et Musset.

Faguet, à sa façon, juge les poètes en fonction de normes préétablies et jamais selon cette liberté d'inspiration qui, pour nous, est la marque et l'honneur de la poésie. Musset, à ses yeux, manque donc de souffle. Lanson est de ceux, nombreux, qui, comme Faguet, ont parlé de « *causeries charmantes* » et de « *profondeurs de l'âme* » à propos de Musset. Il est sensible à la diversité des nuances et aux surprises que révèle la délicatesse des émotions transcrites par cette poésie.

Au XXe siècle

Philippe Van Thieghem dans son *Musset*[1] fait de Musset un précurseur des symbolistes. Jean-Pierre Richard[2] s'applique à montrer ce qui, chez Musset, est déjà « moderne » et laisse présager Baudelaire. Ce thème du double fréquent chez lui, en particulier dans la « Nuit de décembre », lui apparaît, d'un point de vue psychanalytique, comme extrêmement intéressant. Nous ne sommes pas loin du « Je est un Autre » d'Arthur Rimbaud et du thème narcissique d'un moi aux prises avec lui-même ou avec son propre reflet, thème largement exploité par Paul Valéry, André Gide et Jean Cocteau.

Le critique Paul Bénichou, en 1992, évoque également le mythe de Narcisse à propos de « La Nuit de décembre » dans son ouvrage *L'École du désenchantement*[3].

1. Hatier, « Connaissances des Lettres », 1969. \ 2. Jean-Pierre Richard, *Études sur le romantisme*, « Lamartine », *op. cit.*\ 3. Gallimard, 1992.

LE GENRE POÉTIQUE

LA POÉSIE ROMANTIQUE DANS L'ÉVOLUTION DU GENRE POÉTIQUE

La poésie romantique française est une poésie marquée par le classicisme contre lequel elle a voulu réagir. Mais à la suite de Lamartine, malgré leurs allégations, ni Hugo, ni Vigny, ni Musset ne libèrent vraiment leur style de cette emprise.

LA LANGUE POÉTIQUE

L'héritage classique

La rhétorique classique naît d'une connaissance assidue et intime des écrivains de l'Antiquité. La possession de cette culture, qu'on appelle au XVIIe siècle les « humanités », est l'apanage des gens cultivés. Au XVIIe siècle, la langue noble se sépare de la langue vulgaire tant dans l'art de parler (l'art oratoire) que dans l'art d'écrire. Elle fait partie du décorum royal, mais le clergé (les jésuites, en particulier) comme la grande bourgeoisie en assurent aussi la promotion. Le choix des mots se fait selon la recherche de l'éclat et au nom d'une certaine conception de la beauté : le XVIIe siècle aime les termes rares, les belles épithètes, les métaphores, les adverbes, les synonymes.

Toutefois, ces recherches, qui, dans le meilleur des cas, doivent s'allier au naturel, vont s'enfermer peu à peu dans des procédés mécaniques standardisés. Le culte de la rareté vire à la sophistication chez les précieux et précieuses dont se moque Molière. La poésie du XVIIIe siècle, dont une grande partie est tombée dans l'oubli aujourd'hui, ressemble à un inventaire de tournures contournées, et de clichés hérités de cette langue classique qui ne se renouvelle pas.

Les clichés romantiques

La langue poétique des Romantiques ne rompt pas immédiatement avec ces procédés. Leur vocabulaire reste attaché à des formes dites nobles dont la systématisation devient vite artificielle. Ainsi dans « Le Lac » (p. 13) de Lamartine, les « roches » ont-elles des « flancs » (de même chez Vigny, dans

« La Bouteille à la mer », la bouteille que le marin va jeter à l'eau a « son flanc noir et terni »). La lune est « l'astre au front d'argent ». L'eau d'un lac ou d'un ruisseau, peu importe, est toujours « l'onde ». Dans « Le Vallon », les « deux ruisseaux » « … mêlent un moment leur onde et leur murmure, » avant que le poète, comparant son âme à ces éléments, ne s'écrie : « Mais leur onde est limpide et mon âme est troublée ». L'air a des « champs » ou des « plaines » : « Dans les plaines de l'air vole avec l'aquilon » (« Le Vallon »), car naturellement, le vent ne peut être, s'il est vif et froid, que « l'aquilon » (« l'aquilon » est un vent du Nord, froid et violent) tandis que Vigny, pour désigner « l'herbe », ne parle que de « gazon » (« La Mort du Loup », p. 17) et qu'il évoque le « vaste berceau » des flots (« La Bouteille à la mer »).

Chez Hugo, les « manoirs », les « maisons blasonnées », « la vieille cité », les « montagnes » ont un « front » (« Soleils couchants », p. 23). Avec Musset, c'est le « Pélion » (montagne de Thessalie, en Grèce) qui a un « front chevelu » (« La Nuit de mai », p. 37). La « bave » d'un animal ne peut être que « l'écume », et si cet animal est un cheval, il sera forcément un « coursier », ce qui donne : « Jetterons-nous au vent l'écume du coursier ? » (« La Nuit de mai », p. 37). Les « vents » ont également des « ailes » (« L'aile des vents battait à ma fenêtre » : « La Nuit de décembre »). Ainsi la poésie se réserve un lexique particulier avec des termes vieillis : « l'azur » pour « le ciel », « le fer » et « le glaive » pour « l'épée » ou pour le « couteau », « l'hymen » pour « le mariage », « le mortel » pour « l'homme », « le trépas » pour « la mort », etc.

Malgré ses déclarations d'intention, la poésie romantique est donc restée une poésie à base de clichés. Progressivement cependant, les poètes romantiques se déprennent de ce langage mort. Dans « La Mort du Loup » (p. 17), Vigny n'hésite pas à employer des termes techniques et simples : le « vent » reste le « vent », la « girouette », la « girouette » et les « couteaux… « les couteaux ».

LE VERS POÉTIQUE : UNE DISCRÈTE ÉMANCIPATION

Le respect de la tradition

Les poètes romantiques respectent d'autres principes érigés pour la poésie au XVIIe siècle par Malherbe et Boileau : le décompte des syllabes (appelé le « syllabisme ») n'est pas remis en cause. L'interdiction du hiatus est respectée. Le principe de la rime est conservé. On chante même les vertus de la rime riche, c'est-à-dire présentant l'homophonie de trois éléments :

la voyelle finale accentuée (le e muet à la rime ne compte pas dans la mesure du vers) et deux consonnes sonores placées avant ou après : « résistance » et « assistance » dans « La Bouteille à la mer » de Vigny, « chaumière » et « lumière » dans « Soleils couchants » (p. 23) de Hugo, « pelouse » et « jalouse » dans « La Nuit de mai » (p. 37) de Musset.

L'innovation : la désarticulation du vers

L'innovation introduite par les romantiques réside essentiellement dans la désarticulation du vers, en particulier de l'alexandrin. « J'ai disloqué ce grand niais d'alexandrin » se vante Hugo dans *Les Contemplations* (« Quelques mots à un autre »).

• Rappel : l'alexandrin traditionnel

De tradition, l'alexandrin est marqué par deux poses obligatoires, l'une à la césure, l'autre à la rime (ou clausule), ce qui divisait le vers en deux hémistiches de six syllabes chacun :

> La moisson de nos champs/lassera nos faucilles
> Et les fruits passeront/la promesse des fleurs

Ces deux vers » de Malherbe extraits de « *Prière pour le roi allant en Limousin* » (1605) sont des alexandrins de facture parfaite : chacun d'eux est constitué d'une proposition indépendante complète, et d'une coupure implicite à la césure (la coupe à la césure n'étant pas forcément marquée par un signe de ponctuation).

• L'entreprise de libération du vers : césure, enjambement, rejet, contre-rejet

Les romantiques cherchent à assouplir ce système contraignant et rigide (avec lequel les classiques, déjà, avaient pris quelques libertés), pour en tirer des effets. De tradition, l'accent fort d'un alexandrin, impliquant une pause, se situe à la césure, c'est-à-dire à la sixième syllabe. Cet accent fort s'appelle accent tonique. Or, il n'est pas interdit de penser, par exemple que, dans ces vers extraits de « La Bouteille à la mer » de Vigny :

> Il lance la Bouteille à la mer, et salue
> Les jours de l'avenir qui pour lui sont venus.

l'accent tonique du premier vers n'est pas à la césure, mais s'est déplacé à la neuvième syllabe ce qui crée un effet théâtral. L'accent se déplace, créant une surprise, mettant l'accent sur le caractère dramatique et aléatoire, de l'entreprise évoquée par Vigny.

De plus, dans ces deux vers, l'enjambement élargit et amplifie le propos. Il y a enjambement quand une proposition commencée dans un vers se poursuit sur le vers suivant :

> Tu disais : et nos cœurs unissaient leurs soupirs
> Vers cet être inconnu qu'attestaient nos désirs
> (*Méditations poétiques*, « Le Vallon »).

Or au XVIe siècle, le censeur du vers qu'était Malherbe avait tenté de proscrire l'enjambement que les poètes de la Pléiade n'avaient eu aucun scrupule à utiliser, et Boileau l'avait suivi dans cette voie. Il écrit dans son *Art poétique* (1674) :

> Les stances avec grâce apprirent à tomber,
> Et le vers sur le vers n'osa plus enjamber.

Malherbe fut plus sévère encore pour le rejet et contre-rejet. Par ces interdictions, il cherchait à préserver l'unité du vers de façon qu'il se distingue parfaitement de la prose. On répugnait à toute discordance entre la syntaxe et le mètre. Les romantiques ne dédaignent pas le recours au rejet et au contre-rejet.

Il y a rejet lorsqu'une proposition commencée dans un vers se poursuit sur un élément du vers suivant :

> « Que la vieille cité, devant moi, sur sa couche
> *S'étende*, qu'un soupir s'échappe de sa bouche, »
> (*Les Feuilles d'automne*, « Soleils couchants » p 26, v. 73-74)

Il y a contre-rejet lorsqu'un élément court anticipe, à la fin d'un vers, sur la proposition développée dans le vers suivant :

> « Mais son devoir était de les sauver, *afin*
> De pouvoir leur apprendre à bien souffrir la faim »
> (*Les Destinées*, « La Mort du Loup » p. 19, v. 67-68).

À partir des *Châtiments* (1853) et de *La Légende des siècles* (1859), pour ses dernières œuvres poétiques à caractère épique, et dans le dessein de créer des effets théâtraux, Hugo s'affranchira de plus en plus de toutes les interdictions classiques.

Sur ce point donc, les romantiques introduisent une plus grande liberté dans la syntaxe poétique. Comme le montrent les exemples donnés ici, les romantiques s'affranchissent des prescriptions des censeurs classiques. Mais l'émancipation reste timide. Il suffit d'examiner les textes de cette anthologie pour s'apercevoir sans peine que, dans la majorité des cas, les romantiques ne bousculent rien des règles depuis longtemps prescrites. En revanche, au théâtre, dans le drame écrit en vers, la codification normative est souvent mise à mal pour des raisons d'expressivité.

SUJETS

COMMENTAIRE

SUJET 1

TEXTE 1 • ***« Soleils couchants »***

Le soleil s'est couché [...] immense et radieux !

VERS 123-138, PAGES 28-29

Après avoir répondu aux questions suivantes, vous ferez un commentaire de ce texte

1. Étudiez la composition de ce poème : quel est le thème récurrent dans les trois premières strophes ? En quoi mettent-elles en relief la quatrième ?

2. Repérez les anaphores dans les trois premières strophes : quelle impression le poète veut-il mettre ainsi en valeur ?

3. Quel aspect du poète ressort de la troisième strophe ? Quel enseignement veut-il que nous en tirions ?

DISSERTATION

SUJET 2

Dans la Préface des *Rayons et des Ombres*, Hugo propose aux poètes d'introduire dans ses poèmes « cette peinture profonde du Moi qui est peut-être l'œuvre la plus large, la plus généreuse, la plus universelle qu'un penseur puisse faire ». Dans les poèmes romantiques que vous connaissez, la peinture du Moi vous paraît-elle « large, générale, universelle » ? Justifiez votre point de vue en vous appuyant sur quelques exemples précis.

Caspar David Friedrich (1774-1840), *Le Voyageur au-dessus de la mer de nuages.*
Huile sur toile, 98,4 x 74,8 cm, Hamburger Kunsthalle, Hamburg, Allemagne.

ANALYSE D'IMAGE

SUJET 3 (ci-contre)

Friedrich, peintre romantique allemand, resté longtemps méconnu en France écrivait : « Le peintre ne doit pas peindre seulement ce qu'il voit en face de lui, mais aussi ce qu'il voit en lui. »

1. Examinez la position du personnage central dans le tableau? Que regarde ce personnage ? Qu'en déduisez-vous ? Qu'y a-t-il de « romantique » dans la place qu'il occupe, dans son attitude, dans son pôle d'intérêt ?

2. Examinez les masses de couleurs, les unes sombres au premier plan, les autres claires et estompées : dégagez la symbolique de ces éléments contrastés.

3. Quel poème de la première section de cet ouvrage vous paraîtrait pouvoir être illustré par ce tableau? Justifiez votre choix.

Romantisme

DEUXIÈME SECTION

L'œuvre de Victor Hugo après 1851

Victor Hugo
(1802-1885)

LES CHÂTIMENTS (1853)

L'expiation[1]

I

Il neigeait. On était vaincu par sa conquête.
Pour la première fois l'aigle baissait la tête.
Sombres jours ! l'empereur revenait lentement,
Laissant derrière lui brûler Moscou fumant.
Il neigeait. L'âpre hiver fondait en avalanche.
Après la plaine blanche une autre plaine blanche.
On ne connaissait plus les chefs ni le drapeau.
Hier la grande armée, et maintenant troupeau.
On ne distinguait plus les ailes ni le centre :
Il neigeait. Les blessés s'abritaient dans le ventre
Des chevaux morts ; au seuil des bivouacs désolés
On voyait des clairons à leur poste gelés
Restés debout, en selle et muets, blancs de givre,
Collant leur bouche en pierre aux trompettes de cuivre.

---

1. *L'expiation :* titre qui aurait été suggéré à Hugo en 1849 par un poète âgé lui ayant envoyé, pour le concours de poésie de l'Académie française, une œuvre portant ce titre.

Boulets, mitraille, obus, mêlés aux flocons blancs,
Pleuvaient ; les grenadiers, surpris d'être tremblants,
Marchaient pensifs, la glace à leur moustache grise.
Il neigeait, il neigeait toujours ! la froide bise
Sifflait ; sur le verglas, dans des lieux inconnus,
On n'avait pas de pain et l'on allait pieds nus.
Ce n'étaient plus des cœurs vivants, des gens de guerre ;
C'était un rêve errant dans la brume, un mystère,
Une procession d'ombres sous le ciel noir.
La solitude vaste, épouvantable à voir,
Partout apparaissait, muette vengeresse.
Le ciel faisait sans bruit avec la neige épaisse
Pour cette immense armée un immense linceul ;
Et, chacun se sentant mourir, on était seul.
– Sortira-t-on jamais de ce funeste empire ?
Deux ennemis ! le Czar, le Nord. Le Nord est pire.
On jetait les canons pour brûler les affûts.
Qui se couchait, mourait. Groupe morne et confus,
Ils fuyaient ; le désert dévorait le cortège.
On pouvait, à des plis qui soulevaient la neige,
Voir que des régiments s'étaient endormis là.
Ô chutes d'Annibal[1] ! Lendemains d'Attila[2] !
Fuyards, blessés, mourants, caissons, brancards, civières,
On s'écrasait aux ponts pour passer les rivières.
On s'endormait dix mille, on se réveillait cent.
Ney[3], que suivait naguère une armée, à présent
S'évadait, disputant sa montre à trois cosaques.

1. *Annibal :* célèbre général carthaginois (247-183) qui, ayant envahi l'Espagne, le Sud de la Gaule et une partie de l'Italie, fut finalement vaincu par Scipion l'Africain. \ **2.** *Attila :* roi des Huns (432-453) qui, après avoir vaincu les empereurs d'Orient et d'Occident, ravagea une partie de la Gaule (sauf Lutèce protégée par Sainte Geneviève devenue depuis la Patronne de Paris), fut vaincu par le concours des forces d'Italie et des Gaules. \ **3.** *Ney :* célèbre maréchal d'Empire qui se couvrit de gloire au service de Napoléon Ier, en particulier durant la campagne de Russie.

Toutes les nuits, qui vive ! alerte ! assauts ! attaques !
Ces fantômes prenaient leurs fusils, et sur eux
Ils voyaient se ruer, effrayants, ténébreux,
Avec des cris pareils aux voix des vautours chauves,
D'horribles escadrons, tourbillons d'hommes fauves.
Toute une armée ainsi dans la nuit se perdait.
L'empereur était là, débout, qui regardait.
Il était comme un arbre en proie à la cognée.
Sur ce géant, grandeur jusqu'alors épargnée,
Le malheur, bûcheron sinistre, était monté ;
Et lui, chêne vivant, par la hache insulté,
Tressaillant sous le spectre aux lugubres revanches,
Il regardait tomber autour de lui ses branches.
Chefs, soldats, tous mouraient. chacun avait son tour.
Tandis qu'environnant sa tente avec amour,
Voyant son ombre aller et venir sur la toile,
Ceux qui restaient, croyant toujours à son étoile,
Accusaient le destin de lèse-majesté,
Lui se sentit soudain dans l'âme épouvanté.
Stupéfait du désastre et ne sachant que croire,
L'empereur se tourna vers Dieu ; l'homme de gloire
Trembla ; Napoléon comprit qu'il expiait
Quelque chose peut-être, et, livide, inquiet,
Devant ses légions sur la neige semées :
– Est-ce le châtiment, dit-il, Dieu des armées ? –
Alors il s'entendit appeler par son nom
Et quelqu'un qui parlait dans l'ombre lui dit : non.

II

Waterloo ! Waterloo ! Waterloo ! morne plaine !
Comme une onde qui bout dans une urne trop pleine,

Dans ton cirque de bois, de coteaux, de vallons,
La pâle mort mêlait les sombres bataillons.
D'un côté c'est l'Europe et de l'autre la France.
Choc sanglant ! des héros Dieu trompait l'espérance ;
Tu désertais, victoire, et le sort était las.
Ô Waterloo ! je pleure et je m'arrête, hélas !
Car ces derniers soldats de la dernière guerre
Furent grands ; ils avaient vaincu toute la terre,
Chassé vingt rois, passé les Alpes et le Rhin,
Et leur âme chantait dans les clairons d'airain[1] !

Le soir tombait ; la lutte était ardente et noire.
Il avait l'offensive et presque la victoire ;
Il tenait Wellington[2] acculé sur un bois.
Sa lunette à la main, il observait parfois
Le centre du combat, point obscur où tressaille
La mêlée, effroyable et vivante broussaille,
Et parfois l'horizon, sombre comme la mer.
Soudain, joyeux, il dit : Grouchy[3] ! – C'était Blücher[4] !
L'espoir changea de camp, le combat changea d'âme,
La mêlée en hurlant grandit comme une flamme.
La batterie anglaise écrasa nos carrés.
La plaine où frissonnaient les drapeaux déchirés,
Ne fut plus, dans les cris des mourants qu'on égorge,
Qu'un gouffre flamboyant, rouge comme une forge ;
Gouffre où les régiments, comme des pans de murs,
Tombaient, où se couchaient comme des épis mûrs
Les hauts tambours-majors aux panaches énormes,

1. *Airain :* bronze (mélange de cuivre et d'étain), terme noble associé à l'idée de dureté. \ **2.** *Wellington :* général anglais qui, ayant combattu les troupes françaises au Portugal et en Espagne, gagna la bataille de Waterloo à la tête des troupes alliées. \ **3.** *Grouchy :* maréchal de France qui, à Waterloo, ne put pas empêcher la liaison des Prussiens et des Anglais. \ **4.** *Blücher :* général prussien qui, avec son armée, put rejoindre l'armée de Wellington.

Où l'on entrevoyait des blessures difformes !
Carnage affreux ! moment fatal ! l'homme inquiet
Sentit que la bataille entre ses mains pliait.
Derrière un mamelon la garde était massée,
La garde, espoir suprême et suprême pensée !
– Allons ! faites donner la garde, cria-t-il, –
Et Lanciers, Grenadiers aux guêtres de coutil,
Dragons que Rome eût pris pour des légionnaires,
Cuirassiers, Canonniers qui traînaient des tonnerres,
Portant le noir colback [1] ou le casque poli,
Tous, ceux de Friedland [2] et ceux de Rivoli [3],
Comprenant qu'ils allaient mourir dans cette fête,
Saluèrent leur dieu, debout dans la tempête.
Leur bouche, d'un seul cri, dit : vive l'empereur !
Puis, à pas lents, musique en tête, sans fureur,
Tranquille, souriant à la mitraille anglaise,
La garde impériale entra dans la fournaise.
Hélas ! Napoléon, sur sa garde penché,
Regardait, et, sitôt qu'ils avaient débouché
Sous les sombres canons crachant des jets de soufre,
Voyait, l'un après l'autre, en cet horrible gouffre,
Fondre ces régiments de granit et d'acier
Comme fond une cire au souffle d'un brasier.
Ils allaient, l'arme au bras, front haut, graves, stoïques.
Pas un ne recula. Dormez, morts héroïques !
Le reste de l'armée hésitait sur leurs corps
Et regardait mourir la garde. – C'est alors
Qu'élevant tout à coup sa voix désespérée,
La Déroute, géante à la face effarée,

1. *Colback :* bonnet à poil des militaires en forme de cône tronqué . \ **2.** *Friedland :* ville où Napoléon l'emporta sur les Russes en 1807. \ **3.** *Rivoli :* ville d'Italie où, en 1797, Napoléon vainquit les Autrichiens.

Qui, pâle, épouvantant les plus fiers bataillons,
Changeant subitement les drapeaux en haillons,
À de certains moments, spectre fait de fumées,
Se lève grandissante au milieu des armées,
La Déroute apparut au soldat qui s'émeut[1],
Et, se tordant les bras, cria : Sauve qui peut !
Sauve qui peut ! affront ! horreur ! toutes les bouches
Criaient ; à travers champs, fous, éperdus, farouches,
Comme si quelque souffle avait passé sur eux,
Parmi les lourds caissons et les fourgons poudreux,
Roulant dans les fossés, se cachant dans les seigles,
Jetant schakos[2], manteaux, fusils, jetant les aigles[3],
Sous les sabres prussiens, ces vétérans, ô deuil !
Tremblaient, hurlaient, pleuraient, couraient ! – En un clin d'œil,
Comme s'envole au vent une paille enflammée,
S'évanouit ce bruit qui fut une grande armée,
Et cette plaine, hélas ! où l'on rêve aujourd'hui,
Vit fuir ceux devant qui l'univers avait fui !
Quarante ans sont passés, et ce coin de la terre,
Waterloo, ce plateau funèbre et solitaire,
Ce champ sinistre où Dieu mêla tant de néants,
Tremble encor d'avoir vu la fuite des géants !

Napoléon les vit s'écouler comme un fleuve ;
Hommes, chevaux, tambours, drapeaux ; – et dans l'épreuve,
Sentant confusément revenir son remords,
Levant les mains au ciel, il dit : – mes soldats morts,
Moi vaincu ! mon empire est brisé comme verre.

1. *S'émeut :* prend la fuite. \ **2.** *Schako :* (ou Shako) coiffure militaire rigide comme celle que portent aujourd'hui les Saint-Cyriens en certaines occasions. \ **3.** *Aigles :* drapeaux de l'Empire qui étaient, comme les étendards des légions romaines, surmontés d'un aigle.

Est-ce le châtiment cette fois, Dieu sévère ? –
Alors parmi les cris, les rumeurs, le canon,
Il entendit la voix qui lui répondait : non !

III

Il croula. Dieu changea la chaîne de l'Europe.

Il est, au fond des mers que la brume enveloppe,
Un roc hideux, débris des antiques volcans.
Le destin prit des clous, un marteau, des carcans[1],
Saisit, pâle et vivant, ce voleur du tonnerre,
Et, joyeux, s'en alla sur le pic centenaire
Le clouer, excitant par son rire moqueur
Le vautour Angleterre à lui ronger le cœur[2].

Évanouissement d'une splendeur immense !
Du soleil qui se lève à la nuit qui commence,
Toujours l'isolement, l'abandon, la prison ;
Un soldat rouge au seuil, la mer à l'horizon.
Des rochers nus, des bois affreux, l'ennui, l'espace,
Des voiles s'enfuyant comme l'espoir qui passe,
Toujours le bruit des flots, toujours le bruit des vents !
Adieu, tente de pourpre aux panaches mouvants,
Adieu, le cheval blanc que César éperonne !
Plus de tambours battant aux champs, plus de couronne,
Plus de rois prosternés dans l'ombre avec terreur,

1. *Carcans :* collier de fer avec lequel on attachait à un poteau le cou des criminels condamnés à l'exposition publique. \ **2.** *Le vautour… :* souvenir de la tragédie du poète grec Eschyle (524-456 av. J.-C.), *Prométhée enchaîné.* Prométhée avait dérobé le feu à Zeus qui, pour le punir, le fit clouer sur le Caucase où un vautour lui dévorait le foie. Il fut délivré par Héraclès qui tua le rapace.

Plus de manteau traînant sur eux, plus d'empereur !
Napoléon était retombé Bonaparte.
Comme un Romain blessé par la flèche du Parthe[1],
Saignant, morne, il songeait à Moscou qui brûla.
Un caporal anglais lui disait : halte-là !
Son fils aux mains des rois, sa femme aux bras d'un autre !
Plus vil que le pourceau qui dans l'égout se vautre,
Son sénat qui l'avait adoré, l'insultait.
Au bord des mers, à l'heure où la bise se tait,
Sur les escarpements croulant en noirs décombres,
Il marchait, seul, rêveur, captif des vagues sombres.
Sur les monts, sur les flots, sur les cieux, triste et fier,
L'œil encore ébloui des batailles d'hier,
Il laissait sa pensée errer à l'aventure.
Grandeur, gloire, ô néant ! calme de la nature !
Des aigles qui passaient ne le connaissaient pas.
Les rois, ses guichetiers[2], avaient pris un compas
Et l'avaient enfermé dans un cercle inflexible.
Il expirait. La mort de plus en plus visible
Se levait dans sa nuit et croissait à ses yeux
Comme le froid matin d'un jour mystérieux.
Son âme palpitait, déjà presque échappée.
Un jour enfin il mit sur son lit son épée,
Et se coucha près d'elle, et dit : c'est aujourd'hui !
On jeta le manteau de Marengo[3] sur lui.
Ses batailles du Nil, du Danube, du Tibre,
Se penchaient sur son front, il dit : me voici libre !
Je suis vainqueur ! je vois mes aigles accourir !

1. *La flèche du Parthe :* les cavaliers parthes s'enfuyaient en décochant par-dessus leur épaule une flèche à leurs poursuivants. L'expression désigne un mot, un trait d'esprit inattendu et qui porte. \ **2.** *Guichetier :* personne chargée d'ouvrir et fermer l'ouverture (le guichet) ménagée dans la porte d'une prison. \ **3.** *Marengo :* petit village italien près duquel Bonaparte, à la tête de l'armée française, vainquit les Autrichiens le 14 Juin 1800.

Et, comme il retournait sa tête pour mourir,
Il aperçut, un pied dans la maison déserte,
Hudson-Lowe[1] guettant par la porte entr'ouverte.
Alors, géant broyé sous le talon des rois,
Il cria : – la mesure est comble cette fois !
Seigneur ! c'est maintenant fini ! Dieu que j'implore,
Vous m'avez châtié ! – la voix dit : – Pas encore !

IV

Ô noirs événements, vous fuyez dans la nuit !
L'empereur mort tomba sur l'empire détruit.
Napoléon alla s'endormir sous le saule.
Et les peuples alors, de l'un à l'autre pôle,
Oubliant le tyran, s'éprirent du héros.
Les poëtes, marquant au front les rois bourreaux,
Consolèrent, pensifs, cette gloire abattue.
À la colonne veuve[2] on rendit sa statue.
Quand on levait les yeux, on le voyait debout
Au-dessus de Paris, serein, dominant tout,
Seul, le jour dans l'azur et la nuit dans les astres.
Panthéons[3], on grava son nom sur vos pilastres !
On ne regarda plus qu'un seul côté des temps ;
On ne se souvint plus que des jours éclatants ;
Cet homme étrange avait comme enivré l'histoire ;

1. *Hudson-Lowe :* général anglais qui fut le geôlier impitoyable de Napoléon à Sainte-Hélène. \ **2.** *La colonne veuve :* allusion à la colonne Vendôme inaugurée à Paris en 1810 avec, au sommet, une statue de Napoléon en César. La Restauration remplaça cette statue par une fleur de lys, mais, en 1833, Louis-Philippe fit replacer une statue de Napoléon en petit Caporal, avec sa redingote et son chapeau légendaires. Renversée par la Commune en 1871, la colonne fut redressée par la IIIe République avec, à son sommet, une réplique de la statue primitive de Napoléon en César. \ **3.** *Panthéons :* dans l'antiquité, temples destinés aux dieux. Ce furent ensuite des monuments destinés à la mémoire des grands hommes d'une nation.

La justice à l'œil froid disparut sous sa gloire ;
On ne vit plus qu'Eylau, Ulm, Arcole, Austerlitz[1] ;
Comme dans les tombeaux des romains abolis,
On se mit à fouiller dans ces grandes années ;
Et vous applaudissiez, nations inclinées,
Chaque fois qu'on tirait de ce sol souverain
Ou le consul de marbre ou l'empereur d'airain !

V

Le nom grandit quand l'homme tombe ;
Jamais rien de tel n'avait lui.
Calme, il écoutait dans sa tombe
La terre qui parlait de lui.

La terre disait : « la victoire
» À suivi cet homme en tous lieux.
» Jamais tu n'as vu, sombre histoire,
» Un passant plus prodigieux !

» Gloire au maître qui dort sous l'herbe !
» Gloire à ce grand audacieux !
» Nous l'avons vu gravir, superbe,
» Les premiers échelons des cieux !

» Il envoyait, âme acharnée,
» Prenant Moscou, prenant Madrid,
» Lutter contre la destinée
» Tous les rêves de son esprit.

1. *Eylau, Arcole, Ulm , Austerlitz :* célèbres victoires de Napoléon Ier.

» À chaque instant, rentrant en lice[1],
» Cet homme aux gigantesques pas
» Proposait quelque grand caprice
» À Dieu qui n'y consentait pas.

» Il n'était presque plus un homme.
» Il disait, grave et rayonnant,
» En regardant fixement Rome :
» C'est moi qui règne maintenant !

» Il voulait, héros et symbole,
» Pontife[2] et roi, phare et volcan,
» Faire du Louvre un Capitole
» Et de Saint-Cloud un Vatican.

» César, il eût dit à Pompée :
» Sois fier d'être mon lieutenant !
» On voyait luire son épée
» Au fond d'un nuage tonnant.

» Il voulait, dans les frénésies
» De ses vastes ambitions,
» Faire devant ses fantaisies
» Agenouiller les nations,

» Ainsi qu'en une urne profonde,
» Mêler races, langues, esprits,
» Répandre Paris sur le monde,
» Enfermer le monde en Paris !

1. *Lice* : champ clos où se déroulaient les tournois. « Entrer en lice », c'est s'engager dans une lutte, un combat. \ **2.** *Pontife* : prêtre qui a la haute surveillance du culte, comme le Pape dans la religion catholique.

» Comme Cyrus[1] dans Babylone,
» Il voulait sous sa large main
» Ne faire du monde qu'un trône
» Et qu'un peuple du genre humain,

» Et bâtir, malgré les huées
» Un tel empire sous son nom
» Que Jéhovah[2] dans les nuées
» Fût jaloux de Napoléon ! »

VI

Enfin, mort triomphant, il vit sa délivrance,
Et l'océan rendit son cercueil à la France[3].

L'homme, depuis douze ans, sous le dôme doré
Reposait, par l'exil et par la mort sacré ;
En paix ! – quand on passait près du monument sombre,
On se le figurait, couronne au front, dans l'ombre,
Dans son manteau semé d'abeilles d'or, muet,
Couché sous cette voûte où rien ne remuait,
Lui, l'homme qui trouvait la terre trop étroite,
Le sceptre en la main gauche, et l'épée en sa droite,
À ses pieds son grand aigle ouvrant l'œil à demi,
Et l'on disait : c'est là qu'est César endormi !

Laissant dans la clarté marcher l'immense ville,
Il dormait, il dormait confiant et tranquille.

1. *Cyrus :* Cyrus II le Grand, fondateur de l'Empire perse. En 539 av. J.-C., il s'empara de Babylone, cité de l'Orient, en Mésopotamie, considérable par sa puissance et ses splendeurs. Il devint ainsi le maître de toute l'Asie occidentale. \ **2.** *Jéhovah :* transformation du tétragramme sacré YHWH (Yahvé) dans la langue hébraïque pour éviter de prononcer le nom sacré de Dieu. \ **3.** *Et l'océan… :* le retour des cendres de Napoléon date de 1840 . Le cénotaphe de l'Empereur se trouve aux Invalides, à Paris, « sous le dôme doré ».

VII

Une nuit, – c'est toujours la nuit dans le tombeau, –
Il s'éveilla. Luisant comme un hideux flambeau,
D'étranges visions emplissaient sa paupière ;
Des rires éclataient sous son plafond de pierre ;
Livide, il se dressa, la vision grandit ;
Ô terreur ! une voix qu'il reconnut lui dit :

– Réveille-toi. Moscou, Waterloo, Sainte-Hélène,
L'exil, les rois geôliers, l'Angleterre hautaine
Sur ton lit accoudée à ton dernier moment,
Sire, cela n'est rien. Voici le châtiment !

La voix alors devint âpre, amère, stridente,
Comme le noir sarcasme et l'ironie ardente ;
C'était le rire amer mordant un demi-dieu.

– Sire ! on t'a retiré de ton Panthéon bleu !
Sire ! on t'a descendu de ta haute colonne !
Regarde : des brigands, dont l'essaim tourbillonne ;
D'affreux bohémiens, des vainqueurs de charnier
Te tiennent dans leurs mains et t'ont fait prisonnier.
À ton orteil d'airain leur patte infâme touche.
Ils t'ont pris. Tu mourus, comme un astre se couche,
Napoléon-le-Grand, empereur ; tu renais
Bonaparte, écuyer du cirque Beauharnais[1].
Te voilà dans leurs rangs, on t'a, l'on te harnache.
Ils t'appellent tout haut grand homme, entr'eux, ganache[2],

1. *Beauharnais :* Napoléon III était le fils de Louis Bonaparte et d'Hortense de Beauharnais, fille de l'Impératrice Joséphine qui, avant d'épouser Napoléon Ier, avait eu deux enfants de son mari, le général vicomte de Beauharnais, mort sur l'échafaud en 1794. \ **2.** *Ganache :* personne sans intelligence, incapable.

Ils traînent sur Paris, qui les voit s'étaler[1],
Des sabres qu'au besoin ils sauraient avaler.
Aux passants attroupés devant leur habitacle[2],
Ils disent, entends-les : – Empire à grand spectacle !
Le pape[3] est engagé dans la troupe ; c'est bien,
Nous avons mieux ; le czar[4] en est ; mais ce n'est rien,
Le czar n'est qu'un sergent, le pape n'est qu'un bonze.
Nous avons avec nous le bonhomme de bronze !
Nous sommes les neveux du Grand Napoléon ! –
Et Fould, Magnan, Rouher, Parieu[5] caméléon,
Font rage. Ils vont montrant un sénat d'automates.
Ils ont pris de la paille au fond des casemates[6]
Pour empailler ton aigle, ô vainqueur d'Iéna !
Il est là, mort, gisant, lui qui si haut plana,
Et du champ de bataille il tombe au champ de foire.
Sire, de ton vieux trône ils recousent la moire.
Ayant dévalisé la France au coin d'un bois,
Ils ont à leurs haillons du sang, comme tu vois,
Et dans son bénitier Sibour[7] lave leur linge.
Toi, lion, tu les suis ; leur maître, c'est le singe.
Ton nom leur sert de lit, Napoléon premier.

On voit sur Austerlitz un peu de leur fumier.
Ta gloire est un gros vin dont leur honte se grise ;

1. *S'étaler :* se montrer avec ostentation, se donner en spectacle. \ 2. *Habitacle :* terme péjoratif ici pour désigner leur maison. \ 3. *Le pape :* allusion à Pie XI qui accueillit favorablement le Coup d'État du 2 Décembre 1851. \ 4. *Le czar :* le tsar, Nicolas Ier, qui se félicita du Coup d'État et appela Napoléon III « le sauveur de l'ordre ». \ 5. *Fould, Magnan, Rouher, Parieu :* Fould, ministre des Finances, créa des caisses de retraite et de secours pour la vieillesse ; Magnan, Maréchal de France, commandant de l'armée, fut l'un des principaux organisateurs du Coup d'État ; Rouher fut Ministre de Napoléon III ; Parieu est dit « caméléon » parce qu'après avoir servi la IIe République comme ministre de l'Instruction publique, il œuvra en faveur de Napoléon III et de l'enseignement privé (loi Falloux). \ 6. *Casemates :* abri enterré pour se protéger des obus. \ 7. *Sibour :* archevêque de Paris, il se rallia à l'Empire et célébra le *Te Deum* (chant de louanges et d'action de grâces) le 3 décembre 1852 en l'honneur de Napoléon III.

Cartouche[1] essaie et met ta redingotte grise ;
On quête des liards[2] dans le petit chapeau ;
Pour tapis sur la table ils ont mis ton drapeau ;
À cette table immonde où le grec devient riche,
Avec le paysan on boit, on joue, on triche.
Tu te mêles, compère, à ce tripot hardi,
Et ta main qui tenait l'étendard de Lodi[3],
Cette main qui portait la foudre, ô Bonaparte,
Aide à piper les dés[4] et fait sauter la carte.
Ils te forcent à boire avec eux, et Carlier[5]
Pousse amicalement d'un coude familier
Votre majesté, sire, et Piétri[6] dans son antre
Vous tutoie, et Maupas[7] vous tape sur le ventre.
Faussaires, meurtriers, escrocs, forbans[8], voleurs,
Ils savent qu'ils auront, comme toi, des malheurs ;
Leur soif en attendant vide la coupe pleine,
À ta santé ; Poissy[9] trinque avec Sainte-Hélène.

Regarde ! bals, sabbats[10], fêtes matin et soir.
La foule au bruit qu'ils font se culbute pour voir ;
Debout sur le tréteau qu'assiège une cohue
Qui rit, bâille, applaudit, tempête, siffle, hue,
Entouré de pasquins[11] agitant leur grelot,
– Commencer par Homère et finir par Callot[12] !
Épopée ! épopée ! oh ! quel dernier chapitre ! –

1. *Cartouche :* né à Paris (1693-1721), chef d'une bande de voleurs, fut roué vif en place de Grève. \ **2.** *Liard :* ancienne monnaie française de cuivre qui valait très peu. \ **3.** *Lodi :* ville d'Italie où, en 1796, Bonaparte remporta une victoire sur les Autrichiens. \ **4.** *Piper les dés :* tricher. \ **5.** *Carlier :* préfet de police sous la présidence de Louis-Napoléon Bonaparte, il aida à assurer le succès du Coup d'État. \ **6.** *Piétri :* homme politique rallié à l'Empire, il succède à Maupas comme préfet de police. \ **7.** *Maupas :* préfet de Toulon, il fut appelé par Louis-Napoléon pour préparer le Coup d'État. \ **8.** *Forban :* pirate, d'où, par extension, individu sans scrupules. \ **9.** *Poissy :* chef-lieu de canton des Yvelines. \ **10.** *Sabbats :* danses au cours desquelles les sorcières s'unissaient avec le diable. Fêtes orgiaques. \ **11.** *Pasquins :* bouffons de farce. \ **12.** *Callot :* graveur, dessinateur et aquafortiste français (1592-1635).

Près de Troplong[1] paillasse et de Baroche pitre[2],
Devant cette baraque, abject et vil bazar
Où Mandrin[3] mal lavé se déguise en César,
Riant, l'affreux bandit, dans sa moustache épaisse,
Toi, spectre impérial, tu bats la grosse caisse ! –

L'horrible vision s'éteignit. – L'empereur,
Désespéré, poussa dans l'ombre un cri d'horreur,
Baissant les yeux, dressant ses mains épouvantées ;
Les Victoires de marbre à la porte sculptées,
Fantômes blancs debout hors du sépulcre obscur,
Se faisaient du doigt signe et, s'appuyant au mur,
Écoutaient le titan pleurer dans les ténèbres.
Et Lui, cria : démon aux visions funèbres,
Toi qui me suis partout, que jamais je ne vois,
Qui donc es-tu ? – Je suis ton crime, dit la voix. –
La tombe alors s'emplit d'une lumière étrange
Semblable à la clarté de Dieu quand il se venge ;
Pareils aux mots que vit resplendir Balthazar[4],
Deux mots dans l'ombre écrits flamboyaient sur César ;
Bonaparte, tremblant comme un enfant sans mère,
Leva sa face pâle et lut : – DIX-HUIT BRUMAIRE !

Jersey, 30 novembre 1852.

1. *Troplong :* juriste rallié au Coup d'État. Paillasse désignait autrefois un acrobate ou un jongleur de foire. \ **2.** *Baroche :* homme politique qui devint ministre de Napoléon III. \ **3.** *Mandrin :* contrebandier et bandit français (1724-1755) qui eut souvent l'appui de la population et mourut roué vif. \ **4.** *Balthazar :* roi de Babylone qui, au cours d'une de ses orgies, vit sur un mur trois mots prophétiques écrits d'une main invisible : *mane* (compté), *thecel* (pesé), *pharès* (divisé), au moment même où Cyrus pénétrait dans Babylone.

LES CONTEMPLATIONS (1856)

La Fête chez Thérèse

La chose[1] fut exquise et fort bien ordonnée.
C'était au mois d'avril, et dans une journée
Si douce, qu'on eût dit qu'amour[2] l'eût faite exprès.
Thérèse la duchesse à qui je donnerais,
Si j'étais roi, Paris, si j'étais Dieu, le monde,
Quand[3] elle ne serait que Thérèse la blonde,
Cette belle Thérèse, aux yeux de diamant,
Nous avait conviés dans son jardin charmant.

On était peu nombreux. Le choix[4] faisait la fête.
Nous étions tous ensemble et[5] chacun tête à tête.
Des couples pas à pas erraient de tous côtés.
C'étaient les fiers seigneurs et les rares beautés,
Les Amyntas rêvant auprès des Léonores[6],
Les marquises riant avec les monsignores[7] ;
Et l'on voyait rôder dans les grands escaliers
Un nain[8] qui dérobait leur bourse aux cavaliers.

À midi, le spectacle avec la mélodie.
Pourquoi jouer Plautus[9] la nuit ? La comédie
Est une belle fille et rit mieux au grand jour.
Or, on avait bâti, comme un temple d'amour,

1. *La chose :* la fête. \ **2.** *Amour :* le dieu amour. \ **3.** *Quand :* quand bien même. \ **4.** *Le choix :* la sélection. \ **5.** *Et :* et pourtant. \ **6.** *Amyntas, Léonores :* personnages de la comédie italienne dont les invités portent les costumes. \ **7.** *Monsignores :* prélats italiens. \ **8.** *Nain :* personnage bouffon de cour souvent représenté dans les tableaux italiens et espagnols des XVIe et XVIIe siècles. \ **9.** *Plautus :* le poète comique italien Plaute, pris ici comme symbole de la comédie.

Près d'un bassin dans l'ombre habité par un cygne,
Un théâtre en treillage où grimpait une vigne.
Un cintre[1] à claire-voie en anse de panier,
Cage verte où sifflait un bouvreuil prisonnier,
Couvrait toute la scène, et, sur leurs gorges blanches,
Les actrices sentaient errer l'ombre des branches.
On entendait au loin de magiques accords[2] ;

Et, tout en haut, sortant de la frise[3] à mi-corps,
Pour attirer la foule aux lazzis[4] qu'il répète,
Le blanc Pulcinella[5] sonnait de la trompette.
Deux faunes soutenaient le manteau d'Arlequin[6] ;
Trivelin[7] leur riait au nez comme un faquin[8].
Parmi les ornements sculptés dans le treillage,
Colombine[9] dormait dans un gros coquillage,
Et, quand elle montrait son sein et ses bras nus,
On eût cru voir la conque, et l'on eût dit Vénus[10].
Le seigneur Pantalon[11], dans une niche, à droite,
Vendait des limons[12] doux sur une table étroite,
Et criait par instant : « Seigneurs, l'homme est divin.
Dieu n'avait fait que l'eau, mais l'homme a fait le vin ! »
Scaramouche[13] en un coin harcelait de sa batte[14]
Le tragique Alcantor[15], suivi du triste Arbate[16] ;

1. *Cintre :* voûte en arc de cercle. \ **2.** *On entendait… :* il y a un orchestre et des chanteurs sous les arbres. \ **3.** *Frise :* toile placée au sommet du décor pour figurer le plafond. \ **4.** *Lazzis :* moqueries bouffonnes. \ **5.** *Pulcinella :* Polichinelle italien sans bosse et vêtu de blanc. \ **6.** *Manteau d'Arlequin :* encadrement intérieur de la scène supportant une draperie qui descend au-dessus du plateau. \ **7.** *Trivelin :* valet bouffon et sans scrupules de la comédie italienne. \ **8.** *Faquin :* à l'origine un porte-faix. Désigne un individu sans valeur, grossier. \ **9.** *Colombine :* soubrette pleine d'esprit de la comédie italienne. \ **10.** *Vénus :* dans la mythologie latine, Vénus est née de l'écume de la mer. Elle a été représentée par le peintre italien de la renaissance, Botticelli, sortant de l'onde dans une vaste coquille (ou conque). \ **11.** *Pantalon :* vieil avare débauché de la comédie italienne. \ **12.** *Limons :* citrons. \ **13.** *Scaramouche :* aventurier vêtu de noir, portant épée et guitare, dans la comédie italienne. \ **14.** *Batte :* sabre de bois. \ **15.** *Alcantor :* personnage d'une comédie de Molière, *Le Mariage forcé.* \ **16.** *Arbate :* confident de Mithridate dans la tragédie de Racine, *Mithridate.*

Crispin[1], vêtu de noir, jouait de l'éventail ;
Perché, jambe pendante, au sommet du portail[2],
Carlino[3] se penchait, écoutant les aubades,
Et son pied ébauchait de rêveuses gambades.

Le soleil tenait lieu de lustre ; la saison
Avait brodé de fleurs un immense gazon,
Vert tapis déroulé sous maint groupe folâtre.
Rangés des deux côtés de l'agreste théâtre,
Les vrais arbres du parc, les sorbiers, les lilas,
Les ébéniers[4] qu'avril charge de falbalas,
De leur sève embaumée exhalant les délices,
Semblaient se divertir à faire les coulisses,
Et, pour nous voir, ouvrant leurs fleurs comme des yeux,
Joignaient aux violons leur murmure joyeux ;
Si bien qu'à ce concert gracieux et classique,
La nature mêlait un peu de sa musique.

Tout nous charmait, les bois, le jour serein, l'air pur,
Les femmes tout amour et le ciel tout azur.

Pour la pièce, elle était fort bonne, quoique ancienne.
C'était, nonchalamment assis sur l'avant-scène,
Pierrot, qui haranguait dans un grave entretien,
Un singe timbalier[5] à cheval sur un chien.

Rien de plus. C'était simple et beau. – Par intervalles,
Le singe faisait rage et cognait ses timbales ;
Puis Pierrot répliquait. – Écoutait qui voulait.

1. *Crispin :* valet fripon. \ **2.** *Portail :* désigne le haut de la frise. \ **3.** *Carlino :* surnom de l'acteur italien Bertinozzi, célèbre Arlequin. \ **4.** *Ébéniers :* sortes de cytises dont les grappes jaunes ressemblent à des « falbalas », c'est-à-dire à des ruches d'étoffe plissée. \ **5.** *Timbalier :* joueur de timbale (tambour plat, instrument de musique de la cavalerie).

L'un faisait apporter des glaces au valet ;
L'autre, galant drapé d'une cape fantasque[1],
Parlait bas à sa dame en lui nouant son masque ;
Trois marquis attablés chantaient une chanson.
Thérèse était assise à l'ombre d'un buisson ;
Les roses pâlissaient à côté de sa joue,
Et, la voyant si belle, un paon faisait le roue.

Moi, j'écoutais, pensif, un profane[2] couplet
Que fredonnait dans l'ombre un abbé violet[3].

La nuit vint ; tout se tut ; les flambeaux s'éteignirent ;
Dans les bois assombris les sources se plaignirent ;
Le rossignol, caché dans son nid ténébreux,
Chanta comme un poëte et comme un amoureux.
Chacun se dispersa sous les profonds feuillages ;
Les folles en riant entraînèrent les sages ;
L'amante s'en alla dans l'ombre avec l'amant ;
Et, troublés comme on l'est en songe, vaguement,
Ils sentaient par degrés se mêler à leur âme,
À leurs discours secrets, à leurs regards de flamme,
À leur cœur, à leurs sens, à leur molle raison,
Le clair de lune bleu qui baignait l'horizon.

Avril 18..

1. *Cape fantasque :* vaste cape dans laquelle on peut se draper en des attitudes sophistiquées. \ **2.** *Profane couplet :* couplet léger et licencieux choquant dans la bouche d'un abbé. \ **3.** *Un abbé violet :* sans doute un « *Monsignore* » (*cf.* plus haut) vêtu d'une soutane violette.

Le Mendiant

Un pauvre homme passait dans le givre et le vent.
Je cognai sur ma vitre ; il s'arrêta devant
Ma porte, que j'ouvris d'une façon civile.
Les ânes revenaient du marché de la ville,
Portant les paysans accroupis sur leurs bâts.
C'était le vieux qui vit dans une niche au bas
De la montée, et rêve, attendant, solitaire,
Un rayon du ciel triste, un liard de la terre,
Tendant les mains pour l'homme et les joignant pour Dieu.
Je lui criai : « Venez vous réchauffer un peu.
» Comment vous nommez-vous ? » Il me dit « Je me nomme
» Le pauvre. » Je lui pris la main : « Entrez, brave homme. »
Et je lui fis donner une jatte de lait.
Le vieillard grelottait de froid ; il me parlait,
Et je lui répondais, pensif et sans l'entendre.
« Vos habits sont mouillés », dis-je, « il faut les étendre
» Devant la cheminée. » Il s'approcha du feu.
Son manteau, tout mangé des vers, et jadis bleu,
Étalé largement sur la chaude fournaise,
Piqué de mille trous par la lueur de braise,
Couvrait l'âtre, et semblait un ciel noir étoilé.
Et, pendant qu'il séchait ce haillon désolé
D'où ruisselait la pluie et l'eau des fondrières,
Je songeais que cet homme était plein de prières,
Et je regardais, sourd à ce que nous disions,
Sa bure où je voyais des constellations.

Décembre 1834.

LA LÉGENDE DES SIÈCLES (1859-1883)

La Conscience

Lorsque avec ses enfants vêtus de peaux de bêtes,
Échevelé, livide au milieu des tempêtes,
Caïn[1] se fut enfui de devant Jéhovah,
Comme le soir tombait, l'homme sombre arriva
Au bas d'une montagne en une grande plaine ;
Sa femme fatiguée et ses fils hors d'haleine
Lui dirent : « Couchons-nous sur la terre, et dormons. »
Caïn, ne dormant pas, songeait au pied des monts.
Ayant levé la tête, au fond des cieux funèbres,
Il vit un œil, tout grand ouvert dans les ténèbres,
Et qui le regardait dans l'ombre fixement.
« Je suis trop près », dit-il avec un tremblement.
Il réveilla ses fils dormant, sa femme lasse,
Et se remit à fuir sinistre dans l'espace.
Il marcha trente jours, il marcha trente nuits.
Il allait muet, pâle et frémissant aux bruits,
Furtif, sans regarder derrière lui, sans trêve,
Sans repos, sans sommeil, il atteignit la grève
Des mers dans le pays qui fut depuis Assur[2].
« Arrêtons-nous, dit-il, car cet asile est sûr.
Restons-y. Nous avons du monde atteint les bornes. »
Et, comme il s'asseyait, il vit dans les cieux mornes
L'œil à la même place au fond de l'horizon.

1. *Caïn :* l'agriculteur, le sédentaire, fils d'Adam et Ève. Jaloux de son frère Abel, le pasteur, le nomade, il l'entraîne en pleine campagne et le tue. Jehovah le maudit pour ce crime et le condamne à être « un errant parcourant la terre ». (Bible, Genèse, 4) \ **2.** *Assur :* l'Assyrie.

Alors il tressaillit en proie au noir frisson.
« Cachez-moi ! » cria-t-il ; et, le doigt sur la bouche,
Tous ses fils regardaient trembler l'aïeul farouche.
Caïn dit à Jabel[1], père de ceux qui vont
Sous des tentes de poil dans le désert profond :
« Étends de ce côté la toile de la tente. »
Et l'on développa la muraille flottante ;
Et, quand on l'eut fixée avec des poids de plomb :
« Vous ne voyez plus rien ? » dit Tsilla, l'enfant blond,
La fille de ses fils, douce comme l'aurore ;
Et Caïn répondit : « Je vois cet œil encore ! »
Jubal, père de ceux qui passent dans les bourgs
Soufflant dans des clairons et frappant des tambours,
Cria : « Je saurai bien construire une barrière. »
Il fit un mur de bronze et mit Caïn derrière.
Et Caïn dit : « Cet œil me regarde toujours ! »
Hénoch dit : « Il faut faire une enceinte de tours
Si terrible, que rien ne puisse approcher d'elle.
Bâtissons une ville avec sa citadelle,
Bâtissons une ville, et nous la fermerons. »
Alors Tubalcaïn, père des forgerons,
Construisit une ville énorme et surhumaine.
Pendant qu'il travaillait, ses frères, dans la plaine,
Chassaient les fils d'Énos[2] et les enfants de Seth[3] ;
Et l'on crevait les yeux à quiconque passait ;
Et, le soir, on lançait des flèches aux étoiles.
Le granit remplaça la tente aux murs de toiles,
On lia chaque bloc avec des nœuds de fer,

1. *Jabel :* le chapitre 4 de la Genèse fait état de la descendance de Caïn ; Hénoch *(v. 40)* est le fils de Caïn, Tsilla *(v. 32 et 59)* en descend à la sixième génération, Jabel *(v. 27)*, Jubal *(v. 35)*, Tubalcaïn *(v. 44)* à la septième. \ **2.** *Énos :* fils de Seth. \ **3.** *Seth :* troisième fils d'Adam et Ève.

Et la ville semblait une ville d'enfer ;
L'ombre des tours faisait la nuit dans les campagnes ;
Ils donnèrent aux murs l'épaisseur des montagnes ;
Sur la porte on grava : « Défense à Dieu d'entrer ; »
Quand ils eurent fini de clore et de murer,
Ont mit l'aïeul en centre en une tour de pierre ;
Et lui restait lugubre et hagard. « Ô mon père !
L'œil a-t-il disparu ? » dit en tremblant Tsilla.
Et Caïn répondit : « Non, il est toujours là. »
Alors il dit : « Je veux habiter sous la terre
Comme dans son sépulcre un homme solitaire ;
Rien ne me verra plus, je ne verrai plus rien. »
On fit donc une fosse, et Caïn dit « C'est bien ! »
Puis il descendit seul sous cette voûte sombre.
Quand il se fut assis sur sa chaise dans l'ombre
Et qu'on eut sur son front fermé le souterrain,
L'œil était dans la tombe et regardait Caïn.

Booz endormi [1]

Booz s'était couché de fatigue accablé ;
Il avait tout le jour travaillé dans son aire ;
Puis avait fait son lit à sa place ordinaire ;
Booz dormait auprès des boisseaux pleins de blé.

Ce vieillard possédait des champs de blés et d'orge ;
Il était, quoique riche [2], à la justice enclin ;

1. *Booz endormi :* épisode tiré du *Livre de Ruth* de la Bible. \ 2. *Quoique riche :* fréquemment dans la Bible le riche a le cœur dur et injuste. Ce « mauvais riche » est maudit de Dieu.

Il n'avait pas de fange en l'eau de son moulin ;
Il n'avait pas d'enfer dans le feu de sa forge.

Sa barbe était d'argent comme un ruisseau d'avril.
Sa gerbe n'était point avare ni haineuse ;
Quand il voyait passer quelque pauvre glaneuse :
« Laissez tomber exprès des épis », disait-il[1].

Cet homme marchait pur loin des sentiers obliques,
Vêtu de probité candide et de lin blanc ;
Et, toujours du côté des pauvres ruisselant,
Ses sacs de grains semblaient de fontaines publiques.

Booz était le bon maître et fidèle parent ;
Il était généreux, quoiqu'il fût économe ;
Les femmes regardaient Booz plus qu'un jeune homme,
Car le jeune homme est beau, mais le vieillard est grand.

Le vieillard, qui revient vers la source première,
Entre aux jours éternels et sort des jours changeants ;
Et l'on voit de la flamme aux yeux des jeunes gens,
Mais dans l'œil du vieillard on voit de la lumière[2].

*

Donc, Booz dans la nuit dormait parmi les siens.
Près des meules, qu'on eût prises pour des décombres,
Les moissonneurs couchés faisaient des groupes sombres ;
Et ceci se passait dans des temps très-anciens.

1. Emprunt au *Livre de Ruth.* \ **2.** Hugo a 57 ans.

Les tribus d'Israël avaient pour un chef un juge ;
La terre, où l'homme errait sous la tente, inquiet
Des empreintes de pieds de géants qu'il voyait,
Était mouillée encor et molle du déluge.

*

Comme dormait Jacob[1], comme dormait Judith[2],
Booz, les yeux fermés, gisait sous la feuillée ;
Or, la porte du ciel s'étant entre-bâillée
Au-dessus de sa tête, un songe en descendit.

Et ce songe était tel, que Booz vit un chêne[3]
Qui, sorti de son ventre, allait jusqu'au ciel bleu ;
Une race y montait comme une longue chaîne ;
Un roi[4] chantait en bas, en haut mourait un Dieu[5].

Et Booz murmurait avec la voix de l'âme :
« Comment se pourrait-il que de moi ceci vînt ?
Le chiffre de mes ans a passé quatre-vingt,
Et je n'ai pas de fils, et je n'ai plus de femme ;

» Voilà longtemps que celle avec qui j'ai dormi,
Ô Seigneur ! a quitté ma couche pour la vôtre ;
Et nous sommes encor tout mêlés l'un à l'autre,
Elle à demi vivante et moi mort à demi.

1. *Jacob :* dans la Genèse, 28, Jacob voit en songe une échelle reliant la terre aux cieux, image de la descendance nombreuse et bénie que Dieu lui promet. \ **2.** *Judith :* dans la Bible (Livre de Judith), Judith n'a pas de songe mais est visité par l'esprit de Dieu. Cette héroïne juive, pour sauver la ville de Béthulie, séduit le général ennemi Holopherne pour lui couper la tête pendant son sommeil. \ **3.** *Booz vit un chêne :* Hugo prête à Booz le songe de Jessé (petit-fils de Booz et de Ruth), ce qu'on appelle l'arbre de Jessé est l'arbre généalogique du Christ. \ **4.** *Un roi :* David, fils de Jessé. Il entrera au service du roi Saül pour le divertir avec sa cithare de ses noires pensées. \ **5.** *Un Dieu :* le Christ.

» Une race naîtrait de moi ! Comment le croire ?
Comment se pourrait-il que j'eusse des enfants ?
Quand on est jeune on a des matins triomphants ;
Le jour sort de la nuit comme d'une victoire ;

» Mais vieux, on tremble ainsi qu'à l'hiver le bouleau ;
Je suis veuf, je suis seul, et sur moi le soir tombe,
Et je courbe, ô mon Dieu ! mon âme vers la tombe,
Comme un bœuf ayant soif penche son front vers l'eau. »

Ainsi parlait Booz dans le rêve et l'extase,
Tournant vers Dieu ses yeux par le sommeil noyés ;
Le cèdre ne sent pas une rose à sa base,
Et lui ne sentait pas une femme à ses pieds.

*

Pendant qu'il sommeillait, Ruth, une Moabite[1],
S'était couchée aux pieds de Booz, le sein nu,
Espérant on ne sait quel rayon inconnu,
Quand viendrait du réveil la lumière subite.

Booz ne savait point qu'une femme était là,
Et Ruth ne savait point ce que Dieu voulait d'elle.
Un frais parfum sortait des touffes d'asphodèle ;
Les souffles de la nuit flottaient sur Galgala[2].

L'ombre était nuptiale, auguste et solennelle ;
Les anges y volaient sans doute obscurément,
Car on voyait passer dans la nuit, par moment,
Quelque chose de bleu qui paraissait une aile.

1. *Moabite :* du pays de Moab, en Arabie Pétrée. \ **2.** *Galgala :* collines près de Béthléem.

La respiration de Booz qui dormait
Se mêlait au bruit sourd des ruisseaux sur la mousse.
On était dans le mois où la nature est douce,
Les collines ayant des lys sur leur sommet.

Ruth songeait et Booz dormait ; l'herbe était noire ;
Les grelots des troupeaux palpitaient vaguement ;
Une immense bonté tombait du firmament ;
C'était l'heure tranquille où les lions vont boire.

Tout reposait dans Ur[1] et dans Jérimadeth[2] ;
Les astres émaillaient le ciel profond et sombre ;
Le croissant fin et clair parmi ces fleurs de l'ombre
Brillait à l'occident, et Ruth se demandait,

Immobile, ouvrant l'œil à moitié sous ses voiles,
Quel dieu, quel moissonneur de l'éternel été,
Avait, en s'en allant, négligemment jeté
Cette faucille d'or dans le champ des étoiles.

Le Mariage de Roland

Ils se battent – combat terrible ! – corps à corps,
Voilà déjà longtemps que leurs chevaux sont morts ;
Ils sont là seuls tous deux dans une île du Rhône[3].
Le fleuve a grand bruit roule un flot rapide et jaune,
Le vent trempe en sifflant les brins d'herbe dans l'eau.

1. *Ur :* ville de Chaldée. \ **2.** *Jérimadeth :* peut-être un calembour (j'ai rime à « dait ») à moins qu'il ne s'agisse d'une graphie du nom d'une tribu de Judée, Jerhameel. \ **3.** *Île du Rhône :* Charlemagne assiège Vienne, en pays dauphinois. La ville est défendue par Gérard, fils de Garin. Comme le siège se prolonge on a décidé que le combat entre le neveu de Charlemagne, Roland, et le neveu de Gérard, Olivier, déciderait de la querelle.

L'archange saint Michel attaquant Apollo[1]
Ne ferait pas un choc plus étrange et plus sombre ;
Déjà, bien avant l'aube, ils combattaient dans l'ombre.
Qui, cette nuit, eût vu s'habiller[2] ces barons,
Avant que la visière[3] eût dérobé leurs fronts,
Eût vu deux pages blonds, roses comme des filles.
Hier, c'étaient deux enfants[4] riant à leurs familles,
Beaux, charmants ; – aujourd'hui, sur ce fatal terrain,
C'est le duel effrayant de deux spectres d'airain[5],
Deux fantômes auxquels le démon[6] prête une âme,
Deux masques dont les trous laissent voir de la flamme.
Ils luttent, noirs, muets, furieux, acharnés.
Les bateliers pensifs qui les ont amenés
Ont raison d'avoir peur et de fuir dans la plaine,
Et d'oser, de bien loin, les épier à peine,
Car de ces deux enfants, qu'on regarde en tremblant,
L'un s'appelle Olivier et l'autre a nom Roland.

Et depuis qu'ils sont là, sombres, ardents, farouches,
Un mot n'est pas encor sorti de ces deux bouches.

Olivier, sieur de Vienne et comte souverain,
A pour père Gérard et pour aïeul Garin.
Il fut pour ce combat habillé par son père.
Sur sa targe[7] est sculpté Bacchus faisant la guerre
Aux Normands[8], Rollon[9] ivre et Rouen consterné,

---

1. *Saint Michel attaquant Apollo :* symbolise le monde chrétien (Saint Michel) luttant contre le monde païen (Apollo). \ **2.** *S'habiller :* s'équiper, s'armer pour le combat. \ **3.** *Visière :* partie supérieure du casque qui se baissait ou se levait à volonté. \ **4.** *Deux enfants :* selon la légende, Olivier et Roland n'avaient pas 20 ans. \ **5.** *Spectres d'airain :* ils sont couverts d'une armure. \ **6.** *Démon :* l'acharnement au combat qui tue les rapports humains. \ **7.** *Targe :* petit bouclier. \ **8.** *Normands :* allusion, sans doute, à une légende normande ou à Rollon qui se serait fait représenter en Bacchus, dieu du vin, au cours d'expéditions en Normandie où il s'établit en Seigneur à Rouen. \ **9.** *Rollon :* d'origine norvégienne, Rollon (mort en 931), avec une bande de pirates normands, vécut de pillages

Et le dieu souriant par des tigres traîné
Chassant, buveur de vin, tous ces buveurs de cidre.
Son casque est enfoui sous les ailes d'une hydre[1] ;
Il porte le haubert que portait Salomon[2] ;
Son estoc[3] resplendit comme l'œil d'un démon ;
Il y grava son nom afin qu'on s'en souvienne ;
Au moment du départ, l'archevêque de Vienne
A béni son cimier[4] de prince féodal.

Roland a son habit de fer, et Durandal[5].

Ils luttent de si près, avec de sourds murmures,
Que leur souffle âpre et chaud s'empreint[6] sur leurs armures ;
Le pied presse le pied ; l'île à leurs noirs assauts
Tressaille au loin ; l'acier mord le fer ; des morceaux
De heaume[7] et de haubert[8], sans que pas un s'émeuve,
Sautent à chaque instant dans l'herbe et dans le fleuve.
Leurs brassards[9] sont rayés de longs filets de sang
Qui coule de leur crâne et dans leurs yeux descend.
Soudain, sire Olivier, qu'un coup affreux démasque[10],
Voit tomber à la fois son épée et son casque.
Main vide et tête nue, et Roland l'œil en feu !
L'enfant songe à son père et se tourne vers Dieu.
Durandal sur son front brille. Plus d'espérance !
« Ça, dit Roland, je suis neveu du roi de France,
Je dois me comporter en franc[11] neveu de roi.

1. *Hydre* : dragon fabuleux. \ **2.** *Salomon :* celui de la Bible ou l'un des Salomon, rois de Bretagne ? Hugo s'inspire des récits épiques des chansons de geste du Moyen Âge avec les fantaisies ou les erreurs historiques qu'ils comportent. \ **3.** *Estoc :* grande épée. \ **4.** *Cimier :* ornement qui forme la partie supérieure ou cime d'un casque. \ **5.** *Durandal :* son épée. \ **6.** *S'empreint :* laisse une buée. \ **7.** *Heaume :* casque élevé en pointe qui couvre la tête et le visage et n'a qu'une ouverture grillagée à l'endroit des yeux. \ **8.** *Haubert :* cotte de mailles. \ **9.** *Brassards :* pièces de l'armure qui couvrent les bras. \ **10.** *Démasque :* fait apparaître son visage. \ **11.** *Franc :* parfait.

Quand j'ai mon ennemi désarmé devant moi,
Je m'arrête. Va donc chercher une autre épée,
Et tâche, cette fois, qu'elle soit bien trempée.
Tu feras apporter à boire en même temps,
Car j'ai soif.

– Fils[1], merci, dit Olivier.

– J'attends,
Dit Roland, hâte-toi. »

Sire Olivier appelle
Un batelier caché derrière une chapelle.

« Cours à la ville, et dis à mon père[2] qu'il faut
Une autre épée à l'un de nous, et qu'il fait chaud. »

Cependant les héros, assis dans les broussailles,
S'aident à délacer leurs capuchons de mailles,
Se lavent le visage, et causent un moment.
Le batelier revient, il a fait promptement ;
L'homme a vu le vieux comte ; il rapporte une épée
Et du vin, de ce vin[3] qu'aimait le grand Pompée
Et que Tournon récolte au flanc de son vieux mont.
L'épée est une illustre et fière Closamont[4]
Que d'autres quelquefois appellent Haute-Claire.
L'homme[5] a fui. Les héros achèvent sans colère
Ce qu'ils disaient ; le ciel rayonne au-dessus d'eux ;
Olivier verse à boire à Roland ; puis tous deux

1. *Fils :* fils de bonne famille, de bon aloi. \ **2.** *Mon père :* désigne Gérard dont Olivier était en fait le neveu. \ **3.** *Ce vin :* le vin des coteaux de l'Ermitage, près deTournon, était célèbre chez les Romains. \ **4.** *Closamont :* nom d'un chevalier dont l'épée s'appelait Haute-Claire. \ **5.** *L'homme :* le batelier.

Marchent droit l'un vers l'autre, et le duel recommence.
Voilà que par degrés de sa sombre démence
Le combat les enivre ; il leur revient au cœur
Ce je ne sais quel dieu qui veut qu'on soit vainqueur,
Et qui, s'exaspérant aux armures frappées,
Mêle l'éclair des yeux aux lueurs des épées.

Ils combattent, versant à flots leur sang vermeil.
Le jour entier se passe ainsi. Mais le soleil
Baisse vers l'horizon. La nuit vient.

« Camarade,
Dit Roland, je ne sais, mais je me sens malade.
Je ne me soutiens plus, et je voudrais un peu
De repos.

– Je prétends, avec l'aide de Dieu,
Dit le bel Olivier, le sourire à la lèvre,
Vous vaincre par l'épée et non point par la fièvre.
Dormez sur l'herbe verte, et cette nuit, Roland,
Je vous éventerai [1] de mon panache blanc.
Couchez-vous, et dormez.

– Vassal, ton âme est neuve [2],
Dit Roland. Je riais, je faisais une épreuve [3].
Sans m'arrêter et sans me reposer, je puis
Combattre quatre jours encore, et quatre nuits. »

Le duel reprend. La mort plane, le sang ruisselle.
Durandal heurte et suit Closamont ; l'étincelle

1. *Je vous éventerai :* je vous donnerai de l'air. \ **2.** *Neuve :* naïve, inexpérimentée. \ **3.** *Je faisais une épreuve :* je te mettais à l'épreuve pour connaître tes sentiments.

Jaillit de toutes parts sous leurs coups répétés.
L'ombre autour d'eux s'emplit de sinistres clartés[1].
Ils frappent ; le brouillard du fleuve monte et fume ;
Le voyageur s'effraye et croit voir dans la brume
D'étranges bûcherons[2] qui travaillent la nuit.

Le jour naît, le combat continue à grand bruit ;
La pâle nuit revient, ils combattent ; l'aurore
Reparaît dans les cieux, ils combattent encore.

Nul repos. Seulement, vers le troisième soir,
Sous un arbre, en causant, ils sont allés s'asseoir ;
Puis ont recommencé.

Le vieux Gérard dans Vienne
Attend depuis trois jours que son enfant revienne.
Il envoie un devin[3] regarder sur les tours ;
Le devin dit : « Seigneur, ils combattent toujours ; »

Quatre jours sont passés, et l'île et le rivage
Tremblent sous ce fracas monstrueux et sauvage.
Ils vont, viennent, jamais fuyant, jamais lassés,
Froissent[4] le glaive au glaive, et sautent les fossés,
Et passent, au milieu des ronces remuées,
Comme deux tourbillons et comme deux nuées.
Ô chocs affreux ! terreur ! tumulte étincelant !
Mais, enfin, Olivier saisit au corps Roland,
Qui de son propre sang en combattant s'abreuve,
Et jette d'un revers[5] Durandal dans le fleuve.

1. *Clartés :* éclairs jetés par les épées qui s'entrechoquent. \ **2.** *Bûcherons :* les combattants font penser à des bûcherons qui s'acharneraient sur un arbre sans pouvoir l'abattre. \ **3.** *Un devin :* les seigneurs consultaient volontiers des astrologues. \ **4.** *Froissent :* heurtent. \ **5.** *Revers :* coup donné de gauche à droite.

« C'est mon tour maintenant, et je vais envoyer
Chercher un autre estoc pour vous, dit Olivier.
Le sabre du géant Sinnagog[1] est à Vienne.
C'est, après Durandal, le seul qui vous convienne.
Mon père le lui prit alors qu'il le défit.
Acceptez-le. »

Roland sourit. « Il me suffit
De ce bâton. » Il dit, et déracine un chêne.

Sire Olivier arrache un orme dans la plaine
Et jette son épée, et Roland, plein d'ennui[2],
L'attaque. Il n'aimait pas qu'on vînt faire après lui
Les générosités qu'il avait déjà faites.

Plus d'épée en leurs mains, plus de casque à leurs têtes.
Ils luttent maintenant, sourds, effarés, béants[3],
À grands coups de troncs d'arbre, ainsi que des géants.

Pour la cinquième fois, voici que la nuit tombe.
Tout à coup Olivier, aigle aux yeux de colombe,
S'arrête et dit :

« Roland, nous n'en finirons point.
Tant qu'il nous restera quelque tronçon au poing,
Nous lutterons ainsi que lions et panthères.
Ne vaudrait-il pas mieux que nous devinssions frères ?
Écoute, j'ai ma sœur, la belle Aude au bras blanc[4],
Épouse-là.

1. *Sinnagog :* nom de plusieurs personnages (Sinagon ou Sinagot) des chansons de geste, dont l'un fut pourfendu par Roland. \ **2.** *Plein d'ennui :* dépité de constater qu'Olivier l'imite. \ **3.** *Béants :* ouverts à l'effort. \ **4.** *Au bras blanc :* épithète homérique.

– Pardieu ! je veux bien, dit Roland.
Et maintenant buvons, car l'affaire était chaude. »

C'est ainsi que Roland épousa [1] la belle Aude.

Le Crapaud

Que savons-nous ? Qui donc connaît le fond des choses ?
Le couchant rayonnait dans les nuages roses ;
C'était la fin d'un jour d'orage, et l'occident
Changeait l'ondée en flamme en son brasier ardent ;
Près d'une ornière, au bord d'une flaque de pluie,
Un crapaud regardait le ciel, bête éblouie ;
Grave, il songeait ; l'horreur contemplait la splendeur.
(Oh ! pourquoi la souffrance et pourquoi la laideur ?
Hélas ! le bas-empire est couvert d'Augustules [2],
Les césars de forfaits, les crapauds de pustules,
Comme le pré de fleurs et le ciel de soleils.)
Les feuilles s'empourpraient dans les arbres vermeils ;
L'eau miroitait, mêlée à l'herbe, dans l'ornière ;
Le soir se déployait ainsi qu'une bannière ;
L'oiseau baissait la voix dans le jour affaibli ;
Tout s'apaisait, dans l'air, sur l'onde ; et, plein d'oubli,
Le crapaud, sans effroi, sans honte, sans colère,
Doux, regardait la grande auréole solaire ;
Peut-être le maudit se sentait-il béni ;
Pas de bête qui n'ait un reflet d'infini ;

1. Le mariage eut lieu quand Charlemagne eut fait la paix avec Gérard. \ **2.** *Augustules :* les Romains donnèrent au dernier empereur d'Occident le nom d'Augustule, contraction, par dérision, de son véritable nom Romulus et de celui d'Auguste qu'il s'était donné. Il fut démis par les Barbares.

Pas de prunelle abjecte et vile que ne touche
L'éclair d'en haut, parfois tendre et parfois farouche ;
Pas de monstre chétif, louche, impur, chassieux,
Qui n'ait l'immensité des astres dans les yeux.
Un homme qui passait vit la hideuse bête,
Et, frémissant, lui mit son talon sur la tête ;
C'était un prêtre ayant un livre qu'il lisait ;
Puis une femme, avec une fleur au corset,
Vint et lui creva l'œil du bout de son ombrelle ;
Et le prêtre était vieux, et la femme était belle ;
Vinrent quatre écoliers, sereins comme le ciel.
– J'étais enfant, j'étais petit, j'étais cruel ; –
Tout homme sur la terre, où l'âme erre asservie,
Peut commencer ainsi le récit de sa vie.
On a le jeu, l'ivresse et l'aube dans les yeux,
On a sa mère, on est des écoliers joyeux,
De petits hommes gais, respirant l'atmosphère
À pleins poumons, aimés, libres, contents ; que faire
Sinon de torturer quelque être malheureux ?
Le crapaud se traînait au fond du chemin creux.
C'était l'heure où des champs les profondeurs s'azurent ;
Fauve[1], il cherchait la nuit ; les enfants l'aperçurent
Et crièrent : « Tuons ce vilain animal,
Et, puisqu'il est si laid, faisons-lui bien du mal ! »
Et chacun d'eux riant, – l'enfant rit quand il tue, –
Se mit à le piquer d'une branche pointue,
Élargissant le trou de l'œil crevé, blessant
Les blessures, ravis, applaudis du passant ;
Car les passants riaient ; et l'ombre sépulcrale
Couvrait ce noir martyr qui n'a pas même un râle.
Et le sang, sang affreux, de toutes parts coulait

1. *Fauve* : sauvage.

Sur ce pauvre être ayant pour crime d'être laid ;
Il fuyait ; il avait une patte arrachée ;
Un enfant le frappait d'une pelle ébréchée ;
Et chaque coup faisait écumer ce proscrit
Qui, même quand le jour sur sa tête sourit,
Même sous le grand ciel, rampe au fond d'une cave ;
Et les enfants disaient : « Est-il méchant ! il bave ! »
Son front saignait ; son œil pendait ; dans le genêt
Et la ronce, effroyable à voir, il cheminait ;
On eût dit qu'il sortait de quelque affreuse serre ;
Oh ! la sombre action, empirer la misère !
Ajouter de l'horreur à la difformité !
Disloqué, de cailloux en cailloux cahoté,
Il respirait toujours ; sans abri, sans asile,
Il rampait ; on eût dit que la mort difficile
Le trouvait si hideux qu'elle le refusait ;
Les enfants le voulaient saisir dans un lacet[1],
Mais il leur échappa, glissant le long des haies ;
L'ornière était béante, il y traîna ses plaies
Et s'y plongea, sanglant, brisé, le crâne ouvert,
Sentant quelque fraîcheur dans ce cloaque vert,
Lavant la cruauté de l'homme en cette boue ;
Et les enfants, avec le printemps sur la joue,
Blonds, charmants, ne s'étaient jamais tant divertis ;
Tous parlaient à la fois, et les grands aux petits
Criaient : « Viens voir ! dis donc, Adolphe, dis donc, Pierre,
Allons pour l'achever prendre une grosse pierre ! »
Tous ensemble, sur l'être au hasard exécré,
Ils fixaient leurs regards, et le désespéré
Regardait s'incliner sur lui ces fronts horribles.
– Hélas ! ayons des buts, mais n'ayons pas de cibles ;

1. *Lacet :* nœud coulant utilisé pour la capture du gibier.

Quand nous visons un point de l'horizon humain,
Ayons la vie, et non la mort, dans notre main. –
Tous les yeux poursuivaient le crapaud dans la vase ;
C'était de la fureur et c'était de l'extase ;
Un des enfants revint, apportant un pavé,
Pesant, mais pour le mal aisément soulevé,
Et dit : « Nous allons voir comment cela va faire. »
Or, en ce même instant, juste à ce point de terre,
Le hasard amenait un chariot très-lourd
Traîné par un vieux âne éclopé, maigre et sourd :
Cet âne harassé, boiteux et lamentable,
Après un jour de marche approchait de l'étable ;
Il roulait la charrette et portait un panier ;
Chaque pas qu'il faisait semblait l'avant-dernier ;
Cette bête marchait, battue, exténuée ;
Les coups l'enveloppaient ainsi qu'une nuée ;
Il avait dans ses yeux voilés d'une vapeur
Cette stupidité qui peut-être est stupeur,
Et l'ornière était creuse, et si pleine de boue
Et d'un versant si dur que chaque tour de roue
Était comme un lugubre et rauque arrachement ;
Et l'âne allait geignant et l'ânier blasphémant ;
La route descendait et poussait la bourrique ;
L'âne songeait, passif, sous le fouet, sous la trique,
Dans une profondeur où l'homme ne va pas.

Les enfants entendant cette roue et ce pas,
Se tournèrent bruyants et virent la charrette :
« Ne mets pas le pavé sur le crapaud. Arrête !
Crièrent-ils. Vois-tu, la voiture descend
Et va passer dessus, c'est bien plus amusant. »

Tous regardaient.

Soudain, avançant dans l'ornière
Où le monstre attendait sa torture dernière,
L'âne vit le crapaud, et, triste, – hélas ! penché
Sur un plus triste, – lourd, rompu, morne, écorché,
Il sembla le flairer avec sa tête basse ;
Ce forçat, ce damné, ce patient, fit grâce ;
Il rassembla sa force éteinte, et, roidissant
Sa chaîne et son licou[1] sur ses muscles en sang,
Résistant à l'ânier qui lui criait : Avance !
Maîtrisant du fardeau l'affreuse connivence[2],
Avec sa lassitude acceptant le combat,
Tirant le chariot et soulevant le bât[3],
Hagard, il détourna la roue inexorable,
Laissant derrière lui vivre ce misérable ;
Puis, sous un coup de fouet, il reprit son chemin.
Alors, lâchant la pierre échappée à sa main,
Un des enfants – celui qui conte cette histoire –
Sous la voûte infinie à la fois bleue et noire,
Entendit une voix qui lui disait : Sois bon !

Bonté de l'idiot ! diamant du charbon !
Sainte énigme ! lumière auguste des ténèbres !
Les célestes n'ont rien de plus que les funèbres
Si les funèbres, groupe aveugle et châtié,
Songent, et, n'ayant pas la joie, ont la pitié.
Ô spectacle sacré ! l'ombre secourant l'ombre,
L'âme obscure venant en aide à l'âme sombre,
Le stupide, attendri, sur l'affreux se penchant ;
Le damné bon faisant rêver l'élu méchant !
L'animal avançant lorsque l'homme recule !

1. *Licou :* lien que l'on met autour du cou des bêtes de somme pour les mener. \ 2. *Connivence :* complicité du fardeau avec l'ânier. \ 3. *Le bat :* la charge.

Dans la sérénité du pâle crépuscule,
La brute par moments pense et sent qu'elle est sœur
De la mystérieuse et profonde douceur ;
Il suffit qu'un éclair de grâce brille en elle
Pour qu'elle soit égale à l'étoile éternelle ;
Le baudet qui, rentrant le soir, surchargé, las,
Mourant, sentant saigner ses pauvres sabots plats,
Fait quelques pas de plus, s'écarte et se dérange
Pour ne pas écraser un crapaud dans la fange,
Cet âne abject, souillé, meurtri sous le bâton,
Est plus saint que Socrate et plus grand que Platon[1].
Tu cherches, philosophe ? Ô penseur, tu médites ?
Veux-tu trouver le vrai sous nos brumes maudites ?
Crois, pleure, abîme-toi dans l'insondable amour !
Quiconque est bon voit clair dans l'obscur carrefour ;
Quiconque est bon habite un coin du ciel. Ô sage,
La bonté, qui du monde éclaire le visage,
La bonté, ce regard du matin ingénu,
La bonté, pur rayon qui chauffe l'Inconnu,
Instinct qui dans la nuit et dans la souffrance aime,
Est le trait d'union ineffable et suprême
Qui joint, dans l'ombre, hélas ! si lugubre souvent,
Le grand ignorant, l'âne, à Dieu le grand savant.

1. Socrate (370-399 av. J.-C.), Platon (429-347 av. J.-C.) sont des philosophes grecs empreints de sagesse et de tolérance dans la passion du bien.

LIRE LES POÈMES

QUESTIONNAIRE DE LECTURE

LES TITRES

1. *Les Châtiments* : Hugo a dans un premier temps donné à son ouvrage le titre de *Châtiments* sans l'article. Quelles nuances et quelles différences a apporté l'adjonction de l'article ?

2. *Les Contemplations :* cherchez le sens du mot « contemplation » dans un dictionnaire et dites si les deux poèmes choisis, « La Fête chez Thérèse » et « Le Mendiant » vous paraissent correspondre à la définition que vous avez trouvée? Justifiez votre réponse.

3. *La Légende des siècles* : ce titre vous paraît-il meilleur que le titre « La Légende humaine » que Hugo voulait dans un premier temps donner à son recueil ? Justifiez votre réponse.

4. « Le Crapaud » : ce titre est-il attendu au sein d'un recueil à dimension poétique ? Pourquoi ? Pouvez-vous justifier ce choix ? Quelle est l'intention du poète ?

LES CHÂTIMENTS : « L'EXPIATION »

5. Relevez dans le poème des éléments qui vous paraissent épiques en les opposant à ceux qui vous paraissent satiriques. Quelle démonstration entend faire le poète ? (Vous vous reporterez aux notions épiques/satiriques telles qu'elles sont plus loin définies)

6. En quoi consiste la grandeur de Napoléon Ier tel qu'il est présenté dans ses malheurs ? Cette grandeur est-elle critiquée par le poète ? Justifiez votre réponse.

7. En quoi consiste l'héroïsme des soldats de la garde dans les vers 81 à 114 ?

8. Relevez un certain nombre d'antithèses dans le poème et dites quels effets elles produisent.

LES CONTEMPLATIONS : « LA FÊTE CHEZ THÉRÈSE », « LE MENDIANT »

9. « La Fête chez Thérèse » évoque un bonheur d'« Autrefois ». « Le Mendiant » évoque un problème d'« Aujourd'hui ». Soulignez leurs différences et leurs ressemblances. Lequel de ces poèmes vous paraît empreint de plus d'optimisme ? de plus de profondeur ? Justifiez votre réponse.

LA LÉGENDE DES SIÈCLES

Questions générales

10. Relevez dans les poèmes proposés des éléments épiques en justifiant votre choix.

11. En quoi l'inspiration générale de ces poèmes vous paraît-elle caractéristique du romantisme ?

■ Pour répondre
Vous vous reporterez à la première Section de cet ouvrage (p. 54 et suivantes) où sont abordées les caractéristiques romantiques.

Questions sur « Booz endormi »

12. Dans le poème « L'Expiation » Dieu est présent et il apparaît comme un Dieu justicier. Comment sa présence se manifeste-t-elle dans « Booz endormi » ?

13. Comment l'union de Booz et de Ruth est-elle évoquée ? Quels éléments de la nature accompagnent cette union ? Quelle est la valeur du silence entourant la scène ? Comment Dieu s'y manifeste-il ?

14. Quelle valeur symbolique prend le dernier vers du poème ?

LES POÈMES DANS L'HISTOIRE

LE CONTEXTE IDÉOLOGIQUE

HUGO HISTORIEN ?

Même si Hugo, dans *Les Châtiments*, évoque des faits historiques précis (la prise du pouvoir par Napoléon III), même s'il cite des événements et des personnages qui jouent un rôle dans l'Histoire (*cf.* « Wellington », « Grouchy », « Blücher », « Fould », « Magnan » dans « L'Expiation » p. 78, v. 83 et suivants), on ne peut faire de lui, un historien. Pourquoi ? La première vertu d'un historien est de rendre compte des faits qu'il rapporte de façon aussi objective et impartiale que possible. Or, en poésie l'Histoire ne peut être qu'imparfaitement rendue dans la mesure où les lois mêmes du genre, qui suppose par exemple le recours aux images, aux métaphores, imposent de réorganiser et de déformer la réalité.

Hugo transforme ses personnages en mythes. Ainsi en va-t-il dans « L'Expiation » où nous est présenté d'un côté Napoléon Ier dans sa solitude héroïque, aux prises avec sa conscience qui interroge Dieu (il a le mérite d'avoir une conscience, lui, contrairement à son neveu), et de l'autre, dans un écart antithétique saisissant, des automates ripailleurs autour de Napoléon-le-Petit souillant les dépouilles du Grand Napoléon :

> Toi, lion, tu les suis ; leur maître, c'est le singe,
> Ton nom leur sert de lit, Napoléon premier.
> (« L'Expiation », p. 88, v. 339-340)

L'invective ne peut tenir lieu d'argumentation historique, notamment quand le poète se laisse emporter : « Faussaires, meurtriers, escrocs, forbans, voleurs… ». Toutes ces transformations manipulent l'Histoire et l'infléchissent. Napoléon III, si médiocre qu'il pût être, était-il le « bandit » que Hugo voit en lui ? Le poète ne fait-il pas de lui un personnage repoussoir ? Ainsi, la satire hypertrophie le langage. La poésie se transforme en jeu de massacre. Elle n'a jamais la neutralité du discours historique.

LES FIGURES DU « GRAND HOMME » DANS LES RECUEILS DE VICTOR HUGO

Cette question, qui concerne tout le XIXe siècle fasciné par la figure de Napoléon, concerne les trois œuvres citées, et plus particulièrement *Les Châtiments* et *La Légende des siècles*.

Grandeur humaine, grandeur divine

Hugo est fasciné par Napoléon Ier, l'homme de l'expansion de la France. Rappelons que le père du poète était général d'Empire : Hugo révérait son père et, à travers lui, l'armée napoléonienne. Or, dans « L'Expiation », cet espace se rétracte, la marche de l'Empereur est régressive jusqu'à se réduire à un piétinement dérisoire et obscur dans un îlot perdu (Sainte-Hélène). Pourtant, quelques figures sont évoquées, qui apparaissent comme autant d'indices à interpréter : « Attila », « Annibal », « César » (le dernier étant, pour Hugo, le paradigme du grand homme) :

> Ô chutes d'Annibal ! Lendemains d'Attila !
> (« L'Expiation », p. 76, v. 36)
>
> Adieu le cheval blanc que César éperonne !
> (« L'Expiation », p. 81, v. 174)

Pourquoi ces noms ? Comme l'Empereur, ce sont des personnalités d'exception, des conquérants autonomes, meneurs de peuples, hommes d'action expansionnistes, transgressant limites et frontières et modifiant l'espace politique de l'Europe.

Mais en remodelant le monde, ils imitent Dieu. Leur démesure les condamne tôt ou tard car Dieu seul détient le pouvoir final, Dieu seul détient la maîtrise de l'avenir : c'est Dieu qui punit Napoléon Ier par Napoléon III. Napoléon III annule son illustre prédécesseur, il détruit la grandeur individuelle et la ramène à sa précarité. L'épopée mettant aux prises le grand homme avec son destin pourrait être tragique si elle ne se dégradait ici en carnaval grotesque, en farce. En un mot, l'homme, si grand soit-il, n'a jamais la maîtrise de l'Histoire. Et Napoléon, dans sa déroute, le reconnaît, qui interroge Dieu sous diverses acceptions : « Dieu des armées », « Dieu sévère », « Dieu que j'implore » selon une gradation qui le montre s'engageant de plus en plus dans les voies de l'humilité. Cette voix qu'interroge Napoléon dans sa déchéance se transforme, pour finir, en écran lumineux où la sentence s'inscrit en lettres de feu. La sentence est visuelle comme est visuel pour Caïn, dans « La Conscience », l'œil qui le poursuit, comme est visuelle pour Ruth, à un autre point de vue, la promesse inscrite emblématiquement dans le ciel après son union avec Booz : « Cette faucille d'or dans le champ des étoiles. » (« Booz endormi »), ou encore, pour le poète, le manteau du « Mendiant », « ciel noir étoilé ». Toutes ces images disent suffisamment qu'aux yeux de Victor Hugo la vraie grandeur et le vrai pouvoir sont ailleurs.

Un Dieu républicain

« Dix-Huit Brumaire ! » : c'est Dieu qui fait entendre ce reproche à Napoléon 1er, soulignant ainsi que la vraie grandeur historique réside dans cette puissance collective qu'est le peuple. En s'emparant du pouvoir par un coup d'État, Napoléon a privé le peuple de sa victoire : la Révolution. Là est la faute. Tout grand qu'il ait pu être, Napoléon est plus petit que le triomphe du peuple sur les nantis oppresseurs. À la grandeur infinie que représente l'aspiration des hommes à leur dignité (résumée dans la devise républicaine : « liberté, égalité, fraternité »), il a substitué sa fausse grandeur individualiste en cherchant par lui-même et pour lui-même à maîtriser l'Histoire.

La lecture des *Châtiments*, comme celle des *Contemplations* et plus encore de *La Légende des siècles* doit s'opérer sous la bannière de la devise républicaine. L'œil qui poursuit Cain (« La Conscience »), Dieu refusant de lever les inquiétudes de Napoléon 1er qui l'interroge dans sa déroute (« L'Expiation ») : autant de preuves de l'existence d'une justice divine transcendante qui s'impose même aux plus prestigieux des héros guerriers.

Il est troublant, par exemple, que *La Légende des siècles* évoque le mariage de Roland et non sa mort héroïque à Roncevaux. Il semble que Hugo veuille privilégier ainsi, en même temps que le haut et digne courage des deux protagonistes, leur sagesse généreuse prenant le pas sur leur fougue de lutteurs et se résolvant en une fraternité exemplaire.

« Le Mendiant » des *Contemplations* comme « Le Crapaud » de *La Légende des Siècles* sont à lire comme un même appel à la pitié et à l'amour : l'homme, dans « Le crapaud » reçoit paradoxalement une leçon de fraternité d'un animal : l'âne. Cet amour plus grand que tout est la véritable grandeur. L'amour seul, et l'humilité (puisque dans cette scène, c'est l'animal qui, sans conteste, est supérieur à l'homme) peuvent seuls conduire les hommes à la lumière, à ce « Lux », chant d'espoir, sur lequel se terminent *Les Châtiments*. Hugo est de ces mages qui, chevaliers de Dieu, défendent le bien contre les forces du mal. C'est aussi un poète républicain qui rêve d'un monde d'amour et d'égalité entre les hommes.

LE CONTEXTE BIOGRAPHIQUE

LES CHÂTIMENTS

C'est d'abord en prose que Hugo a pensé combattre le régime né du coup d'État du 2 décembre 1851. Il écrit le récit des événements dans *Histoire d'un crime*, que les éditeurs londoniens refusent de publier (l'ouvrage ne paraîtra qu'en 1877). C'est alors qu'il écrit *Napoléon-le-Petit* qui paraît à Londres le 5 août 1852. Mais Hugo a en tête une œuvre poétique vengeresse, c'est-à-dire satirique. Plusieurs titres lui sont venus à l'esprit – *Le Chat à neuf queues* (du nom d'un fouet anglais à neuf lanières) ; *Les Vengeresses*, *Le Chant du vengeur* – avant qu'il ne désigne l'ouvrage par un seul mot : *Châtiments*. *« Ce titre est menaçant et simple, c'est-à-dire beau »* écrit-il à son éditeur.

Les deux premières éditions paraissent en novembre 1853 à Bruxelles. Une version officielle de l'ouvrage (Hugo l'appelle « l'eunuque ») est autocensurée par des points de suspension. Une version clandestine complète paraît aussi, dans un très petit format destiné à faciliter la circulation de l'ouvrage. Son succès est considérable. La première édition française paraîtra en octobre 1870 (après la chute du Second Empire) avec le titre définitif : *Les Châtiments*. Cinq poèmes sont ajoutés à l'édition d'origine.

LES CONTEMPLATIONS

Le 4 Septembre 1843, la fille aînée de Victor Hugo, Léopoldine, âgée de dix-neuf ans, se noie à Villequier, dans la Seine, au cours d'une promenade en canot, en même temps que son mari Charles Vacquerie, qui a vainement essayé de la sauver, un oncle de ce dernier et un jeune cousin de dix ans. Le 9 septembre Hugo rentre d'Espagne en compagnie de

Juliette Drouet : c'est par hasard, à Soubise, qu'entré dans une auberge et ouvrant le journal *Le Siècle*, il apprend la mort de sa fille. Ce traumatisme familial est un événement largement répercuté dans le recueil des *Contemplations*, dont Hugo définit ainsi le projet : « Qu'est-ce que les Contemplations ? C'est ce qu'on pourrait appeler, si le mot n'avait quelque prétention, les Mémoires d'une âme ».

Deux éditions du recueil, belge et française, sont mises en vente le même jour, en avril 1856. Le succès est immense. Une deuxième édition parait en mai, une troisième en novembre 1856.

LA LÉGENDE DES SIÈCLES

De 1853 à 1856, à Jersey, Victor Hugo compose les poèmes philosophiques qui prendront place à la fois dans *Les Contemplations* et dans *La Légende des siècles.* Au cours de ces mêmes années d'exil, il travaille à deux grands poèmes « Dieu » et « La Fin de Satan ». Son éditeur, craignant la critique, refuse de les publier, mais lui demande en revanche deux volumes de *Petites Epopées* (premier titre de *La Légende des siècles).* À la fin de 1857, Hugo travaille à la composition des *Petites Epopées.* En avril 1859, le poète propose pour son œuvre un autre titre : *La Légende humaine*, avant d'en arrêter le titre définitif : *La Légende des siècles.* Le 12 août, il en écrit la préface. Le 26 septembre 1859, c'est la publication de la première série de *La Légende des siècles.*

Rentré en France Hugo, de 1870 à 1876, compose des poèmes d'inspiration politique et anticléricale dont beaucoup entreront dans les éditions ultérieures de *La Légende des siècles.* Le 26 février 1877, jour anniversaire du poète : il a 75 ans, paraît la deuxième série du recueil. Le 9 juin 1883, est publiée la série complémentaire de *La Légende des siècles.* Le 8 septembre 1883, paraît enfin l'édition définitive. Le livre est peu lu mais abondamment commenté par toute la presse, ce qui lui vaut une grande notoriété.

La première édition des poèmes de *La Légende des siècles* part du même constat que celui donnant naissance aux *Châtiments* : le règne de Napoléon-le-Petit est un désastre. La situation instaurée, antihéroïque par excellence, est catastrophique et dément le progrès historique amorcé par la Révolution. En écrivant son ouvrage, Hugo ne cesse de penser au XIXᵉ siècle, de rechercher les zones d'ombre du passé, celles des tyrannies, de la violence (*cf.* « La Conscience », p. 96) pour expliquer le mal présent, mal historique incarné par Napoléon III. Hugo recherche aussi les sources d'espérance logées dans les origines divines de l'humanité : « Booz endormi » (p. 98) est le poème de l'incarnation, la nuit de l'union de Booz et de Ruth (d'où sortira la race élue de David) annonce l'autre nuit, celle de la Nativité de Jésus. De ces origines divines, on trouve encore des traces aussi bien dans la fraternité des héros (« Le Mariage de Roland », p. 102), que chez ces humbles (« Le Crapaud », p. 109) que la violence des nantis n'a cessé de brimer et à qui la Révolution française confère le droit d'exister dans la liberté et la dignité.

Au moment de la parution de l'édition définitive de 1883, le contexte historique a changé mais la préoccupation du poète reste la même : les séquelles de la Commune, son échec, la présence inquiétante de Mac Mahon dont Hugo redoute un coup d'État (Mac Mahon, en effet, a cherché un moment à rétablir la monarchie), sont l'objet du désarroi du poète, toujours soucieux d'inscrire ses textes dans la dynamique de son époque.

LA RÉCEPTION DES RECUEILS

LES CHÂTIMENTS

Le recueil paraît en 1853, un an après *Émaux et Camées* de Théophile Gautier et après *Les Poèmes antiques* de Leconte de Lisle, ce qui veut dire que le romantisme engagé résiste aux préceptes de l'Art pour l'Art et à l'impassibilité parnassienne. Diffusé en France sous le manteau, *Les Châtiments* est accueilli avec joie par les opposants au régime qui y puisent des éléments pour galvaniser leur énergie.

La presse officielle, contrôlée, se garde bien de faire allusion au recueil du poète à l'exception de Veuillot qui y voit une œuvre du déclin : « La dernière phase de son génie qui est une mixture de Marat et de Michelet ». Quant à Lamartine, il voit dans l'œuvre « six mille vers de haine », ce qui est méconnaître la variété des tons et la diversité des registres du recueil où, à la satire, se mêlent lyrisme et épopée. Brunetière avoue, à son corps défendant, que c'est une grande œuvre. Faguet est partagé à propos de cette œuvre dont il n'apprécie pas toujours la hargne nerveuse et les injures, mais en laquelle il apprécie une forme de dépassement qui le fascine.

LES CONTEMPLATIONS

Le contraste des deux tons (léger ou sombre) qui parcourent le recueil a déconcerté les lecteurs et les critiques du temps. Hugo lui-même écrit à Jules Janin en 1855 : « Cela commence bleu et finit noir ». Si les pièces légères (le « bleu ») ont permis à l'ouvrage de connaître, au moment de sa parution, un grand succès, la critique moraliste catholique n'en blâme pas moins le caractère païen des hymnes au printemps et à l'amour. Pontmartin parle de « paganisme Pompadour » tandis que Louis Veuillot écrit dans L'Univers : « Je n'en connais pas qui ait eu l'idée de souiller autour de lui et en même temps que lui, par d'obscènes images, toute la nature… »

Mais le jugement le plus sévère sur le recueil émane en 1856 de la plume de Barbey d'Aurevilly qui, n'appréciant pas le caractère individualiste du poète devenu à ses yeux, une machine à produire des mots, écrit : « C'est un livre accablant pour la mémoire de M. Victor Hugo, et c'est à dessein que nous écrivons "la mémoire". À dater des *Contemplations*, M. Victor Hugo n'existe plus. On en doit parler comme d'un mort ». Lanson, quelques années plus tard, parle en termes élogieux des *Contemplations*, « où la perfection du travail artistique n'enlève rien à la sincérité poignante du sentiment ».

N'oublions pas que c'est Henri Guillemin qui en 1950, sortit Victor Hugo du purgatoire dans lequel il était pour partie tombé. Or aux pièces légères des *Contemplations* qui valurent à l'ouvrage son succès, comme nous l'évoquions plus haut, notre époque préfère les élans humanitaires et métaphysiques du poète et ce qui va devenir, dans *La Légende des siècles*, l'épopée des humbles.

LA LÉGENDE DES SIÈCLES

À sa parution, le recueil, peu lu, enthousiasme essentiellement l'opinion de gauche qui y voit un vaste poème socialiste. Michelet est de ceux qui considèrent l'auteur de *La Légende des Siècles* comme un apôtre. Il prophétise alors en ces termes : « Il y a des choses saintes qui vont entrer dans la religion prochaine et s'inscrire en symboles ». Pour des raisons esthétiques, Barbey d'Aurevilly, qui aime le Moyen Âge et le gothique, ressuscite Victor Hugo dont il avait pourtant annoncé avec *Les Contemplations* la mort intellectuelle et spirituelle : « Le poète expirant dans *Les Contemplations* ressuscite aujourd'hui dans *La Légende des siècles* » écrit-il en 1859.

Baudelaire partage ce sentiment en prenant lui aussi comme référence *Les Contemplations*. Selon lui, *La Légende des siècles* a décidément un meilleur air de livre que *Les Contemplations*, sauf encore quelques « petites folies modernes » écrit-il à Poulet-Malassis le 1er Octobre 1859. Lanson souligne, lui, la continuité d'inspiration existant entre *Les Contemplations* et *La Légende des siècles* et il compare même l'œuvre à *La Divine Comédie* de Dante car dans *La Légende* « la forme épique enveloppe une âme lyrique ».

LE GENRE POÉTIQUE

LES TROIS RECUEILS DANS L'ÉVOLUTION DU GENRE POÉTIQUE

NOUVELLE ÉPOQUE, NOUVEAU STYLE

La présence d'un pouvoir politique comme celui de l'Empereur Napoléon III pousse Hugo à radicaliser son esthétique dans le sens de la démocratie et de la liberté. Hugo dévalorise les termes aristocratiques qui faisaient autorité au profit des termes roturiers. L'écriture fait avec lui sa révolution en transgressant la hiérarchie des genres, en bousculant les privilèges qui reproduisaient en son sein les clivages sociaux, en invalidant les distinctions :

> Je mis un bonnet rouge au vieux dictionnaire.
> [...]
> J'ai dit à la narine : Eh, mais ! tu n'es qu'un nez !
> J'ai dit au long fruit d'or : Mais tu n'es qu'une poire ! »
> *Les Contemplations*, « Réponse à un acte d'accusation ».

Ainsi l'espace créatif est-il libéré du carcan qui l'enserrait. Assurer au vocabulaire roturier une place dans l'écriture poétique, casser l'alexandrin trop bien métré, c'est donner à la poésie une nouvelle grandeur. Hugo affirme ainsi que le « misérable » (« Le Crapaud », p. 109) a sa grandeur, et sa place dans l'apothéose poétique qui surgit sous l'impulsion du « Mage » qu'est le Poète. Hugo transfigure la langue poétique en lui insufflant des mots dits « vulgaires », en l'enrichissant de formes dites « bâtardes » jusque là bannies et, comme lui, « exilées ». La vision du monde change. La voix du peuple trouve sa place dans la poésie.

LA POÉSIE SATIRIQUE : *LES CHÂTIMENTS*

Structure du recueil

Ce recueil est structuré en sept livres qui vont de la nuit : « Nox », à la lumière « Lux ». 98 poèmes séparent la « nuit » du coup d'État et de la dictature, de la « lumière » d'un avenir fondé sur la liberté et l'amour. Les six premiers livres portent des titres ironiques recensant les principales fiertés du Second Empire : « La société est sauvée » ; « L'ordre est rétabli » ; « La famille est restaurée » ; « La religion est glorifiée » ; « L'autorité est sacrée » d'où est extrait le poème « L'Expiation » ; « La stabilité est assurée ». Le septième livre porte un titre à double entente : « Les sauveurs se sauveront ».

Le poème « L'Expiation » est capital puisque, placé à peu près au cœur de l'ouvrage, il est une clé pour comprendre l'ensemble du recueil : Napoléon 1er a commis une faute en s'emparant du pouvoir le 18 Brumaire. Il bafoue ainsi le principe démocratique de liberté institué par la Révolution. Il en reçoit après sa mort le châtiment en la personne dérisoire de son neveu Napoléon III, caricature de l'homme glorieux qu'il fut. Napoléon III a commis une faute du même ordre en prenant le pouvoir lors du coup d'État du 2 Décembre : il en recevra le châtiment (« Ils savent qu'ils auront, comme toi, des malheurs. ») en même temps qu'il incarne le châtiment de son oncle.

Hugo entend par là démontrer que la *Némésis* (déesse grecque de la Vengeance et de la Justice distributive) poursuit et punit toujours la démesure (en grec : *l'hubris*) en humiliant tôt ou tard l'orgueil.

La satire : origine et signification du genre

Ce mot issu du latin « satura » désignait une macédoine, c'est-à-dire un mélange. Dans les ouvrages satiriques se mêlaient alors vers et prose. La satire a pour objectif de tourner en ridicule les vices des hommes, leurs passions désordonnées, leur sottise, les abus de pouvoir. Elle vise à dévaloriser quelqu'un que l'on n'aime pas, que l'on méprise ou que l'on trouve dangereux. Elle utilise dès lors tous les moyens pour rabaisser l'adversaire, le détruire dans l'opinion.

La satire est donc de nature polémique (du grec *polemos* guerre). Dans le cas des *Châtiments*, elle est engagée dans l'actualité et le poète en colère se propose de dénoncer aux contemporains les méfaits d'un gouvernement tyrannique et dérisoire. Le genre poétique convient très bien, avec ses effets lyriques ou épiques, l'ampleur de son énonciation, à la satire.

Dans le poème « L'Expiation » (comme dans nombre d'autres poèmes de *Châtiments*), Hugo joue, pour établir un effet de contraste, sur deux registres : le registre épique (*cf.* p. 130 les caractéristiques du style épique) qui dit la grandeur de Napoléon Ier, opposé à la petitesse de Napoléon III. Cette opposition est en soi satirique : elle souligne la dégénérescence d'une lignée. La satire salit, dénature, dégrade l'épopée.

Les procédés de la satire

La satire a besoin de toute la force expressive du discours, elle use donc des effets de grossissement dans des poèmes le plus souvent à rimes plates (« L'Expiation » est un poème en alexandrins à rimes plates, à l'exception du cinquième poème écrit en octosyllabes à rimes croisés). Parmi les procédés les plus fréquents de grossissement, on peut noter :

– L'accumulation agressive et hypertrophique : « Faussaires, meurtriers, escrocs, forbans, voleurs,... » (« L'Expiation », p. 89,v. 356).

– La caricature : dans « L'Expiation », les traits qui peignent Napoléon III et sa cour sont forcés de façon à transformer le palais impérial en baraque de foire, « abject et vil bazar » (p. 90, v. 368).

– Le sarcasme, l'injure, l'invective, au besoin jusqu'à la vulgarité – les exemples ci-dessus sont suffisamment expressifs à ce propos.

– L'apostrophe : « Toi, spectre impérial, tu bats la grosse caisse ! » (p. 90, v. 371).

– L'antithèse : Hugo est passé maître dans l'emploi de cette figure de rhétorique. Le poème « L'Expiation » est construit sur une vaste antithèse qui oppose la grandeur de Napoléon Ier, héroïque au sein même de sa déroute, à la bassesse de son neveu Napoléon III, transformé en personnage de foire. L'antithèse se situe également dans la forme : la déroute de Napoléon Ier est évoquée de façon à la fois épique et lyrique, comme en témoignent les intrusions émotionnelles d'auteur : « Epopée ! épopée ! oh ! quel dernier chapitre ! » (p. 89, v. 366). Cette déroute est porteuse de grandeur et le cœur du poète vibre d'émotion en l'évoquant. Cette grandeur d'évocation fait un contraste saisissant avec tout ce qui se rapporte à Napoléon le Petit, évoqué de façon sarcastique.

– Le mélange des tons. Traditionnellement, la satire mêle l'agressivité du sarcasme et de l'invective au style épique, qui exalte l'imagination avec ses effets hyperboliques (tout le récit des déroutes de Napoléon Ier est évoqué selon l'élargissement noble du type épique), et au style lyrique.

LA POÉSIE LYRIQUE : *LES CONTEMPLATIONS*

Structure du recueil

Le recueil est divisé en deux parties : « Autrefois, 1830-1843 » (composé de trois livres : « Aurore », « L'âme en fleur » « Les luttes et les rêves »), et « Aujourd'hui, 1830-1843 » (composé également de trois livres : « *Paucae meae* », « En marche », « Au bord de l'Infini »). Hugo précise dans sa Préface : « Vingt-cinq années sont dans ces deux volumes ». Or, certains des poèmes sont écrits avant la mort de Léopoldine et bien des vers emplis de fraîcheur sont écrits après cette mort. Pour donner à l'ensemble une allure cohérente, Hugo modifie la plupart des dates d'écriture. Certains poèmes, à portée philosophique, convenant mieux à la seconde partie du recueil, sont postdatés, d'autres sont antidatés ; d'autres enfin ne sont pas datés, sans doute pour souligner leur caractère fictionnel, tel est le cas de « La Fête chez Thérèse ».

Parfois la date du poème est légèrement modifiée pour aggraver une détresse et lui donner un tour plus dramatique, ainsi « Le mendiant », écrit en octobre 1854, est-il légèrement postdaté à décembre 1854. Hugo veut établir une construction logique, au détriment de l'exactitude chronologique. Il organise minutieusement l'architecture d'une œuvre dans laquelle le lecteur est invité à identifier l'histoire d'une âme, la sienne. Le fait que le recueil présente les « mémoires d'une âme » justifie l'intrusion de poèmes qui semblent étrangers au drame de la mort de Léopoldine, sujet principal du recueil : « La Fête chez Thérèse » comme « Le Mendiant » sont de ceux-là.

LE LYRISME

Origine du terme

Le mot lyrisme est issu du mot *lyre* qui était l'instrument dont se servaient Apollon et Orphée pour accompagner leurs chants. Orphée, descendu aux enfers pour y chercher Eurydice, morte d'une morsure de serpent, y charme à tel point de sa lyre les monstres et les dieux, qu'il obtient la permission de la ramener sur terre à la condition qu'il ne se retournera pas sur elle durant la traversée du royaume des ombres. Hélas ! n'entendant pas les pas de sa bien-aimée, Orphée se retourne et la perd une seconde fois. Le « lyrisme » est désormais le chant du désespoir et des larmes.

Ainsi le lyrisme est-il, comme nous l'avons déjà évoqué, l'expression de la subjectivité, d'un Moi généralement en deuil dans ses émotions face à la nature, à l'amour, à l'amitié, à la solitude, à la mélancolie, au temps, à la mort.

Les procédés lyriques

La poésie lyrique expose généralement les tourments d'un moi déchiré, en deuil, d'où la prédominance, dans les textes, de la première personne d'une part (le « je » est omniprésent, mais c'est un « je » universel qui excède la personne du poète, auquel Hugo invite le lecteur à s'identifier), du vocabulaire affectif d'autre part, avec interrogations, exclamations, invocations, prise à partie de l'autre : nous avons déjà évoqué cette dynamique de la parole (*cf.* 1re section, p. 56). Dans « Le Mendiant », un dialogue s'engage ainsi entre le « je » et le « pauvre homme ».

LA POÉSIE ÉPIQUE : *LA LÉGENDE DES SIÈCLES*

La composition du recueil

La composition du recueil s'étale sur vingt-six ans. Il est difficile de dégager une structure nette : Hugo brosse à sa façon, orientée, une histoire de l'humanité. Il ne fait pas œuvre d'historien mais s'attache à dégager la portée symbolique des mythes et des faits du passé pour en instruire le présent. Cet ouvrage veut donner aux hommes une image du destin de l'humanité en marche, partagée entre les forces du bien et du mal, entre la lumière et la nuit, entre Dieu et Satan. Cette opposition doit, à la fin des temps, s'abolir dans le triomphe du bien.

Plutôt que de structure, mieux vaut parler, à propos de ce vaste ouvrage, de fil conducteur. *La Légende des siècles* obéit à ce qu'on a appelé une esthétique de la dissémination et du dévoilement; le recueil veut expliquer le XIXe siècle par les événements du passé, qui sont rapportés pour élucider le drame des tyrannies. Il s'agit de chercher le sens des ruptures dans la continuité historique. La Révolution française représente pour Hugo une rupture capitale, symbole d'un progrès en marche auquel le Second Empire apporte un cuisant démenti. Pourquoi ce recul ? Parce que l'Histoire bégayante est un perpétuel inachèvement.

L'épopée : origine du terme

À l'origine la poésie épique célébrait ou les dieux ou ceux des hommes qui se rapprochaient le plus des dieux : les héros. Dans *L'Odyssée*, Homère fait d'Ulysse, « l'homme aux mille ruses », un héros. Les thèmes du dépassement de soi, de la quête quasi impossible, du défi, de l'idéal, nourrissent l'épopée.

Ce genre est porteur de valeurs : c'est à travers lui qu'une communauté humaine exprime les idéaux qui lui sont chers. Ainsi, dans « Le Mariage de Roland », Hugo célèbre, au-delà de la vaillance des deux protagonistes, l'estime mutuelle que se portent Roland et Olivier, qui transcende leur antagonisme en une confraternité. Dans « Le Crapaud », c'est l'âne qui, au prix d'un effort « héroïque », épargne le crapaud et donne une leçon de compassion et de tolérance aux hommes.

Les procédés de la poésie épique

La poésie épique, célébrant des exploits physiques et moraux, a besoin des figures qui grandissent, hypertrophient la pensée. Elle utilise volontiers :

– L'*hypotypose*, c'est-à-dire une description animée et rendue plus frappante encore grâce à la reprise anaphorique de certains termes qui font image dans l'imagination du lecteur et à la mise en place d'échos sonores qui créent une musique lancinante particulière. On citera pour exemple la reprise de l'expression « il neigeait », ou celle du mot « gouffre » dans « L'Expiation » ou, dans « Booz endormi » : « Comme dormait Jacob, comme dormait Judith… » ou encore, dans « La Conscience » :« Il marcha trente jours, il marcha trente nuits. »

– L'*énumération asyndétique*[1] qui participe à une accélération du rythme, ainsi dans « Le Mariage de Roland » : « Ils luttent, noirs, muets, furieux, acharnés ».

1. *Asyndète :* absence de mots de liaison entre deux termes ou groupes de termes.

– Les *termes hyperboliques* comme dans « Le Mariage de Roland », avec une série de noms propres et de titres qui grandissent le personnage et l'associent à un passé prestigieux ou mythique (voir à ce propos la description d'Olivier).
– Les *comparaisons*, parce qu'elles élargissent la vision et transcendent la réalité : « Les coups l'enveloppaient ainsi qu'une nuée » (« Le Crapaud »).
– Les *antithèses*, qui télescopent les points de vue et construisent un univers manichéiste. Hugo pense le monde en termes d'oppositions, avec des effets qu'il affectionne : ainsi, dans « Le Mariage de Roland », la longueur de la description du lignage, des titres et des atouts d'Olivier qui se lit sur treize vers (p. 103-104, v. 25-37) tranche avec l'évocation de Roland réduite à un seul vers : « Roland a son habit de fer et Durandal ». Pourquoi cette différence de traitement entre les deux héros ? Parce que la légende de Roland, de son épée Durandal et de son héroïsme est dans tous les esprits et dans tous les cœurs et que toute présentation circonstanciée du personnage ne pourrait que lui faire injure. D'autres antithèses ont un caractère moral : l'une des antithèses qui couronne la totalité de l'œuvre de Hugo est celle qui oppose l'ombre à la lumière. Ainsi en va-t-il de ces beaux enfants blonds (apparence des anges !), image stéréotype, qui combattent dans « Le Mariage de Roland ». De même, dans « Le Crapaud », le contraste entre la fraîcheur de ces enfants et la cruauté de leur acharnement contre l'animal souligne la leçon que veut tirer Hugo de cet épisode : « Un des enfants [...] / Entendit une voix qui lui disait : Sois bon ! » C'est de la réduction des antithèses que pourrait surgir un monde en harmonie. C'est en sortant les humbles et les parias de « l'ombre » que la lumière s'établira sur le monde, comme le suggèrent les derniers vers du poème.

SUJETS

INVENTION ET ARGUMENTATION

SUJET 3

Dans sa Préface de 1853 à l'édition des *Châtiments*, Hugo écrit : « Si l'on met un bâillon à la bouche qui parle, la parole se change en lumière, et l'on ne bâillonne pas la lumière ». En vous référant aux poèmes de cette section, vous dégagerez comment, par sa parole, le poète fait la lumière sur les faits qui lui tiennent à cœur.

SUJET 4

« Hélas ! quand je vous parle de moi, je vous parle de vous. Comment ne le sentez-vous pas ? Ah ! insensé, qui crois que je ne suis pas toi ! » écrit Victor Hugo dans sa Préface aux *Contemplations*. Vous direz comment Hugo s'emploie à impliquer son lecteur et vous vous demanderez, en justifiant votre réponse, dans quelle mesure il parvient au but qu'il se fixe dans cette phrase.

COMMENTAIRE

SUJET 5

TEXTE 2 • *La Légende des siècles, « La Conscience »*

Le soleil s'est couché […] immense et radieux !

PAGES 94-96

Après avoir répondu aux questions suivantes, vous ferez un commentaire de ce texte.

1. Analysez la déambulation spatiale de Caïn : s'élargit-elle ? Se rétrécit-elle ? Que veut démontrer le poète au moyen de ce traitement de l'espace ?

2. Relevez dans ce poème les éléments épiques (idées, expressions, vocabulaires, etc.) et justifiez votre choix.

3. Comparez « La Conscience » et « L'Expiation » : de Caïn ou de Napoléon, lequel vous paraît avoir la conscience la plus vivante ? Font-ils ce qu'on appelle un « examen de conscience » ? Pourquoi ?

4. Montrez comment la scène est théâtralisée grâce aux prises de parole et indiquez quelle est la fonction de ce choix stylistique.

Eugène Delacroix (1798-1863), *La Liberté guidant le peuple, 28 juillet 1830.*
Huile sur toile, 260 x 325 cm , Musée du Louvre, Paris.
ph© The Bridgeman Art Library

ANALYSE D'IMAGE

SUJET 6 (p. 133)

Delacroix, qui n'était pas un révolutionnaire, fut témoin de la révolution de Juillet 1830 dite des « Trois Glorieuses » (*cf.* introduction historique générale p. 8). C'est Louis-Philippe qui, ayant rétabli le drapeau tricolore, lui commanda ce tableau d'actualité.

1. Faites une description du tableau : qui en occupe la position centrale ? Pourquoi ? À quelle classe sociale appartiennent les différents personnages ? Quelles sont leurs armes ?

2. Opposez le haut et le bas du tableau. Peut-on parler de symbole ? D'allégorie ? Justifiez vos réponses.

3. La lutte de Hugo contre les forces du Mal s'accorde-t-elle avec ce tableau ? En quoi ?

TROISIÈME SECTION

Charles Baudelaire

Charles Baudelaire
(1821-1867)

LES FLEURS DU MAL

Spleen et idéal

Bénédiction

Lorsque, par un décret des puissances suprêmes,
Le Poëte apparaît en ce monde ennuyé,
Sa mère épouvantée et pleine de blasphèmes
Crispe ses poings vers Dieu, qui la prend en pitié :

– « Ah ! que n'ai-je mis bas tout un nœud de vipères,
Plutôt que de nourrir cette dérision !
Maudite soit la nuit aux plaisirs éphémères
Où mon ventre a conçu mon expiation !

Puisque tu m'as choisie entre toutes les femmes
Pour être le dégoût de mon triste mari,
Et que je ne puis pas rejeter dans les flammes,
Comme un billet d'amour, ce monstre rabougri,

Je ferai rejaillir ta haine qui m'accable
Sur l'instrument maudit de tes méchancetés,

Et je tordrai si bien cet arbre misérable,
Qu'il ne pourra pousser ses boutons empestés ! »

Elle ravale ainsi l'écume de sa haine,
Et, ne comprenant pas les desseins éternels,
Elle-même prépare au fond de la Géhenne[1]
Les bûchers consacrés aux crimes maternels.

Pourtant, sous la tutelle invisible d'un Ange,
L'enfant déshérité s'enivre de soleil,
Et dans tout ce qu'il boit et dans tout ce qu'il mange
Retrouve l'ambroisie[2] et le nectar[3] vermeil.

Il joue avec le vent, cause avec le nuage,
Et s'enivre en chantant du chemin de la croix[4] ;
Et l'Esprit qui le suit dans son pèlerinage
Pleure de le voir gai comme un oiseau des bois.

Tous ceux qu'il veut aimer l'observent avec crainte,
Ou bien, s'enhardissant de sa tranquillité,
Cherchent à qui saura lui tirer une plainte,
Et font sur lui l'essai de leur férocité.

Dans le pain et le vin destinés à sa bouche
Ils mêlent de la cendre avec d'impurs crachats[5] ;
Avec hypocrisie ils jettent ce qu'il touche,
Et s'accusent d'avoir mis leurs pieds dans ses pas.

---

1. *Géhenne :* dans la Bible, séjour des damnés, équivalent de l'enfer. \ **2.** *Ambroisie :* nourriture délectable des dieux de l'Olympe. \ **3.** *Nectar :* boisson des dieux de l'Olympe, source d'immortalité. Par extension, désigne toute boisson délicieuse. \ **4.** *La croix :* allusion au chemin suivi par le Christ lors de la Passion. L'enfant réprouvé s'identifie aux souffrances du Christ montant au Calvaire. \ **5.** *Impurs crachats :* la symbolique chrétienne est utilisée par le poète qui invite son lecteur à voir en ce paria une image du Christ souffrant transfiguré.

Sa femme va criant sur les places publiques :
« Puisqu'il me trouve assez belle pour m'adorer,
Je ferai le métier des idoles antiques[1],
Et comme elles je veux me faire redorer[2] ;

Et je me soûlerai de nard, d'encens, de myrrhe[3],
De génuflexions, de viandes et de vins,
Pour savoir si je puis dans un cœur qui m'admire
Usurper en riant les hommages divins !

Et, quand je m'ennuierai de ces farces impies,
Je poserai sur lui ma frêle et forte main ;
Et mes ongles, pareils aux ongles des harpies[4],
Sauront jusqu'à son cœur se frayer un chemin.

Comme un tout jeune oiseau qui tremble et qui palpite,
J'arracherai ce cœur tout rouge de son sein,
Et, pour rassasier ma bête favorite,
Je le lui jetterai par terre avec dédain ! »

Vers le Ciel, où son œil voit un trône splendide,
Le Poëte serein lève ses bras pieux,
Et les vastes éclairs de son esprit lucide
Lui dérobent l'aspect des peuples furieux :

– « Soyez béni, mon Dieu, qui donnez la souffrance
Comme un divin remède à nos impuretés
Et comme la meilleure et la plus pure essence
Qui prépare les forts aux saintes voluptés !

1. *Le métier :* allusion au métier de certaines courtisanes célèbres de l'antiquité (comme Laïs évoquée dans « Les Petites Vieilles », *cf.* p. 154, v. 6). \ **2.** *Redorer :* couvrir d'or (grâce à la prostitution de luxe). \ **3.** *Nard, encens, myrrhe :* aromates odoriférants comme ceux qu'offrirent à Bethléem les Rois Mages à Jésus. \ **4.** *Harpies :* monstres fabuleux à tête de femme et à corps de vautour aux griffes acérées.

Je sais que vous gardez une place au Poëte
Dans les rangs bienheureux des saintes Légions[1],
Et que vous l'invitez à l'éternelle fête
Des Trônes, des Vertus, des Dominations[2].

Je sais que la douleur est la noblesse unique
Où ne mordront jamais la terre et les enfers,
Et qu'il faut pour tresser ma couronne mystique
Imposer tous les temps et tous les univers.

Mais les bijoux perdus de l'antique Palmyre[3],
Les métaux inconnus, les perles de la mer,
Par votre main montés, ne pourraient pas suffire
À ce beau diadème éblouissant et clair ;

Car il ne sera fait que de pure lumière,
Puisée au foyer saint des rayons primitifs,
Et dont les yeux mortels, dans leur splendeur entière,
Ne sont que des miroirs obscurcis et plaintifs ! »

L'Albatros

Souvent, pour s'amuser, les hommes d'équipage
Prennent des albatros, vastes oiseaux des mers,

1. *Saintes Légions :* il s'agit de la multitude des anges et des élus de Dieu. \ **2.** *Trônes, vertus, dominations :* les anges, purs esprits, sont des êtres créés par Dieu pour être ses messagers. Ils existent dans plusieurs religions, dont le christianisme, le judaïsme et l'islam. Dans la religion catholique, il y a neuf chœurs des anges classés selon une hiérarchie : les *Trônes* constituent le troisième chœur, les *Vertus*, le cinquième et les *Dominations*, le quatrième. \ **3.** *Palmyre :* oasis du désert de Syrie, sur la route de la soie, Palmyre était le passage obligé des caravanes chargées d'épices et de matières précieuses. La reine Zénobie lui donna sa prospérité avant d'être vaincue par Rome.

Qui suivent, indolents compagnons de voyage,
Le navire glissant sur les gouffres amers.

À peine les ont-ils déposés sur les planches,
Que ces rois de l'azur, maladroits et honteux,
Laissent piteusement leurs grandes ailes blanches
Comme des avirons traîner à côté d'eux.

Ce voyageur ailé, comme il est gauche et veule !
Lui, naguère si beau, qu'il est comique et laid !
L'un agace son bec avec un brûle-gueule[1],
L'autre mime, en boitant, l'infirme qui volait !

Le poète est semblable au prince des nuées
Qui hante la tempête et se rit de l'archer ;
Exilé sur le sol au milieu des huées,
Ses ailes de géant l'empêchent de marcher.

Élévation

Au-dessus des étangs, au-dessus des vallées,
Des montagnes, des bois, des nuages, des mers,
Par delà le soleil, par delà les éthers,
Par delà les confins des sphères étoilées[2],

Mon esprit, tu te meus avec agilité,
Et, comme un bon nageur qui se pâme[3] dans l'onde,

1. *Brûle-gueule :* pipe de marin à tuyau très court. \ **2.** *Sphères étoilées :* souvenir de Platon qui imagine, dans le *Phédon,* que ceux qui ont vécu d'une éminente sainteté parviennent aux *« hauteurs du pur séjour »*, dans les hautes sphères. \ **3.** *Qui se pâme :* qui trouve à nager un bonheur voluptueux.

Tu sillonnes gaiement l'immensité profonde
Avec une indicible et mâle volupté.

Envole-toi bien loin de ces miasmes[1] morbides ;
Va te purifier dans l'air supérieur,
Et bois, comme une pure et divine liqueur,
Le feu clair qui remplit les espaces limpides.

Derrière les ennuis et les vastes chagrins
Qui chargent de leur poids l'existence brumeuse,
Heureux celui qui peut d'une aile vigoureuse
S'élancer vers les champs lumineux et sereins ;

Celui dont les pensers, comme des alouettes,
Vers les cieux le matin prennent un libre essor,
– Qui plane sur la vie, et comprend sans effort
Le langage des fleurs et des choses muettes !

Correspondances

La Nature est un temple où de vivants piliers
Laissent parfois sortir de confuses paroles ;
L'homme y passe à travers des forêts de symboles[2]
Qui l'observent avec des regards familiers.

Comme de longs échos qui de loin se confondent
Dans une ténébreuse et profonde unité[3],

1. *Miasmes :* émanations malsaines, sources de maladies et d'épidémies. \ **2.** *Forêt de symboles :* au monde matériel « correspond » un monde spirituel. Les choses ont un sens caché, mystique. \ **3.** *Profonde unité :* on trouve dans les *Kreisleriania* d'Hoffmann : « Ce n'est pas seulement en rêve, c'est encore éveillé que je trouve une analogie et une réunion intime entre les couleurs, les sons et les parfums ».

Vaste comme la nuit et comme la clarté,
Les parfums, les couleurs et les sons se répondent.

Il est des parfums frais comme des chairs d'enfants,
Doux comme les hautbois, verts comme les prairies,
– Et d'autres, corrompus, riches et triomphants,

Ayant l'expansion des choses infinies,
Comme l'ambre, le musc, le benjoin et l'encens
Qui chantent les transports de l'esprit et des sens.

La Vie antérieure

J'ai longtemps habité sous de vastes portiques[1]
Que les soleils marins teignaient de mille feux,
Et que leurs grands piliers, droits et majestueux,
Rendaient pareils, le soir, aux grottes basaltiques[2].

Les houles, en roulant les images des cieux,
Mêlaient d'une façon solennelle et mystique
Les tout-puissants accords de leur riche musique
Aux couleurs du couchant reflété par mes yeux.

C'est là que j'ai vécu dans les voluptés calmes,
Au milieu de l'azur, des vagues, des splendeurs
Et des esclaves nus, tout imprégnés d'odeurs.

1. *Portique :* galerie ouverte soutenue par deux rangées de colonnes. Décor classique qui rappelle les tableaux de Claude Lorrain. \ **2.** *Basalte :* roche éruptive à dominante noire.

Qui me rafraîchissaient le front avec des palmes,
Et dont l'unique soin était d'approfondir
Le secret douloureux qui me faisait languir.

La Chevelure

Ô toison, moutonnant jusque sur l'encolure !
Ô boucles ! Ô parfum chargé de nonchaloir[1] !
Extase ! Pour peupler ce soir l'alcôve obscure
Des souvenirs dormant dans cette chevelure,
Je la veux agiter dans l'air comme un mouchoir !

La langoureuse Asie et la brûlante Afrique,
Tout un monde lointain, absent, presque défunt,
Vit dans tes profondeurs, forêt aromatique !
Comme d'autres esprits voguent sur la musique,
Le mien, ô mon amour ! nage sur ton parfum.

J'irai là-bas où l'arbre et l'homme, pleins de sève,
Se pâment longuement sous l'ardeur des climats ;
Fortes tresses, soyez la houle qui m'enlève !
Tu contiens, mer d'ébène[2], un éblouissant rêve
De voiles, de rameurs, de flammes et de mâts :

Un port retentissant où mon âme peut boire
À grands flots le parfum, le son et la couleur ;
Où les vaisseaux, glissant dans l'or et dans la moire[3],

1. *Nonchaloir :* terme recherché, précieux pour désigner la nonchalance. \ **2.** *Mer d'ébène :* l'inspiratrice de ce poème est Jeanne Duval, une Créole. \ **3.** *Moire :* tissu présentant des parties mates et des parties brillantes. Par métaphore, reflets changeants de la mer.

Ouvrent leurs vastes bras pour embrasser la gloire
D'un ciel pur où frémit l'éternelle chaleur.

Je plongerai ma tête amoureuse d'ivresse
Dans ce noir océan où l'autre est enfermé ;
Et mon esprit subtil que le roulis caresse
Saura vous retrouver, ô féconde paresse !
Infinis bercements du loisir embaumé !

Cheveux bleus, pavillon de ténèbres tendues,
Vous me rendez l'azur du ciel immense et rond ;
Sur les bords duvetés de vos mèches tordues
Je m'enivre ardemment des senteurs confondues
De l'huile de coco, du musc et du goudron.

Longtemps ! toujours ! ma main dans ta crinière lourde
Sèmera le rubis, la perle et le saphir,
Afin qu'à mon désir tu ne sois jamais sourde !
N'es-tu pas l'oasis où je rêve, et la gourde
Où je hume à longs traits le vin du souvenir ?

XXV

Tu mettrais l'univers entier dans ta ruelle [1],
Femme impure ! L'ennui rend ton âme cruelle.
Pour exercer tes dents à ce jeu singulier,
Il te faut chaque jour un cœur au râtelier.
Tes yeux, illuminés ainsi que des boutiques
Et des ifs flamboyants dans les fêtes publiques,

1. *Ruelle :* alcôve, chambre à coucher.

Usent insolemment d'un pouvoir emprunté,
Sans connaître jamais la loi de leur beauté.

Machine aveugle et sourde, en cruautés féconde !
Salutaire instrument, buveur du sang du monde,
Comment n'as-tu pas honte et comment n'as-tu pas
Devant tous les miroirs vu pâlir tes appas ?
La grandeur de ce mal où tu te crois savante
Ne t'a donc jamais fait reculer d'épouvante,
Quand la nature, grande en ses desseins cachés,
De toi se sert, ô femme, ô reine des péchés,
– De toi, vil animal, – pour pétrir un génie ?

Ô fangeuse grandeur ! sublime ignominie !

Sed non satiata [1]

Bizarre déité, brune comme les nuits,
Au parfum mélangé de musc et de havane [2],
Œuvre de quelque obi [3], le Faust de la savane,
Sorcière au flanc d'ébène, enfant des noirs minuits,

Je préfère au constance, à l'opium, au nuits,
L'élixir de ta bouche où l'amour se pavane ;
Quand vers toi mes désirs partent en caravane,
Tes yeux sont la citerne où boivent mes ennuis.

1. *Sed non satiata :* Mais non repue (ou « mais non satisfaite »), en latin. Allusion à Messaline. \ **2.** *Havane :* tabac de la Havane dont on fabrique des cigares. \ **3.** *Obi :* sorcier africain.

Par ces deux grands yeux noirs, soupiraux de ton âme,
Ô démon sans pitié ! verse-moi moins de flamme ;
Je ne suis pas le Styx[1] pour t'embrasser neuf fois,

Hélas ! et je ne puis, Mégère libertine,
Pour briser ton courage et te mettre aux abois,
Dans l'enfer de ton lit devenir Proserpine[2] !

Le Flambeau vivant

Ils marchent devant moi, ces yeux pleins de lumières,
Qu'un Ange très-savant a sans doute aimantés ;
Ils marchent, ces divins frères qui sont mes frères,
Secouant dans mes yeux leurs feux diamantés.

Me sauvant de tout piège et de tout péché grave,
Ils conduisent mes pas dans la route du Beau ;
Ils sont mes serviteurs et je suis leur esclave ;
Tout mon être obéit à ce vivant flambeau.

Charmants Yeux, vous brillez de la clarté mystique
Qu'ont les cierges brûlant en plein jour ; le soleil
Rougit, mais n'éteint pas leur flamme fantastique ;

Ils célèbrent la Mort, vous chantez le Réveil ;
Vous marchez en chantant le réveil de mon âme,
Astres dont nul soleil ne peut flétrir la flamme !

1. *Le Styx :* fleuve des Enfers qui, dans la mythologie, encercle la terre de ses neufs spires. D'autre part le dieu qui jurait sur le Styx et n'était pas fidèle à son serment était banni de l'Olympe pendant neuf ans. \ **2.** *Proserpine :* divinité des Enfers.

Harmonie du soir [1]

Voici venir les temps où vibrant sur sa tige
Chaque fleur s'évapore ainsi qu'un encensoir [2] ;
Les sons et les parfums tournent dans l'air du soir ;
Valse mélancolique et langoureux vertige !

Chaque fleur s'évapore ainsi qu'un encensoir ;
Le violon frémit comme un cœur qu'on afflige ;
Valse mélancolique et langoureux vertige !
Le ciel est triste et beau comme un grand reposoir [3].

Le violon frémit comme un cœur qu'on afflige,
Un cœur tendre, qui hait le néant vaste et noir !
Le ciel est triste et beau comme un grand reposoir ;
Le soleil s'est noyé dans son sang qui se fige.

Un cœur tendre qui hait le néant vaste et noir,
Du passé lumineux recueille tout vestige !
Le soleil s'est noyé dans son sang qui se fige…
Ton souvenir en moi luit comme un ostensoir [4] !

1. *Harmonie du soir :* pantoum. Poème composé de strophes de quatre vers. Le deuxième et le quatrième vers de chaque strophe reviennent comme premier et troisième vers de la strophe suivante. \ **2.** *Encensoir :* cassolette suspendue à des chaînettes dans laquelle on brûle l'encens. On encense certains lieux d'église et les fidèles au cours de certaines cérémonies religieuses. \ **3.** *Reposoir :* autel paré de fleurs et de draperies dressé sur le parcours des processions. \ **4.** *Ostensoir :* cadre circulaire de métal précieux où l'on expose l'hostie consacrée offerte à l'adoration des fidèles.

Chant d'automne

I

Bientôt nous plongerons dans les froides ténèbres[1] ;
Adieu, vive clarté de nos étés trop courts !
J'entends déjà tomber avec des chocs funèbres
Le bois retentissant sur le pavé des cours.

Tout l'hiver va rentrer dans mon être : colère,
Haine, frissons, horreur, labeur dur et forcé,
Et, comme le soleil dans son enfer polaire,
Mon cœur ne sera plus qu'un bloc rouge et glacé.

J'écoute en frémissant chaque bûche qui tombe ;
L'échafaud qu'on bâtit n'a pas d'écho plus sourd.
Mon esprit est pareil à la tour qui succombe
Sous les coups du bélier infatigable et lourd.

Il me semble, bercé par ce choc monotone,
Qu'on cloue en grande hâte un cercueil quelque part.
Pour qui ? – C'était hier l'été ; voici l'automne !
Ce bruit mystérieux sonne comme un départ.

II

J'aime de vos longs yeux la lumière verdâtre,
Douce beauté, mais tout aujourd'hui m'est amer,
Et rien, ni votre amour, ni le boudoir, ni l'âtre,
Ne me vaut le soleil rayonnant sur la mer.

---

1. *Les froides ténèbres :* l'hiver.

Et pourtant aimez-moi, tendre cœur ! soyez mère
Même pour un ingrat, même pour un méchant ;
Amante ou sœur, soyez la douceur éphémère
D'un glorieux automne ou d'un soleil couchant.

Courte tâche ! La tombe attend ; elle est avide !
Ah ! laissez-moi, mon front posé sur vos genoux,
Goûter, en regrettant l'été blanc et torride,
De l'arrière-saison le rayon jaune et doux !

La Cloche fêlée

Il est amer et doux, pendant les nuits d'hiver,
D'écouter, près du feu qui palpite et qui fume,
Les souvenirs lointains lentement s'élever
Au bruit des carillons qui chantent dans la brume.

Bienheureuse la cloche au gosier vigoureux
Qui, malgré sa vieillesse, alerte et bien portante,
Jette fidèlement son cri religieux,
Ainsi qu'un vieux soldat qui veille sous la tente !

Moi, mon âme est fêlée, et lorsqu'en ses ennuis
Elle veut de ses chants peupler l'air froid des nuits,
Il arrive souvent que sa voix affaiblie

Semble le râle épais d'un blessé qu'on oublie
Au bord d'un lac de sang, sous un grand tas de morts,
Et qui meurt, sans bouger, dans d'immenses efforts.

250

Tableaux parisiens

Le Cygne[1]

À Victor Hugo[2]

I

Andromaque[3], je pense à vous ! Ce petit fleuve,
Pauvre et triste miroir où jadis resplendit
L'immense majesté de vos douleurs de veuve[4],
Ce Simoïs[5] menteur qui par vos pleurs grandit,

A fécondé soudain ma mémoire fertile,
Comme je traversais le nouveau Carrousel[6].
Le vieux Paris n'est plus (la forme d'une ville
Change plus vite, hélas ! que le cœur d'un mortel) ;

Je ne vois qu'en esprit tout ce camp de baraques,
Ces tas de chapiteaux ébauchés et de fûts,
Les herbes, les gros blocs verdis par l'eau des flaques,
Et, brillant aux carreaux, le bric-à-brac confus.

Là s'étalait jadis une ménagerie ;
Là je vis, un matin, à l'heure où sous les cieux

1. *Le Cygne :* image de l'exilé pour Baudelaire. \ **2.** Au moment où paraît ce poème, en 1860, Hugo est exilé. \ **3.** *Andromaque :* la Troyenne, image emblématique de l'exilée (comme en 1860 Hugo) et de la captive après la prise de Troie. \ **4.** *Veuve :* Andromaque, veuve d'Hector. \ **5.** *Simoïs :* esclave de Pyrrhus, fils d'Achille, Andromaque avait fait reproduire « ce petit fleuve » de Troade comme image de la patrie perdue. Le fleuve est dit « menteur » parce qu'il n'est qu'une image, un artifice. \ **6** *Le nouveau Carroussel :* le Second Empire avait aménagé cette esplanade entre le Vieux Louvre et le Carrousel.

Froids et clairs le Travail s'éveille, où la voirie[1]
Pousse un sombre ouragan dans l'air silencieux,

Un cygne qui s'était évadé de sa cage,
Et, de ses pieds palmés frottant le pavé sec,
Sur le sol raboteux traînait[2] son blanc plumage.
Près d'un ruisseau sans eau la bête ouvrant le bec

Baignait nerveusement ses ailes dans la poudre[3],
Et disait, le cœur plein de son beau lac natal :
« Eau, quand donc pleuvras-tu ? quand tonneras-tu, foudre ? »
Je vois ce malheureux, mythe étrange et fatal,

Vers le ciel quelquefois, comme l'homme d'Ovide[4],
Vers le ciel ironique et cruellement bleu,
Sur son cou convulsif tendant sa tête avide,
Comme s'il adressait des reproches à Dieu !

II

Paris change ! mais rien dans ma mélancolie
N'a bougé ! palais neufs, échafaudages, blocs,
Vieux faubourgs, tout pour moi devient allégorie,
Et mes chers souvenirs sont plus lourds que des rocs.

Aussi devant ce Louvre une image m'opprime :
Je pense à mon grand cygne, avec ses gestes fous,

---

1. *La voirie :* cantonniers et balayeurs soulèvent un nuage « un ouragan » de poussière. \ **2.** *Traînait :* image à rapprocher de celle de la troisième strophe de « L'Albatros », p. 141, v. 5-8. \ **3.** *Poudre :* poussière. \ **4.** *L'homme d'Ovide :* dans ses *Métamorphoses*, le poète latin Ovide (43 av. J.-C. – 17 ap. J.-C.) écrit « Seul de toutes les créatures vivantes l'homme a reçu des dieux le privilège de lever la tête vers le ciel », I, 17.

Comme les exilés, ridicule et sublime,
Et rongé d'un désir sans trêve ! et puis à vous,

Andromaque, des bras d'un grand époux tombée,
Vil bétail [1], sous la main du superbe [2] Pyrrhus,
Auprès d'un tombeau vide [3] en extase courbée ;
Veuve d'Hector, hélas ! et femme d'Hélénus [4] !

Je pense à la négresse [5], amaigrie et phthisique,
Piétinant dans la boue, et cherchant, l'œil hagard,
Les cocotiers absents de la superbe Afrique
Derrière la muraille immense du brouillard ;

À quiconque a perdu ce qui ne se retrouve
Jamais, jamais ! à ceux qui s'abreuvent de pleurs
Et tettent la Douleur comme une bonne louve [6] !
Aux maigres orphelins séchant comme des fleurs !

Ainsi dans la forêt où mon esprit s'exile
Un vieux Souvenir sonne à plein souffle du cor !
Je pense aux matelots oubliés dans une île,
Aux captifs, aux vaincus !... à bien d'autres encor !

1. *Vil bétail :* Andromaque a été vendue en esclave au fils d'Achille, Pyrrhus, comme du bétail. \ **2.** *Superbe :* orgueilleux. \ **3.** *Tombeau vide :* selon l'*Enéide* du poète latin Virgile (71-19 av. J.-C.). Andromaque aurait fait construire un cénotaphe à la mémoire d'Hector. \ **4.** *Femme d'Hélénus :* après la mort de Pyrrhus, Andromaque épousera le devin Hélénus, fils de Priam, dernier roi de Troie. \ **5.** *La négresse :* elle aussi exilée. \ **6.** *Et tettent {...} louve :* les fondateurs de Rome, Rémus et Romulus, s'abreuvaient d'un lait étranger à leur nature en tétant une louve.

Les Petites Vieilles

À Victor Hugo.

I

Dans les plis sinueux des vieilles capitales,
Où tout, même l'horreur, tourne aux enchantements,
Je guette, obéissant à mes humeurs fatales,
Des êtres singuliers, décrépits et charmants.

Ces monstres disloqués furent jadis des femmes,
Éponine[1] ou Laïs[2] ! Monstres brisés, bossus
Ou tordus, aimons-les ! ce sont encor des âmes.
Sous des jupons troués et sous de froids tissus

Ils rampent, flagellés par les bises iniques,
Frémissant au fracas roulant des omnibus,
Et serrant sur leur flanc, ainsi que des reliques,
Un petit sac brodé de fleurs ou de rébus ;

Ils trottent, tout pareils à des marionnettes ;
Se traînent, comme font les animaux blessés,
Ou dansent, sans vouloir danser, pauvres sonnettes
Où se pend un Démon sans pitié ! Tout cassés

Qu'ils sont, ils ont des yeux perçants comme une vrille,
Luisant comme ces trous où l'eau dort dans la nuit ;
Ils ont les yeux divins de la petite fille
Qui s'étonne et qui rit à tout ce qui reluit.

1. *Éponine :* symbole de la fidélité et du dévouement car, ne voulant pas survivre à son époux, le Gaulois Sabinus, elle insulta l'empereur et fut exécutée. \ **2.** *Laïs :* célèbre courtisane grecque incarnant la beauté, ici mutilée.

– Avez-vous observé que maints cercueils de vieilles
Sont presque aussi petits que celui d'un enfant ?
La Mort savante met dans ces bières pareilles
Un symbole d'un goût bizarre et captivant,

Et lorsque j'entrevois un fantôme débile
Traversant de Paris le fourmillant tableau,
Il me semble toujours que cet être fragile
S'en va tout doucement vers un nouveau berceau ;

À moins que, méditant sur la géométrie,
Je ne cherche, à l'aspect de ces membres discords,
Combien de fois il faut que l'ouvrier varie
La forme de la boîte où l'on met tous ces corps.

– Ces yeux sont des puits faits d'un million de larmes,
Des creusets qu'un métal refroidi pailleta...
Ces yeux mystérieux ont d'invincibles charmes
Pour celui que l'austère Infortune allaita !

II[1]

De Frascati[2] défunt Vestale[3] enamourée ;
Prêtresse de Thalie[4], hélas ! dont le souffleur

1. *II :* dans cette strophe, Baudelaire va jouer sur le nom de villes italiennes et celui des lieux parisiens qui leur sont éponymes. \ **2.** *Frascati :* ville italienne qui a une belle vue sur la ville de Rome dont elle est proche. À Paris, ce nom avait été donné à un lieu de plaisir avec hôtel meublé, restaurant, attractions, jeux, bals, feux d'artifice, fondé sous le Directoire. Les dames y étaient admises et les femmes de petite vertu fréquentaient l'endroit. Pavillon et jardins furent démolis en 1836, d'où l'épithète « défunt » utilisée par Baudelaire. \ **3.** *Vestales :* femmes recrutées dans les plus grandes familles de Rome pour entretenir le feu sacré de la déesse Vesta. Elles devaient observer les règles de la plus stricte chasteté. On peut imaginer que le poète désigne ainsi quelque vieille célibataire. \ **4.** *Thalie :* muse de la Comédie. Baudelaire désigne ici quelque obscure comédienne dont seul le « souffleur » décédé avait retenu le nom.

Enterré sait le nom ; célèbre évaporée
Que Tivoli[1] jadis ombragea dans sa fleur,

Toutes m'enivrent ! mais parmi ces êtres frêles
Il en est qui, faisant de la douleur un miel,
Ont dit au Dévouement qui leur prêtait ses ailes :
Hippogriffe[2] puissant, mène-moi jusqu'au ciel !

L'une, par sa patrie au malheur exercée,
L'autre, que son époux surchargea de douleurs,
L'autre, par son enfant Madone transpercée,
Toutes auraient pu faire un fleuve avec leurs pleurs !

III

Ah ! que j'en ai suivi de ces petites vieilles !
Une, entre autres, à l'heure où le soleil tombant
Ensanglante le ciel de blessures vermeilles,
Pensive, s'asseyait à l'écart sur un banc,

Pour entendre un de ces concerts, riches de cuivre,
Dont les soldats parfois inondent nos jardins,
Et qui, dans ces soirs d'or où l'on se sent revivre,
Versent quelque héroïsme au cœur des citadins.

Celle-là, droite encor, fière et sentant la règle,
Humait avidement ce chant vif et guerrier ;

---

1. *Tivoli :* ville d'Italie dont les *cascatelles* font le charme depuis l'antiquité. À Paris, maison de plaisance avec parc créée au XVIIIe siècle par le maréchal-duc de Richelieu qui y tint des réunions osées avant qu'une « Merveilleuse », Fortunée Hamelin, belle Créole, n'en devienne la reine sous le Directoire. L'établissement connut encore de beaux jours jusqu'à ce qu'il disparaisse en 1826. \ **2.** *Hippogriffe :* monstre ailé, moitié cheval, moitié griffon.

Son œil parfois s'ouvrait comme l'œil d'un vieil aigle ;
Son front de marbre avait l'air fait pour le laurier !

IV

Telles vous cheminez, stoïques et sans plaintes,
À travers le chaos des vivantes cités,
Mères au cœur saignant, courtisanes ou saintes,
Dont autrefois les noms par tous étaient cités.

Vous qui fûtes la grâce ou qui fûtes la gloire,
Nul ne vous reconnaît ! un ivrogne incivil
Vous insulte[1] en passant d'un amour dérisoire ;
Sur vos talons gambade un enfant lâche et vil.

Honteuses d'exister, ombres ratatinées,
Peureuses, le dos bas, vous côtoyez les murs ;
Et nul ne vous salue, étranges destinées !
Débris d'humanité pour l'éternité mûrs !

Mais moi, moi qui de loin tendrement vous surveille,
L'œil inquiet, fixé sur vos pas incertains,
Tout comme si j'étais votre père, ô merveille !
Je goûte à votre insu des plaisirs clandestins :

Je vois s'épanouir vos passions novices ;
Sombres ou lumineux, je vis vos jours perdus ;
Mon cœur multiplié jouit de tous vos vices !
Mon âme resplendit de toutes vos vertus !

1. *Vous insulte :* vous propose une relation grossière.

Ruines ! ma famille ! ô cerveaux congénères !
Je vous fais chaque soir un solennel adieu !
Où serez-vous demain, Èves octogénaires,
Sur qui pèse la griffe effroyable de Dieu ?

Le Crépuscule du matin

La diane[1] chantait dans les cours des casernes,
Et le vent du matin soufflait sur les lanternes.

C'était l'heure où l'essaim des rêves malfaisants
Tord sur leurs oreillers les bruns adolescents ;
Où comme un œil sanglant qui palpite et qui bouge,
La lampe sur le jour fait une tache rouge ;
Où l'âme, sous le poids du corps revêche et lourd,
Imite les combats de la lampe et du jour.
Comme un visage en pleurs que les brises essuient,
L'air est plein du frisson des choses qui s'enfuient,
Et l'homme est las d'écrire et la femme d'aimer.

Les maisons çà et là commençaient à fumer.
Les femmes de plaisir, la paupière livide,
Bouche ouverte, dormaient de leur sommeil stupide ;
Les pauvresses, traînant leurs seins maigres et froids,
Soufflaient sur leurs tisons et soufflaient sur leurs doigts.
C'était l'heure où parmi le froid et la lésine[2]
S'aggravent les douleurs des femmes en gésine[3] ;
Comme un sanglot coupé par un sang écumeux

1. *Diane :* réveil des soldats au son du clairon, de la trompette ou du tambour. \ 2. *La lésine :* l'avarice, la pingrerie. \ 3. *En gésine :* en train d'accoucher.

Le chant du coq au loin déchirait l'air brumeux ;
Une mer de brouillards baignait les édifices,
Et les agonisants dans le fond des hospices
Poussaient leur dernier râle en hoquets inégaux.
Les débauchés rentraient, brisés par leurs travaux.

L'aurore grelottante en robe rose et verte
S'avançait lentement sur la Seine déserte,
Et le sombre Paris, en se frottant les yeux,
Empoignait ses outils, vieillard laborieux.

PETITS POÈMES EN PROSE
(1869, POSTHUME)

Le Confiteor[1] de l'artiste

Que les fins de journées d'automne sont pénétrantes ! Ah ! pénétrantes jusqu'à la douleur ! car il est de certaines sensations délicieuses dont le vague n'exclut pas l'intensité ; et il n'est pas de pointe plus acérée que celle de l'Infini.

Grand délice que celui de noyer son regard dans l'immensité du ciel et de la mer[2] ! Solitude, silence, incomparable chasteté de l'azur ! une petite voile frissonnante à l'horizon, et qui par sa petitesse et son isolement imite mon irrémédiable existence, mélodie monotone de la houle, toutes ces choses pensent par moi, ou je pense par elles (car dans la grandeur de la rêverie, le *moi* se perd vite !) ; elles pensent, dis-je, mais musicalement et pittoresquement, sans arguties[3], sans syllogismes[4], sans déductions.

Toutefois, ces pensées, qu'elles sortent de moi ou s'élancent des choses, deviennent bientôt trop intenses. L'énergie dans la volupté crée un malaise et une souffrance positive. Mes nerfs trop tendus ne donnent plus que des vibrations criardes et douloureuses.

Et maintenant la profondeur du ciel me consterne ; sa limpidité m'exaspère. L'insensibilité de la mer, l'immuabilité

1. *Confiteor :* « je confesse » aveu du pénitent catholique venu livrer ses péchés au prêtre pour se mettre en règle avec Dieu. \ **2.** Ce poème aurait pu être écrit à Honfleur dans la maison achetée par Mme Aupick, mère du poète. \ **3.** *Arguties :* subtilités de langage. \ **4.** *Syllogisme :* raisonnement déductif rigoureux du genre : « Tous les hommes sont mortels (majeure), or je suis un homme (mineure), donc je suis mortel (conclusion) ».

du spectacle me révoltent… Ah ! faut-il éternellement souffrir, ou fuir éternellement le beau ? Nature, enchanteresse sans pitié, rivale toujours victorieuse, laisse-moi ! Cesse de tenter mes désirs et mon orgueil ! L'étude du beau est un duel où l'artiste crie de frayeur avant d'être vaincu.

Un hémisphère dans une chevelure

Laisse-moi respirer longtemps, longtemps, l'odeur de tes cheveux, y plonger tout mon visage, comme un homme altéré dans l'eau d'une source, et les agiter avec ma main comme un mouchoir odorant, pour secouer des souvenirs dans l'air.

Si tu pouvais savoir tout ce que je vois ! tout ce que je sens ! tout ce que j'entends dans tes cheveux ! Mon âme voyage sur le parfum comme l'âme des autres hommes sur la musique.

Tes cheveux contiennent tout un rêve, plein de voilures et de mâtures[1] ; ils contiennent de grandes mers dont les moussons me portent vers de charmants climats, où l'espace est plus bleu et plus profond, où l'atmosphère est parfumée par les fruits, par les feuilles et par la peau humaine.

Dans l'océan de ta chevelure, j'entrevois un port fourmillant de chants mélancoliques, d'hommes vigoureux de toutes nations et de navires de toutes formes découpant leurs architectures fines et compliquées sur un ciel immense où se prélasse l'éternelle chaleur.

Dans les caresses de ta chevelure, je retrouve les langueurs des longues heures passées sur un divan, dans la chambre d'un beau navire, bercées par le roulis imperceptible du port, entre les pots de fleurs et les gargoulettes[2] rafraîchissantes.

1. *Mâture :* ensemble des mâts des navires. \ **2.** *Gargoulettes :* vases poreux dans lesquels les liquides se rafraîchissent par évaporation.

Dans l'ardent foyer de ta chevelure, je respire l'odeur du tabac mêlée à l'opium et au sucre ; dans la nuit de ta chevelure, je vois resplendir l'infini de l'azur tropical ; sur les rivages duvetés de ta chevelure, je m'enivre des odeurs combinées du goudron, du musc et de l'huile de coco.

Laisse-moi mordre longtemps tes tresses lourdes et noires. Quand je mordille tes cheveux élastiques et rebelles, il me semble que je mange des souvenirs.

Le Joujou du pauvre

Je veux donner l'idée d'un divertissement innocent. Il y a si peu d'amusements qui ne soient pas coupables !

Quand vous sortirez le matin avec l'intention décidée de flâner sur des grandes routes, remplissez vos poches de petites inventions à un sol[1], – telles que le polichinelle plat mû par un seul fil, les forgerons qui battent l'enclume, le cavalier et son cheval dont la queue est un sifflet, – et le long des cabarets, au pied des arbres faites-en hommage aux enfants inconnus et pauvres que vous rencontrerez. Vous verrez leurs yeux s'agrandir démesurément. D'abord ils n'oseront pas prendre ; ils douteront de leur bonheur. Puis leurs mains agripperont vivement le cadeau, et ils s'enfuiront comme font les chats qui vont manger loin de vous le morceau que vous leur avez donné, ayant appris à se défier de l'homme.

Sur une route, derrière la grille d'un vaste jardin, au bout duquel apparaissait la blancheur d'un joli château frappé par le soleil, se tenait un enfant beau et frais, habillé de ces vêtements de campagne si pleins de coquetterie.

1. *Sol* : forme archaïque du « sou », monnaie devenue de peu de valeur.

Le luxe, l'insouciance et le spectacle habituel de la richesse rendent ces enfants-là si jolis, qu'on les croirait faits d'une autre pâte que les enfants de la médiocrité ou de la pauvreté.

À côté de lui, gisait sur l'herbe un joujou splendide, aussi frais que son maître, verni, doré, vêtu d'une robe pourpre, et couvert de plumets[1] et de verroteries. Mais l'enfant ne s'occupait pas de son joujou préféré, et voici ce qu'il regardait :

De l'autre côté de la grille, sur la route, entre les chardons et les orties, il y avait un autre enfant, sale, chétif, fuligineux[2], un de ces marmots-parias dont un œil impartial découvrirait la beauté, si, comme l'œil du connaisseur devine une peinture idéale sous un vernis de carrossier, il le nettoyait de la répugnante patine de la misère.

À travers ces barreaux symboliques séparant deux mondes, la grande route et le château, l'enfant pauvre montrait à l'enfant riche son propre joujou, que celui-ci examinait avidement comme un objet rare et inconnu. Or, ce joujou, que le petit souillon agaçait, agitait et secouait dans une boîte grillée, c'était un rat vivant ! Les parents, par économie sans doute, avaient tiré le joujou de la vie elle-même.

Et les deux enfants se riaient l'un à l'autre fraternellement, avec des dents d'une *égale* blancheur.

Assommons les pauvres[3] !

Pendant quinze jours je m'étais confiné dans ma chambre, et je m'étais entouré des livres à la mode dans ce temps-là (il y a seize ou dix-sept ans) ; je veux parler des livres où il est traité de l'art de rendre les peuples heureux, sages et riches, en vingt-

1. *Plumets :* bouquets de plumes. \ **2.** *Fuligineux :* de la couleur de la suie. \ **3.** Ce poème, mal perçu à l'origine, parut dans une édition posthume.

quatre heures[1]. J'avais donc digéré, – avalé, veux-je dire, – toutes les élucubrations[2] de tous ces entrepreneurs de bonheurs publics – de ceux qui conseillent à tous les pauvres de se faire esclaves, et de ceux qui leur persuadent qu'ils sont tous des rois détrônés. – On ne trouvera pas surprenant que je fusse alors dans un état d'esprit avoisinant le vertige ou la stupidité.

Il m'avait semblé seulement que je sentais, confiné au fond de mon intellect, le germe obscur d'une idée supérieure à toutes les formules de bonne femme dont j'avais récemment parcouru le dictionnaire. Mais ce n'était que l'idée d'une idée, quelque chose d'infiniment vague.

Et je sortis avec une grande soif. Car le goût passionné des mauvaises lectures engendre un besoin proportionnel du grand air et des rafraîchissants.

Comme j'allais entrer dans un cabaret, un mendiant me tendit son chapeau, avec un de ces regards inoubliables qui culbuteraient les trônes si l'esprit remuait la matière, et si l'œil d'un magnétiseur faisait mûrir les raisins.

En même temps, j'entendis une voix qui chuchotait à mon oreille, une voix que je reconnus bien ; c'était celle d'un bon ange, ou d'un bon Démon, qui m'accompagne partout. Puisque Socrate avait son bon Démon[3], pourquoi n'aurais-je pas mon bon Ange, et pourquoi n'aurais-je pas l'honneur, comme Socrate, d'obtenir mon brevet de folie, signé du subtil Lélut et du bien-avisé Baillarger[4] ?

Il existe cette différence entre le Démon de Socrate et le mien, que celui de Socrate ne se manifestait à lui que pour

1. Baudelaire n'aimait pas les livres et journaux imbus des idées de Rousseau. \ **2.** *Élucubrations :* ouvrages construits laborieusement, sans bon sens. \ **3.** *Démon :* dans son *Apologie de Socrate*, Platon (429-347 av. J.-C.) rapporte que Socrate (470-399 av. J.-C.) au moment de sa condamnation à mort, parle de son démon et dit : «Mon avertissement coutumier, celui de l' esprit divin se faisait entendre à moi très fréquemment jusqu'à ce jour, même à propos d'action de peu d'importance, au moment où j'allais faire ce qui n'était pas bon. » \ **4.** *Lélut et Baillarger :* deux psychiatres qui parlaient de folie à propos de Socrate.

défendre, avertir, empêcher, et que le mien daigne conseiller, suggérer, persuader. Ce pauvre Socrate n'avait qu'un Démon prohibiteur ; le mien est un grand affirmateur, le mien est un Démon d'action, ou Démon de combat.

Or, sa voix me chuchotait ceci : « Celui-là seul est l'égal d'un autre, qui le prouve, et celui-là seul est digne de la liberté, qui sait la conquérir. »

Immédiatement, je sautais sur mon mendiant. D'un seul coup de poing, je lui bouchai un œil, qui devint, en une seconde, gros comme une balle. Je cassai un de mes ongles à lui briser deux dents, et comme je ne me sentais pas assez fort, étant né délicat et m'étant peu exercé à la boxe, pour assommer rapidement ce vieillard, je le saisis d'une main par le collet de son habit, de l'autre, je l'empoignai à la gorge, et je me mis à lui secouer vigoureusement la tête contre un mur. Je dois avouer que j'avais préalablement inspecté les environs d'un coup d'œil, et que j'avais vérifié que dans cette banlieue déserte je me trouvais, pour un assez long temps, hors de la portée de tout agent de police

Ayant ensuite, par un coup de pied lancé dans le dos, assez énergique pour briser les omoplates, terrassé ce sexagénaire affaibli, je me saisis d'une grosse branche d'arbre qui traînait à terre, et je le battis avec l'énergie obstinée des cuisiniers qui veulent attendrir un beefsteak.

Tout à coup, – ô miracle ! ô jouissance du philosophe qui vérifie l'excellence de sa théorie ! – je vis cette antique carcasse se retourner, se redresser avec une énergie que je n'aurais jamais soupçonnée dans une machine si singulièrement détraquée, et, avec un regard de haine qui me parut de *bon augure*, le malandrin[1] décrépit se jeta sur moi, me pocha les deux yeux, me cassa quatre dents, et avec la même branche

1. *Malandrin :* vagabond dangereux.

d'arbre me battit dru comme plâtre. – Par mon énergique médication, je lui avais donc rendu l'orgueil et la vie.

Alors, je lui fis force signes pour lui faire comprendre que je considérais la discussion comme finie, et me relevant avec la satisfaction d'un sophiste[1] du Portique, je lui dis : « Monsieur, *vous êtes mon égal !* veuillez me faire l'honneur de partager avec moi ma bourse ; et souvenez-vous, si vous êtes réellement philanthrope[2], qu'il faut appliquer à tous vos confrères, quand ils vous demanderont l'aumône, la théorie que j'ai eu la *douleur* d'essayer sur votre dos. »

Il m'a bien juré qu'il avait compris ma théorie, et qu'il obéirait à mes conseils.

1. *Sophiste :* philosophe d'une école qui croyait que tout était convertible en paroles pour convaincre, sans souci d'une recherche de vérité. Ces philosophes discouraient sans fin d'une mine satisfaite sous un portique d'Athènes. Socrate les combat en les obligeant à remettre en cause par des questions incessantes leurs belles assertions. \ **2.** *Philanthrope :* qui aime les êtres humains et s'emploient à améliorer leur sort.

LIRE LES POÈMES

QUESTIONNAIRE DE LECTURE

LE TITRE

1. Baudelaire a choisi pour titre d'une des parties des *Fleurs du mal* « Spleen et Idéal » : pourquoi ? Justifiez votre réponse.

LE POÈTE-PHARE

2. À partir des quatre premiers poèmes de « Spleen et Idéal » (« Bénédiction », « L'Albatros », « Elévation », « Correspondances »), précisez la condition et la mission du poète selon Baudelaire.

L'HUMANISME DE BAUDELAIRE

3. Dans les poèmes réunis ici, comment cet humanisme s'exprime-t-il ? Comment Baudelaire présente-t-il la ville (relisez « Le Cygne », « Les PetitesVieilles », « Le Crépuscule du Matin ») ? les pauvres ? (relisez « Les Petites Vieilles », « Le Joujou du pauvre », « Assommons les pauvres ! ») Le regard du poète est-il de compassion ?

COMPARAISON DE « LA CHEVELURE » (*LES FLEURS DU MAL*) AVEC « UN HÉMISPHÈRE DANS UNE CHEVELURE » (*PETITS POÈMES EN PROSE*)

4. Combien de strophes compte-t-on dans la poésie ? Et de paragraphes dans le texte en prose ? Qu'en déduisez-vous ? De ces deux textes, lequel vous paraît le plus simple, le moins déclamatoire ? Lequel introduit le lecteur (ou destinataire) dans une plus étroite intimité ?

5. Le deuxième paragraphe du poème en prose joue sur les correspondances des sens (« je vois », « je sens », « j'entends »). Ce jeu des correspondances se retrouve-t-il dans la seconde strophe du poème en vers ? Si oui, comment ?

6. Quel monde la chevelure de la femme laisse-t-elle entrevoir ? Les deux textes ont-ils la même approche de ce lieu magique? Lequel vous semble le plus « vrai », le plus sincère ? Justifiez votre réponse. Rapprochez ce monde rêvé de celui évoqué dans « La Vie antérieure ».

7. Du poème en vers ou du poème en prose, lequel vous paraît le plus sobre ? le plus musical ? Justifiez votre réponse.

LES POÈMES DANS L'HISTOIRE

LE CONTEXTE IDÉOLOGIQUE ET CULTUREL : BAUDELAIRE ET LA MODERNITÉ

LES INFLUENCES

L'influence de Swedenborg

La philosophie mystique du théosophe suédois Emmanuel Swedenborg (1688-1772) se répand dans les milieux littéraires parisiens de 1830. Elle inspire à Balzac deux romans *Séraphita* et *Louis Lambert*. C'est par lui que Baudelaire l'aurait découverte.

Pour Swedenborg, toute séparation entre matière et esprit doit être effacée. Dans « Le Confiteor de l'artiste » Baudelaire fait de l'univers un tout où le visible du monde terrestre et l'invisible du monde spirituel sont en rapport. Baudelaire est attiré par cette philosophie mystique qui réunit la terre et le ciel. À ses yeux, le poète est un « phare » qui a ce don de percevoir et de transcrire une autre réalité, il est celui qui s'écrie, comme dans « Le Confiteor de l'artiste » : « toutes ces choses pensent par moi, ou je pense par elles ». Baudelaire cherche à retrouver le sens perdu pour accéder, à partir des apparences de la matière, aux réalités spirituelles.

L'influence de Lavater

Philosophe, poète et théologien suisse, Lavater (1741-1801) croit qu'on peut comprendre l'intérieur de l'homme par son extérieur, le fond de l'être humain par les traits de son visage. C'est la physiognomonie, qui prête « au visage de l'homme la démonstration de l'universelle vérité ». Ainsi, chaque être reflète Dieu. Baudelaire est séduit par cette théorie où il retrouve l'idée d'une unité, d'une « correspondance » entre une forme et sa signification d'arrière-plan. Relisons cette strophe des « Petites Vieilles » pour comprendre combien Baudelaire s'attache à l'expression du visage pour y lire les secrets de son âme et ses aspirations.

Celle-là, droite encor, fière et sentant la règle,
Humait avidement ce chant vif et guerrier ;
Son œil parfois s'ouvrait comme l'œil d'un vieil aigle ;
Son front de marbre avait l'air fait pour le laurier !
(p. 156, v. 57-60)

BAUDELAIRE : UN HUMANISME TOURMENTÉ

Le dandysme

En 1845, Barbey d'Aurevilly publia une étude sur le dandysme inspirée par l'admiration qu'il vouait au dandy anglais Georges Brummel (1778-1840). Cet ouvrage fut lu avidement par Baudelaire. Le dandysme de Brummel résidait essentiellement dans la perfection de ses ajustements vestimentaires, dans son désir d'étonner, dans son mépris de tout devoir et dans son insolence. Il mit à la mode en France les manières anglaises. Un certain goût de la toilette recherchée, capable d'effaroucher le bourgeois, fut prisé de certains romantiques qui se voulaient « flamboyants» par rapport aux « classiques », appelés les « grisâtres ». Barbey d'Aurevilly fut de ceux qui cherchèrent à étonner par des costumes extravagants et des propos fougueux et fleuris, au point que Lamartine l'appela un jour « le duc de Guise des Lettres ».

Baudelaire aime aussi ces recherches vestimentaires qui lui permettaient de se distinguer du vulgaire, mais il contribua aussi à approfondir la notion de dandysme qui était, à ses yeux, une façon d'approcher la Beauté. Le dandysme de Baudelaire s'inscrit en réaction contre la confidence impudique des romantiques qui étalent leur Moi sur la place publique. Le poète baudelairien veut prendre ses distances vis-à-vis de l'émotion. Son attitude stoïque fait de lui un héros impassible face aux orages de la vie, tel Don Juan, le « calme héros, courbé sur sa rapière » qui « regardait le sillage et ne daignait rien voir[1] ». Le personnage de Don Juan incarne les valeurs définissant le dandy, notamment le dédain à l'endroit d'un monde bourgeois qui méprise la passion et prône la famille, le mariage et la foi. À une époque où la bourgeoisie affermit son empire sur la société, entre la loi sur les chemins de fer de 1842 et l'exposition universelle de 1855, Baudelaire

1. Baudelaire, *Les Fleurs du mal*, « Don Juan aux Enfers ».

compose une œuvre scandaleuse où il a mis « tout son cœur… toute sa haine » *(Lettre à Ancelle,* 18 Février 1866) : *Les Fleurs du mal* (recueil publié en 1857).

Le spleen

La poète baudelairien, dandy exilé dans ce monde, éprouve le spleen, le dégoût de vivre, le « *taedium vitae* ». C'est un état d'esprit de vaincu : le poète se sent captif d'une vie médiocre, écrasé sous le poids du Temps et de l'Ennui, il est exilé comme le cygne :

Je pense à mon grand cygne, avec ses gestes fous,
Comme les exilés, ridicule et sublime,
Et rongé d'un désir sans trêve ! […]
(p. 152, v. 34-36)

Le poète a le sentiment de sa culpabilité, qu'il appelle « Le Guignon » ou « l'Ennemi » pour désigner toutes les forces mauvaises qui pèsent sur lui, son enfer intérieur, ses remords. L'obsession de la fêlure (« La Cloche fêlée », p. 150) est celle d'une discordance intime, d'une névrose obsessionnelle, d'une détresse.

La recherche de l'Idéal

Mais le vice, la dégradation ou, pire encore, l'ennui, ne peuvent satisfaire le cœur du poète : il aspire à un Idéal. Comment l'atteindre ? Par la sensualité d'abord. En plongeant dans les sensations, dans le « gouffre » de l'amour, Baudelaire a tenté de dépasser la plate réalité. Le jeu des sensations – des correspondances – intervient pour fortifier la lucidité de l'esprit et l'amener à une compréhension totale de l'univers. L'unité des sens permet de remonter au monde des origines, à ce Paradis où tout était uni, unique, total.

Le recours à la rêverie est fréquent chez Baudelaire : elle emporte le poète loin du monde terrestre – même si elle le laisse revenir parfois lourdement à la réalité. « Rêve parisien », par exemple, entraîne le poète dans une vision d'un Paris fantasmatique. Mais qu'il sorte de son rêve, et c'est pour retomber dans « l'horreur » de son « taudis ». Dans le jeu de l'imagination pure, l'artiste prend conscience de l'existence d'une autre réalité : « L'imagination est la reine du vrai, et le possible est une des provinces du vrai. Elle est positivement apparentée avec l'infini[1]. » L'imagination est ainsi asservie à la volonté : la poésie est une architecture complexe, où l'imagination doit se marier avec l'intelligence. C'est une construction d'images et de métaphores qui dessinent des « correspondances », une figure du paradis rêvé : « Il y a dans le mot, dans le verbe, quelque chose de sacré qui nous défend d'en faire un jeu de hasard. Manier savamment une langue, c'est pratiquer une espèce de sorcellerie évocatoire[2]. » L'originalité de Baudelaire est d'avoir tenté de remonter avec rigueur le monde de l'universelle analogie.

Dès lors, il n'est pas étonnant de voir le poète explorer d'autres directions. Celles qui mènent vers les paradis artificiels tout d'abord. C'est un moyen, certes inférieur, d'accéder à l'au-delà des choses, d'atteindre le monde essentiel. Nous ne mentionnerons ici que « L'Âme du Vin », au titre évocateur. Le poète cherche aussi l'extase et la révélation mystique qui abolissent le temps. Baudelaire est un « voyant » qui sait reconnaître à des moments privilégiés l'approche du surnaturel. Grâce aux « correspondances » il nous fait pénétrer « Dans une ténébreuse et profonde unité ». « La chambre double » du *Spleen de Paris* « ressemble à une rêverie, une chambre véritablement spirituelle... », elle lui fait vivre une expérience paradisiaque : « Ô béatitude ! ce que nous nommons généralement la vie, même dans son expansion la plus heureuse, n'a rien de commun avec cette vie suprême dont j'ai maintenant connaissance et que je savoure minute par minute, seconde par seconde ! Non ! il n'est plus de minutes, il n'est plus de secondes ! Le temps a disparu ; c'est l'Éternité qui règne, une éternité de délices ! ». Ainsi le temps se volatilise, le moi s'abolit comme dans les expériences mystiques religieuses d'un Saint Jean de la Croix.

BAUDELAIRE, UN POÈTE DE LA MODERNITÉ

« Qui dit romantisme dit art moderne, - c'est-à-dire intimité, spiritualité, couleur, aspiration vers l'infini, exprimées par tous les moyens que contiennent les arts » écrit Baudelaire dans *Salon de 1846*. Cette phrase résume assez bien la démarche du poète, démarche dont un critique comme Sainte-Beuve, persuadé qu'il y aurait une poésie neuve à tirer de la réalité, avait déjà senti la nécessité.

1. Baudelaire, *Salon de 1859*, « La Reine des facultés ». \ **2.** Baudelaire, *Réflexions sur quelques uns de mes contemporains*, « Théophile Gautier ».

Baudelaire refuse en effet l'art traditionnel où le beau se trouve défini par son éloignement de la réalité, et s'exprime dans un style plein de périphrases et de tricheries. Pour Baudelaire, les romantiques, même s'ils prétendaient le contraire, ont vécu sur les restes classiques. Ils ont seulement puisé dans les ressources du passé. Baudelaire pense que son époque a sa propre beauté, que dans la laideur même se logent des symboles, se réfugie le « merveilleux ». Il découvre ainsi une grandeur dans les bas-fonds. Dans un banal fait divers, il peut discerner une révolte, un élan vers l'idéal. Du réalisme, il pense pouvoir tirer une beauté qui n'est ni classique, ni idéale, mais neuve. Le poète veut et peut, parce qu'il est voyant, montrer le surnaturel dans le réel. Dans « Le Cygne », la saleté de Paris est évoquée alors que le cygne est transformé en « mythe étrange et fatal ». Dans les petites gens, les pauvres, les délaissés, il sait faire découvrir des êtres humains qui ont des rêves. Comme dans les rues de Paris, « Où tout, même l'horreur, tourne aux enchantements[1]... », où le poète voit des « petites vieilles » qui nourrissent encore des rêves en écoutant un concert militaire.

On passe ainsi de la peinture de la vie quotidienne à l'évocation du mystère des êtres. Il existe une vérité des âmes, au-delà des simples rencontres du quotidien. On peut donc parler d'un réalisme de Baudelaire, mais c'est un réalisme spiritualisé, qui n'a rien à voir avec le réalisme du courant positiviste dont la fonction militante était de nier le surnaturel.

1. « Les Petites Vieilles » (p. 154, v. 2).

LE CONTEXTE BIOGRAPHIQUE

QUELQUES REPÈRES

La jeunesse

Baudelaire est né à Paris en 1821. Son père, François, meurt en 1827. Dès 1828, sa mère épouse le chef de bataillon Aupick, qui sera plus tard ambassadeur et sénateur. Désormais, il va vouer une haine tenace à « l'intrus ». Ses études se déroulent honorablement. Au collège Louis-le-Grand, il est lauréat du Concours général. Il écrit des vers.

Refusant toute aide de son beau-père, il décide, de 1839 à 1841, de suivre sa vocation d'écrivain. Il fréquente des artistes (Nerval, Balzac), des peintres, des journalistes. Il mène une vie élégante de dandy. Ses parents, inquiets, l'envoient aux Indes en 1841. Il n'ira pas plus loin que l'île Maurice et l'île Bourbon (la Réunion). Ce voyage écourté (il revient au bout de dix mois) lui permet du moins de nourrir ses fantasmes d'exotisme.

Baudelaire reçoit à sa majorité la part d'héritage qui lui revient de son père. Il est libre de vivre comme il l'entend. C'est alors qu'il se lie avec la « Vénus noire », Jeanne Duval que Banville représente comme « créature splendide, divine et bestiale ». En deux ans, il dissipe la moitié de son capital. Le Général Aupick et sa mère le placent alors sous la tutelle d'un conseil judiciaire qui limite ses revenus mensuels.

L'œuvre

Baudelaire se fait d'abord connaître par sa critique littéraire et artistique (*Salon de 1845*). En 1848, il prend part à l'insurrection, plus par haine d'Aupick que par goût révolutionnaire. Par la suite, de 1852 à 1857, il publie des articles et quelques pièces de vers à la « Revue de Paris ». Il traduit méticuleusement Edgar Poe (*Histoires extraordinaires*, 1856 ; *Nouvelles histoires extraordinaires*, 1857).

C'est à cette époque qu'il voue un culte à « la très bonne », à « la très belle, à la très chère », Apollonie Sabatier qu'on appelle « la Présidente » : une femme intelligente, bonne, qui attire de nombreux artistes. Elle sera pour le poète une précieuse égérie. Baudelaire vit avec elle un amour pur qui lui semble être le rachat de sa passion pour Jeanne Duval. (*cf.* « *Harmonie du soir* », p. 148).

En 1857, dans la *Revue des deux mondes*, paraissent 18 poèmes qui font scandale. Ils sont suivis, le 25 juin 1857, de la parution des *Fleurs du Mal*. Dès juillet, les exemplaires en sont saisis. Baudelaire comparaît devant le juge d'instruction. Le 20 août, l'ouvrage est condamné (*cf.* p. 176).

De 1859 à 1864, le poète, criblé de dettes, usé par l'alcool et les « paradis artificiels », encombré par Jeanne Duval, trouve encore la force de faire paraître une étude sur *Théophile Gautier* (1859), *Les Paradis artificiels* (1861), une seconde édition des *Fleurs du Mal* (1861). Il découvre Wagner et le défend contre le public dans *Richard Wagner et Tannhäuser* (1861) ; il défend également Manet et Constantin Guys dans *le Peintre de la vie moderne* (1863). Frappé de paralysie en mars 1866, il meurt le 30 août 1867.

BAUDELAIRE ET LES FEMMES : VÉNUS NOIRES ET VÉNUS BLANCHES

De nombreuses femmes inspirent *Les Fleurs du Mal* : beaucoup ont été des femmes de hasard, une « Francisca », une « Berthe », une « Sisina », etc. Le poème « Tu mettrais l'univers entier dans ta ruelle » est inspiré par une petite prostituée du Quartier latin : Louchette.

Trois figures féminines se détachent cependant.

Celle de Jeanne Duval d'abord, une créole inculte et volage, plus soucieuse de soutirer de l'argent au poète que de lui déclarer un quelconque amour. Baudelaire la trouvait belle et désirable. Il a vécu avec elle de 1851 à 1856. Elle lui a inspiré de nombreux poèmes sensuels : « Parfum exotique », « La Chevelure », « Je t'adore à l'égal de la voûte nocturne », « Sed non satiata » , « Le Beau Navire », etc. et des poèmes de pitié lorsqu'elle sera devenue infirme : « Un fantôme » (composé de quatre sonnets) et « Je te donne ces vers afin que si mon nom ».

Celle de Mme Sabatier ensuite. C'était une femme entretenue par un riche viveur. On l'appelait « la Présidente ». Elle était belle, donnait des dîners, et Gautier la faisait rire en lui envoyant des billets obscènes. C'est cette femme que le poète transforme en Madone, à qui il confère des attributs mystiques et près de laquelle il oublie sa maîtresse Jeanne Duval. Elle lui aurait inspiré : « Tout entière », « Que diras-tu ce soir, pauvre âme solitaire », « Le Flambeau vivant », « Réversibilité, « L'Aube spirituelle », « Harmonie du soir », etc. Baudelaire vivra près d'elle ses « illusions perdues ».

Celle de Marie Daubrun enfin : cette actrice de talent partagea, entre 1850 et 1860, ses faveurs entre Baudelaire et Théodore de Banville. On la « voit » généralement dans « Semper Eadem », « Le Poison », « Ciel brouillé », « L'Irréparable » et deux chefs-d'œuvre : « Causerie » et « Chant d'automne ».

LA RÉCEPTION DES *FLEURS DU MAL* ET DES *PETITS POÈMES EN PROSE*

LA CRITIQUE IMMÉDIATE ET LE PROCÈS

Le recueil des *Fleurs du mal* fut fort mal accueilli par la critique, à quelques rares exceptions près. Parmi ces exceptions, retenons les noms de Barbey d'Aurevilly fort élogieux à l'égard de son ami Baudelaire et de Flaubert qui écrit au poète en ces termes : « Vous avez trouvé le moyen de rajeunir le romantisme. Vous ne ressemblez à personne (ce qui est la première de toutes les qualités). L'originalité du style découle de la composition. La phrase est toute bourrée par l'idée, à en craquer ». En revanche, le critique Alcide Dusolier traite le poète de « Boileau hystérique » tandis qu'un violent article du *Figaro*, du 5 juillet 1857, contribue à envoyer le poète devant les tribunaux et à lui assurer une notoriété passagère.

En effet, six mois après le procès fait à *Madame Bovary* pour immoralité et obscénité, Baudelaire, pour des motifs similaires, est sommé de se présenter le 20 août 1857 à l'audience de la 6e Chambre correctionnelle devant laquelle sont d'ordinaire traduits escrocs, souteneurs et prostituées. Le poète se trouve face au même procureur général que Flaubert, le procureur Pinard. Ce dernier dresse un catalogue de passages isolés outrageants afin de démontrer à la cour l'offense indéniable à la morale publique et religieuse. Il ne tient pas compte de la défense de Baudelaire, qui présente son œuvre comme un tout cohérent.

Le verdict tombe et ordonne la suppression de six poèmes : « Les Bijoux », « Le Léthé », « À celle qui est trop gaie », l'une des « Femmes damnées », « Lesbos », « Les Métamorphoses du vampire ». Ces six poèmes seront de nouveau publiés en Belgique en 1864 dans *Le Parnasse satyrique du XIXe siècle*. Le poète est en outre condamné à payer une amende de trois cents francs. Il est privé de ses droits civiques. De Guernesey, Hugo félicite Baudelaire de cette « décoration, la seule que le gouvernement puisse lui donner ». Lorsque Baudelaire, en 1861, annoncera sa candidature à l'Académie française, il scandalisera les bien-pensants indignés qu'un « écrivain flétri par les tribunaux » puisse songer un moment à entrer dans l'honorable compagnie. Sainte-Beuve et Vigny, en dépit de leur sympathie pour le poète, lui conseilleront de se désister. Ni ses succès relatifs ni les scandales n'auront permis à Baudelaire de sortir de sa pauvreté.

LA CRITIQUE AU XIXe SIÈCLE

D'une façon générale, la critique du XIXe siècle réagit mal aux œuvres de Baudelaire. On le considère comme un poète de second ordre dont les écrits seront sans lendemain. Sous la plume de Lanson, Baudelaire est expédié en quelques paragraphes : le poète est traité de prétentieux, de contourné, d'insensible. On ne peut mieux méconnaître la profondeur, la souffrance et la sensibilité d'un Baudelaire qui cherche à se démarquer des afféteries romantiques et à bannir tous les masques de la sensiblerie dans un souci de vérité et d'efficacité.

En 1887, Brunetière, critique réputé, écrit dans *La Revue des deux mondes* des phrases assassines à propos du poète « mystificateur » et de son œuvre : « Toutes les sources d'information étant maintenant épuisées, toutes les œuvres publiées, toutes les correspondances aussi, toutes les anecdotes et tous les documents, c'est une garantie qu'on ne nous reparlera plus de l'illustre mystificateur dont l'unique excuse est d'être lui-même la dupe de ses propres mystifications. »

AU XXe SIÈCLE : LA RÉHABILITATION

En 1910, Faguet n'est guère plus perspicace, qui voit en Baudelaire « un mauvais écrivain ». L'article de Faguet sur Baudelaire inspire à Gide, en cette même année 1910, une réponse intitulée « Baudelaire et M. Faguet ». Gide s'y montre indigné du manque de perspicacité des critiques, en particulier de Faguet dont il reprend point par point les critiques négatives pour les réfuter.

L'opinion du public change peu à peu : en 1924, Paul Valéry peut prononcer une conférence, « Situation de Baudelaire », qui débute ainsi : « Baudelaire est au comble de la gloire ». Le temps consacre en effet le poète, contrairement aux pronostics catégoriques de Brunetière. *Les Fleurs du Mal* sont traduites « dans la plupart des langues européennes ». Baudelaire est le précurseur des poètes à venir, de ceux qui ouvriront à la poésie des chemins de liberté : « Mais la plus grande gloire de Baudelaire [...] est sans doute d'avoir engendré quelques très grands poètes. Ni Verlaine, ni Mallarmé, ni Rimbaud n'eussent été ce qu'ils furent sans la lecture qu'ils firent des Fleurs du Mal à l'âge décisif. »

Dans *Structures de la poésie moderne*, Hugo Friedrich, en 1976, voit dans la poésie de Baudelaire un paradoxe : l'union de l'intelligence et de l'imagination alors que la psychanalyse y lisait « une névrose d'échec »

Baudelaire ne cesse d'être l'objet d'études fructueuses, nous noterons celles de Georges Poulet dans *La Poésie éclatée*[1] ou de l'essayiste allemand Walter Benjamin (1892-1940 : il se suicida pour échapper aux nazis) dans *Charles Baudelaire, un poète lyrique à l'apogée du capitalisme*[2].

1. PUF, 1989. \ **2.** Payot, 2002.

LE GENRE POÉTIQUE

BAUDELAIRE DANS LA POÉSIE DU XIXe SIÈCLE

L'ŒUVRE EN VERS : *LES FLEURS DU MAL*

Un album ou un recueil ?

La genèse des *Fleurs du Mal* est chaotique en dépit de la belle organisation qui préside à la première édition de 1857. Cette organisation fut gérée par l'éditeur Auguste Poulet-Malassis qui écrivait à Baudelaire, dans une lettre du 9 décembre 1856 : « Nous pourrons disposer ensemble l'ordre des matières des *Fleurs du Mal*, - ensemble, entendez-vous, car la question est importante ».

Ceci nous amène à croire que Baudelaire n'avait pas pensé, au départ, à une œuvre bien construite. L'éloge que Barbey d'Aurevilly adresse à l'ouvrage revient donc plus à l'éditeur qu'au poète lui-même : «[...] il y a ici une architecture secrète, un plan calculé par le poète, méditatif et volontaire.[...]ce sont moins des poésies qu'une œuvre de poétique de la plus forte unité. » Ce jugement de Barbey apportera un argument à l'avocat du poète au moment du procès : mutiler l'ouvrage, l'amputer de quelques pièces audacieuses, serait nuire gravement à l'architecture d'ensemble. Mais en fait, sur les cent poèmes que comporte le recueil, quarante-huit ont déjà été publiés entre 1845 et 1857 dans des revues et des périodiques, preuve que Baudelaire ne songeait pas à un ensemble organisé.

De plus, lorsque le recueil est annoncé, il l'est sous divers titres sans qu'un véritable projet transparaisse. En 1845, 1846 et 1847, il s'annonce sous le titre provocant : *Les Lesbiennes*, à partir de 1848, sous le titre *Les Limbes*. C'est le critique Hippolyte Babou (1824-1878) qui aurait trouvé l'idée du titre définitif. On peut toutefois penser que le poète a été satisfait de la disposition finale du recueil puisqu'il écrit à Vigny : « Le seul éloge que je sollicite pour ce livre est qu'on reconnaisse qu'il n'est pas un pur album et qu'il a un commencement et une fin. »

Présentation du recueil

Édition de 1857 : les cent poèmes sont répartis en cinq sections : Spleen et Idéal : 77 poèmes, Le Vin : 12 poèmes, Fleurs du mal : 3 poèmes, Révolte : 5 poèmes, La Mort : 3 poèmes.

Édition de 1861 : cette seconde édition est augmentée de 35 poèmes nouveaux et d'une sixième section : Tableaux parisiens.

Édition de 1868 : c'est l'édition définitive publiée un an après la mort du poète avec la structure suivante : Spleen et Idéal : poèmes I à LXXXXV ; Tableaux parisiens : poèmes LXXXXVI à CIII, Le Vin : poèmes CIV à CVIII, Fleurs du mal : poèmes CIX à CXVII, Révolte : poèmes CXVIII à CXX, La Mort : poèmes CXXI à CXXVI.

Lors du procès fait à Baudelaire, six poèmes seront supprimés (*cf.* « Réception des *Fleurs du mal* »).

LES FLEURS DU MAL ENTRE CLASSICISME ET NOUVEAUTÉ

Le classicisme du vocabulaire

Par sa langue, Baudelaire reste un classique. Ses poèmes exotiques ignorent le bric-à-brac verbal d'un Hugo. Il reste attaché à son éducation gréco-latine de bon élève de lycée. Les symboles classiques abondent : « Cybèle », « Proserpine », « les Euménides », « le Léthé », «le Styx », « Centaure », « Icare », « Ovide », « Andromaque », « Électre », « Circé », etc.

Quelles sont les caractéristiques de ce vocabulaire ? On y remarque à la fois de nombreux termes mystiques (tels que : « pieux », « ange », « divin », « mystique », « Madone », etc.), mais aussi des images sensuelles. On compte au moins vingt fois le mot « volupté », presque autant le mot « sein ». Le poète parle en outre « d'oreiller de chair fraîche », de « caresser les fruits mûrs de sa nubilité », de « candeur unis à la lubricité », de « hanches amoureuses », etc. Qu'on lise, pour s'en convaincre, « les Fleurs », « le Balcon », « Femmes damnées », « Le Possédé ».

L'innovation

Cependant, signe de modernité, le poète ne dédaigne pas les termes crus, parfois violents : « crimes », « blasphème », « hurlement », « rugissements », « ennui », « tombeau », « enfer », « horreur », « maudit », « sinistre », vampire », « suaire ».

Baudelaire a introduit dans la grande poésie lyrique, traditionnellement appelée à chanter les tourments de l'âme, des termes familiers ou plaisants relégués jusques là dans la prose : « baraque », « rabougri », « ratatiné », « savate », « beugler », « glapir », « gueuser », « épanouir la rate », etc. Baudelaire multiplie les termes bas (« brûle-gueule », « fesse », « catin », « putain »), les termes techniques ou scientifiques (« wagon », « fœtus », « cervelles »), les termes « réalistes » qui campent la laideur : « crachat », « ivrogne », « ordure », « charogne », « guenille », « vermine », « cadavre », « vomissements », « pourriture », « putréfaction », sans compter les « larves », les « lesbiennes » et autres sarcasmes impies.

VERSIFICATION ET MÉTRIQUE DES *FLEURS DU MAL*

Le mètre

Nombre de poèmes des *Fleurs du mal* sont écrits en alexandrins. Certains comme « Une charogne » combinent l'alexandrin avec d'autres mètres. Baudelaire use largement aussi de l'octosyllabe (« Rêve parisien ») parfois du décasyllabe (« Un fantôme », « La Mort des amants »). L'originalité du rythme impair de « L'Invitation au voyage » combine vers de sept syllabes (heptasyllabes) et vers de cinq (pentasyllabes).

Sainte-Beuve avait relancé la mode du sonnet. Baudelaire en écrit beaucoup. D'une façon générale, Baudelaire n'écrit pas de très longs poèmes. L'un des plus longs : « Le Voyage » comporte 144 vers, mais ils sont rassemblés en huit parties d'inégale longueur.

La coupe du vers baudelairien est généralement classique et traditionnelle. Le rythme binaire aide à l'expression de l'antithèse ou d'une alternative comme dans « La douceur qui fascine et le plaisir qui tue. » (« À une passante. »). La césure est parfois déplacée et le vers est coupé en trois éléments inégaux :

> Pour qui ? – C'était hier l'été ; voici l'automne ! »
> (« Chant d'automne)

et on trouve des vers à rythme ternaire, rythme si prisé par Hugo : « Andromaque, je pense à vous ! Ce petit fleuve, » (« Le Cygne »)

L'enjambement et le rejet

Baudelaire en use comme tous les Romantiques :
Là je vis, un matin, à l'heure où sous les cieux
Froids et clairs le Travail s'éveille, où la voirie
Pousse un sombre ouragan dans l'air silencieux.
(« Le Cygne », p. 151, v. 13-15)

Assonances et allitérations

Si la rime des vers baudelairiens est généralement soignée, le poète accepte la dissonance des consonnes qui suivent la tonique et réduisent la rime à n'être qu'une assonance : il fait ainsi rimer « Vénus-nus », « intimidas-Midas », « vous-tous ». Sans compter la rime normande : « aimer-mer ». (On dit de ces rimes qu'elles sont normandes parce qu'elles relèvent de la prononciation qui était en usage en Normandie : « aimer » rime avec « mer » parce que les Normands prononçaient « mé ») :

Rubens, fleuve d'oubli, jardin de la paresse,
Oreiller de chair fraîche où l'on ne peut ai**mer**,
Mais où la vie afflue et s'agite sans cesse,
Comme l'air dans le ciel et la mer dans la **mer**
(« Les Phares »)

Mais toute la musique de la poésie baudelairienne réside dans les allitérations :

Lai**ss**ez, lai**ss**ez mon cœur **s'e**nivrer d'un men**songe**,
Plonger dans vos beaux yeux comme dans un beau **songe**
Et **so**mmeiller longtemps à l'ombre de vos **ci**ls !
(« Semper eadem »)

BILAN : *LES FLEURS DU MAL* DANS LEUR SIÈCLE

L'influence romantique

Baudelaire reprend de nombreux thèmes qui ont été ceux des romantiques et qui authentifient son insertion dans son siècle. Ainsi, dans « La Voix », l'exaltation du rêve compensateur de la réalité évoque un topos romantique. « Élévation » parle d'évasion spirituelle, thème familier à Lamartine, Vigny et Hugo. « Le Soleil » aborde un thème qui n'a rien de baudelairien : on le trouve dans *Les Méditations* de Lamartine (et chez Leconte de Lisle). « Les Bohémiens en voyage », sonnet inspiré d'une estampe de Callot, sont plutôt d'inspiration romantique. D'ailleurs, dans « L'Homme et la Mer » passent des souvenirs du *Childe Harold* du romantique anglais Byron. Enfin, « L'Albatros », qui met l'accent sur l'incapacité du génie à vivre dans le monde, illustre le thème central du *Stello* (1832) de Vigny et du drame que ce dernier écrivit en 1835 : *Chatterton*.

L'influence parnassienne

Elle est patente dans nombre de poèmes. Ainsi, « J'aime le souvenir de ces époques nues… » exalte un paganisme robuste et charnel tout en dénonçant la décadence du monde contemporain, thème proche des aspirations de Gautier. « Don Juan aux enfers », poème de jeunesse composé vers 1843 et publié en 1846, célèbre le dandysme et le retrait du monde. Dans « Paysage », le dédain des aspirations politiques apparente l'inspiration du poème à celle du Gautier d'*Émaux et Camées* : « L'Émeute, tempêtant vainement à ma vitre/Ne fera pas lever mon front de mon pupitre [...] ». Et il faut rappeler, pour « La Beauté », que tous les critiques trouvent des accents parnassiens à ce sonnet publié en 1857, cinq ans après les *Poèmes antiques* de Leconte de Lisle, où la Beauté est divinité « apollinienne » célébrant l'impassibilité, l'ordre, l'équilibre, la rigueur des lignes : « Je hais le mouvement qui déplace les lignes,/Et jamais je ne pleure et jamais je ne ris. »

L'originalité baudelairienne dans **Les Fleurs du Mal**

Elle se situe plus dans le fond que dans la forme : Baudelaire est un poète qui a cherché à aller au bout de lui-même, de ses possibilités, à maintenir le cap vers l'inconnu. Avec Baudelaire naît le mythe moderne d'une poésie mystique qui accède à la connaissance de choses interdites à la raison, qui est capable de restituer à l'homme l'unité de l'univers, de lui laisser entrevoir ce qui se cache « derrière les tombeaux ». La poésie dit les aventures de la conscience et les investigations dans des zones ténébreuses, elle peut percer le secret de l'univers.

LE POÈME EN PROSE (LE SPLEEN DE PARIS)

UN GENRE NOUVEAU

Quelques devanciers

Même s'il est établi depuis longtemps qu'il ne peut y avoir de poésie qu'assujettie à des règles strictes (utilisation d'un mètre précis, recours aux rimes), la notion de poésie en prose n'est pas nouvelle : la prose du *Télémaque* de Fénelon, celle des *Rêveries* de Rousseau et celle de la plupart des écrits de Chateaubriand entrent dans la catégorie des œuvres chantantes et poétiques.

L'idée de poèmes en prose est donnée à Baudelaire par le *Gaspard de la nuit* de Louis Bertrand dit Aloysius Bertrand : c'est ce qu'il affirme dans sa lettre-préface à Arsène Houssaye. Aloysius Bertrand (1807-1841) est fils d'un officier, il passe son enfance à Dijon puis va chercher fortune à Paris où il connaît Charles Nodier, Hugo, Sainte-Beuve, etc. Miséreux, atteint de phtisie, il meurt en 1841, sans avoir vu imprimé son *Gaspard de la nuit* qui fut publié une année plus tard, en 1842. Dans *Gaspard de la nuit*, on trouve beaucoup de fées, d'anges, de lutins, de diables ; des hallucinations aussi et des visions tragiques. Du fantastique enfin, dans un décor de Moyen Âge ou de Renaissance.

Une écriture moderne

Au lieu d'évoquer comme Aloysius Bertrand un passé de convention, c'est sa propre vie « *spleenétique* » et moderne que Baudelaire tente de restituer. Baudelaire, qui a cherché toute sa vie du « nouveau », conçoit *Les Petits Poèmes en prose* comme une nouvelle étape de sa recherche. Il conçoit le principe des poèmes en prose dès 1857, et les publie à partir de 1862. Il y travaillera jusqu'à sa mort. Il inaugure ainsi une ère nouvelle poétique en bousculant les normes admises. En pleine société petite-bourgeoise du Second Empire, ordonnée selon une rassurante hiérarchie des valeurs, Baudelaire conteste l'écriture poétique classique, fondée sur le syllabisme, et proclame l'égalité de la prose et du vers.

Deux titres désignent le recueil de Baudelaire : *Le Spleen de Paris* et *Petits Poèmes en prose*, le second titre paraissant à certains critiques plus adéquat d'autant qu'à la fin de sa vie l'auteur semblait avoir opté définitivement pour *Petits Poèmes en prose*. Il s'agit bien là d'une œuvre originale. La critique a en effet définitivement balayé l'idée selon laquelle les *Petits Poèmes en prose* seraient issus de poèmes ratés que le poète n'aurait pas su mener à leur terme. Il est prouvé, au contraire, que lorsque *Les Fleurs du mal* et les *Petits Poèmes en prose* reprennent les mêmes thèmes, c'est toujours les poèmes en vers qui ont précédé les poèmes en prose.

CARACTÉRISTIQUES DES POÈMES EN PROSE DE BAUDELAIRE

Ces poèmes se distinguent par quelques caractéristiques essentielles. La vivacité expressive tout d'abord : l'expression, ramassée, ne se paie pas de mots redondants. Deux ou trois adjectifs suffisent pour saisir une atmosphère : « Voici les meubles sots, poudreux, écornés ; la cheminée sans flamme et sans braise, souillée de crachats... » (« La Chambre double »).

Une écriture travaillée

Le propos se concentre sur une seule idée pour que l'anecdote ou l'histoire symbolique forme un tout autonome. À l'intérieur des poèmes, Baudelaire privilégie une esthétique de la surprise, alternant passages lyriques et passages rigoureux, langue sensible et langue « géométrique », lecture subjective et lecture objective du monde. Le cri du poète est lyrique dans « Le Confiteor de l'Artiste » : « Nature, enchanteresse sans pitié, rivale toujours victorieuse, laisse-moi ! ». Des rimes surgissent ou des assonances et des allitérations, dans des phrases à l'architecture souple et équilibrée : « Un charmant rêve plein de voilures et de matures... où l'atmosphère est parfumée par les fruits, par les feuilles... » (« Un hémisphère dans une chevelure »). Dans « Le Port » la phrase imite les mouvements d'un flux marin ; dans « Le Thyrse », elle se fait ondoyante comme les feuilles qui entourent le bâton.

Le refus du lyrisme

Mais le poète sait aussi refuser les envolées lyriques et il affiche souvent un goût marqué pour la dissonance volontaire. Ainsi, dans « Le Confiteor de l'artiste », de lourds adverbes (« musicalement et pittoresquement ») viennent anéantir l'élan lyrique qui se profilait avec l'« incomparable chasteté de l'azur ». « L'escamoteur éblouissant comme un dieu » dans « Le vieux saltimbanque » fait ses exercices dans « une odeur de friture ». « La Soupe et les Nuages » commence par une évocation mélodieuse des « mouvantes architectures que Dieu fait avec les vapeurs, les merveilleuses constructions de l'impalpable » lyrisme très vite disqualifié par le juron qui clôt le poème : « Allez-vous bientôt manger votre soupe, s… b… de marchand de nuages ? ». Ce régime de contrastes signale un refus de pactiser avec les épanchements romantiques. Baudelaire casse le lyrisme avec des notations délibérément réalistes et prosaïques, refuse toute unité de ton. Ironie, sarcasmes et agressivité entrent dans le désir de se traduire dans un esprit moderne, dans une forme de dandysme qui est une revanche de l'esprit sur la platitude, l'attendu, la vulgarité.

SUJETS

INVENTION ET ARGUMENTATION

SUJET 7

Dans le *Salon de 1846*, Baudelaire écrivait : « La vie parisienne est féconde en sujets poétiques et merveilleux. Le merveilleux nous enveloppe et nous abreuve comme l'atmosphère, mais nous ne le voyons pas. » Quelle est la portée de ces remarques ? Dans quelle mesure les poèmes (en vers et en prose) de Baudelaire dans ce recueil en sont-ils l'illustration ?

SUJET 8

Baudelaire écrit en 1846 : « Le romantisme n'est précisément ni dans le choix des sujets, ni dans la vérité exacte, mais dans la manière de sentir. » En vous référant aux poèmes de ce recueil (en vers et en prose), vous direz en quoi Baudelaire vous paraît romantique et en quoi il ne l'est pas.

COMMENTAIRES

SUJET 9

TEXTE 3 • « Les Fleurs du mal, « La Vie antérieure »

J'ai longtemps habité…

PAGES 141-142

Après avoir répondu aux questions suivantes, vous ferez un commentaire de ce texte.

1. Dans quelle forme de civilisation nous entraîne le poète dans ce texte ? Pourquoi ce choix ?

2. Recherchez le jeu des correspondances dans ce poème et dites ce que le poète entend démontrer par là.

3. Dégagez les sentiments du poète, en vous attachant au « secret douloureux » évoqué dans le dernier vers.

SUJET 10

TEXTE 4 • Petits Poèmes en prose : « Le Confiteor de l'artiste »

Que les fins de journées d'automne…

PAGE 158-159

Après avoir répondu aux questions suivantes, vous ferez un commentaire de ce texte.

1. Le poète fait ici une expérience particulière, de quel ordre ? Cette expérience est-elle annoncée par le titre ? Comment cette expérience est-elle vécue ? Comment se termine-t-elle? Pourquoi ? Que ressent alors le poète ?

2. Comment le style suit-il les mouvements de l'état d'âme du poète, bonheur au début, douleur à la fin ?

3. La nature évoquée ici rappelle-t-elle celle des romantiques ? Soulignez les ressemblances et les différences.

ANALYSE D'IMAGE

SUJET 11 (ci-contre)

Charles Asselineau (1820-1874) critique littéraire et bibliophile ami de Baudelaire. Avec Théodore de Banville, il publiera l'édition posthume des œuvres de Baudelaire, dite édition définitive. On lui doit également la première biographie du poète.

1. Faites une description de ce portrait : attachez-vous au regard de cette femme, à sa toilette, à son décolleté. À votre avis, que représente cette tache brune en bas, à gauche, au premier plan ? Qu'en déduisez-vous ?

2. Baudelaire voit en la femme un être à la fois enivrant et cruel : ces deux aspects sont-ils perceptibles sur ce dessin ?

3. Recherchez les poèmes que Baudelaire consacre aux femmes et à ses amours : lequel vous paraît mériter plus particulièrement d'être illustré par ce dessin ? Justifiez votre choix.

Charles Baudelaire, Une femme pour Asselineau », crayon et encre sur papier.
Paris, Bibliothèque nationale de France.
ph© The Bridgeman Art Library

QUATRIÈME SECTION

L'Aventure symboliste

Paul Verlaine
(1844-1896)

POÈMES SATURNIENS (1866)

Mon rêve familier

Je fais souvent ce rêve étrange et pénétrant
D'une femme inconnue, et que j'aime, et qui m'aime
Et qui n'est, chaque fois, ni tout à fait la même
Ni tout à fait une autre, et m'aime et me comprend.

Car elle me comprend, et mon cœur transparent
Pour elle seule, hélas ! cesse d'être un problème
Pour elle seule, et les moiteurs de mon front blême,
Elle seule les sait rafraîchir, en pleurant.

Est-elle brune, blonde ou rousse ? – Je l'ignore.
Son nom ? Je me souviens qu'il est doux et sonore
Comme ceux des aimés que la Vie exila.

Son regard est pareil au regard des statues,
Et, pour sa voix, lointaine, et calme, et grave, elle a
L'inflexion des voix chères qui se sont tues.

Chanson d'automne

Les sanglots longs
Des violons
De l'automne
Blessent mon cœur
D'une langueur
Monotone

Tout suffocant
Et blême, quand
Sonne l'heure,
Je me souviens
Des jours anciens
Et je pleure ;

Et je m'en vais
Au vent mauvais
Qui m'emporte
Deçà, delà,
Pareil à la
Feuille morte

FÊTES GALANTES (1869)

Clair de lune[1]

Votre âme est un paysage choisi
Que vont charmant[2] masques et bergamasques[3]
Jouant du luth et dansant et quasi
Tristes sous leurs déguisements fantasques.

Tout en chantant sur le mode mineur[4]
L'amour vainqueur et la vie opportune,
Ils n'ont pas l'air de croire à leur bonheur
Et leur chanson se mêle au clair de lune,

Au calme clair de lune triste et beau,
Qui fait rêver les oiseaux dans les arbres
Et sangloter d'extase les jets d'eau,
Les grands jets d'eau sveltes parmi les marbres.

Les Ingénus

Les hauts talons luttaient avec les longues jupes,
En sorte que, selon le terrain et le vent,
Parfois luisaient des bas de jambes, trop souvent
Interceptés ! – et nous aimions ce jeu de dupes.

---

1. On rapprochera ce poème de « La Fête chez Thérèse » de Hugo, p. 91. \ **2.** *Que vont charmant :* forme progressive vieillie. \ **3.** *Bergamasques :* habitants de la ville de Bergame en Italie. Anciens airs de danse. \ **4.** *Mode mineur :* en musique, ce mode est considéré comme marquant la tristesse.

Parfois aussi le dard d'un insecte jaloux
Inquiétait le col des belles sous les branches,
Et c'étaient des éclairs soudains de nuques blanches,
Et ce régal comblait nos jeunes yeux de fous.

Le soir tombait, un soir équivoque d'automne :
Les belles, se pendant rêveuses à nos bras,
Dirent alors des mots si spécieux [1], tout bas,
Que notre âme, depuis ce temps, tremble et s'étonne.

Mandoline

Les donneurs de sérénades
Et les belles écouteuses
Échangent des propos fades
Sous les ramures chanteuses.

C'est Tircis et c'est Aminte [2],
Et c'est l'éternel Clitandre [3],
Et c'est Damis [4] qui pour mainte
Cruelle fait maint vers tendre.

Leurs courtes vestes de soie,
Leurs longues robes à queues,
Leur élégance, leur joie
Et leurs molles ombres bleues

1. *Spécieux :* énigmatiques, qui donnent lieu à des interprétations diverses. \ **2.** *Tircis, Aminte :* bergers de pastorale. \ **3.** *Clitandre :* amoureux de la comédie italienne. \ **4.** *Damis :* berger de pastorale.

Tourbillonnent dans l'extase
D'une lune rose et grise,
Et la mandoline jase
Parmi les frissons de brise.

Colloque sentimental

Dans le vieux parc solitaire et glacé,
Deux formes ont tout à l'heure passé.

Leurs yeux sont morts et leurs lèvres sont molles,
Et l'on entend à peine leurs paroles.

Dans le vieux parc solitaire et glacé,
Deux spectres ont évoqué le passé.

– Te souvient-il de notre extase ancienne ?
– Pourquoi voulez-vous donc qu'il m'en souvienne ?

– Ton cœur bat-il toujours à mon seul nom ?
Toujours vois-tu mon âme en rêve ? – Non.

– Ah ! les beaux jours de bonheur indicible
Où nous joignions nos bouches ! – C'est possible.

– Qu'il était bleu, le ciel, et grand, l'espoir !
– L'espoir a fui, vaincu, vers le ciel noir.

Tels ils marchaient dans les avoines folles,
Et la nuit seule entendit leurs paroles.

ROMANCES SANS PAROLES (1874)

Il pleut doucement sur la ville
(Arthur Rimbaud.)

Il pleure dans mon cœur
Comme il pleut sur la ville ;
Quelle est cette langueur
Qui pénètre mon cœur ?

Ô bruit doux de la pluie
Par terre et sur les toits !
Pour un cœur qui s'ennuie
Ô le chant de la pluie !

Il pleure sans raison
Dans ce cœur qui s'écœure.
Quoi ! nulle trahison ?...
Ce deuil est sans raison.

C'est bien la pire peine
De ne savoir pourquoi
Sans amour et sans haine
Mon cœur a tant de peine !

Charleroi

Dans l'herbe noire
Les Kobolds[1] vont.
Le vent profond
Pleure, on veut croire.

Quoi donc se sent ?
L'avoine siffle.
Un buisson gifle
L'œil au passant.

Plutôt des bouges
Que des maisons
Quels horizons
De forges rouges[2] !

On sent donc quoi ?
Des gares tonnent,
Les yeux s'étonnent,
Où Charleroi ?

Parfums sinistres !
Qu'est-ce que c'est ?
Quoi bruissait
Comme des sistres[3] ?

Sites brutaux !
Oh ! votre haleine.

1. *Kobolds :* lutins malicieux des légendes germaniques. \ **2.** *Forges rouges :* allusion à l'industrie minière et métallurgique de Charleroi. \ **3.** *Sistres :* instruments de musique de l'ancienne Égypte.

Sueur humaine.
Cris des métaux !

Dans l'herbe noire
Les Kobolds vont.
Le vent profond
Pleure, on veut croire.

SAGESSE (1880)

VI

Le ciel est, par-dessus le toit,
Si bleu, si calme !
Un arbre, par-dessus le toit
Berce sa palme.

La cloche, dans le ciel qu'on voit,
Doucement tinte.
Un oiseau sur l'arbre qu'on voit
Chante sa plainte.

Mon Dieu, mon Dieu, la vie est là
Simple et tranquille.
Cette paisible rumeur-là
Vient de la ville.

– Qu'as-tu fait, ô toi que voilà
Pleurant sans cesse,
Dis, qu'as-tu fais, toi que voilà,
De ta jeunesse ?

JADIS ET NAGUÈRE (1884)

Art poétique

À Charles Morice.

De la musique avant toute chose,
Et pour cela préfère l'Impair
Plus vague et plus soluble dans l'air,
Sans rien en lui qui pèse ou qui pose.

Il faut aussi que tu n'ailles point
Choisir tes mots sans quelque méprise :
Rien de plus cher que la chanson grise
Où l'Indécis au Précis se joint.

C'est des beaux yeux derrière des voiles,
C'est le grand jour tremblant de midi,
C'est, par un ciel d'automne attiédi,
Le bleu fouillis des claires étoiles !

Car nous voulons la Nuance encor,
Pas la Couleur, rien que la nuance !
Oh ! la nuance seule fiance
Le rêve au rêve et la flûte au cor !

Fuis du plus loin la Pointe[1] assassine,
L'Esprit cruel et le Rire impur,

1. *Pointe :* trait d'esprit dans les épigrammes.

Qui font pleurer les yeux de l'Azur[1],
Et tout cet ail de basse cuisine !

Prends l'éloquence et tords-lui son cou !
Tu feras bien, en train d'énergie,
De rendre un peu la Rime assagie.
Si l'on n'y veille, elle ira jusqu'où ?

Oh ! qui dira les torts de la Rime ?
Quel enfant sourd ou quel nègre fou
Nous a forgé ce bijou d'un sou
Qui sonne creux et faux sous la lime ?

De la musique encore et toujours,
Que ton vers soit la chose envolée
Qu'on sent qui fuit d'une âme en allée
Vers d'autres cieux à d'autres amours !

Que ton vers soit la bonne aventure
Éparse au vent crispé du matin
Qui va fleurant la menthe et le thym !...
Et tout le reste est littérature.

1. L'Idéal.

Arthur Rimbaud

(1854-1891)

POÉSIES (1891)

Le Dormeur du val

C'est un trou de verdure où chante une rivière
Accrochant follement aux herbes des haillons
D'argent ; où le soleil, de la montagne fière,
Luit : c'est un petit val qui mousse de rayons.

Un soldat jeune, bouche ouverte, tête nue,
Et la nuque baignant dans le frais cresson bleu,
Dort ; il est étendu dans l'herbe, sous la nue,
Pâle dans son lit vert où la lumière pleut.

Les pieds dans les glaïeuls[1], il dort. Souriant comme
Sourirait un enfant malade, il fait un somme :
Nature, berce-le chaudement ; il a froid.

1. *Glaïeuls :* glaïeuls d'eau ou fleurs de glais.

Les parfums ne font pas frissonner sa narine ;
Il dort dans le soleil, la main sur sa poitrine
Tranquille. Il a deux trous rouges au côté droit.

Octobre 1870.

Ma bohème

(Fantaisie)

Je m'en allais, les poings dans mes poches crevées ;
Mon paletot aussi devenait idéal[1] ;
J'allais sous le ciel, Muse ! et j'étais ton féal[2] ;
Oh ! là ! là ! que d'amours splendides j'ai rêvées !

Mon unique culotte avait un large trou.
– Petit-Poucet rêveur, j'égrenais dans ma course
Des rimes. Mon auberge était à la Grande-Ourse[3].
– Mes étoiles au ciel avaient un doux frou-frou

Et je les écoutais, assis au bord des routes,
Ces bons soirs de septembre où je sentais des gouttes
De rosée à mon front, comme un vin de vigueur ;

Où, rimant au milieu des ombres fantastiques,
Comme des lyres, je tirais les élastiques
De mes souliers blessés, un pied près de mon cœur !

---

1. *Idéal :* abstrait ; le paletot n'est plus qu'une apparence tant il est usé. \ **2.** *Féal :* ami dévoué et fidèle. \ **3.** *Grande-Ourse :* constellation. Le poète couche à la belle étoile.

Voyelles

A noir, E blanc, I rouge, U vert, O bleu : voyelles,
Je dirai quelque jour vos naissances latentes :
A, noir corset velu des mouches éclatantes
Qui bombinent[1] autour des puanteurs cruelles,

Golfes d'ombre ; E, candeurs des vapeurs et des tentes,
Lances des glaciers fiers, rois blancs, frissons d'ombelles ;
I, pourpres, sang craché, rire des lèvres belles
Dans la colère ou les ivresses pénitentes ;

U, cycles, vibrements divins des mers virides[2],
Paix des pâtis[3] semés d'animaux, paix des rides
Que l'alchimie imprime aux grands fronts studieux ;

O, suprême Clairon plein des strideurs[4] étranges,
Silences traversés des Mondes et des Anges :
– O l'Oméga[5], rayon violet de Ses Yeux[6] !

Le Bateau ivre

Comme je[7] descendais des Fleuves impassibles,
Je ne me sentis plus guidé par les haleurs :

1. *Bombinent :* bourdonnent comme des abeilles. Du latin *bombinare* : Rimbaud avait fait de solides humanités. \ **2.** *Virides :* vertes (encore un latinisme : *viridis*) \ **3.** *Pâtis :* landes où l'on fait paître le bétail. \ **4.** *Strideurs :* sons perçants. \ **5.** *Oméga :* dernière lettre de l'alphabet grec. L'ordre des voyelles (a-e-i-o-u) a été modifié par le poète *(a-e-i-u-o)* pour que le sonnet fasse un tout logique *: l'alpha et l'oméga*, le commencement et la fin. \ **6.** *Ses Yeux :* des amis d'enfance du poète ont vu dans ces yeux ceux d'une amie d'enfance qu'il aurait aimée. \ **7.** *Je :* c'est le bateau qui parle.

Des Peaux-Rouges criards les avaient pris pour cibles
Les ayant cloués nus aux poteaux de couleurs.

J'étais insoucieux[2] de tous les équipages,
Porteur de blés flamands ou de cotons anglais.
Quand avec mes haleurs ont fini ces tapages[3]
Les Fleuves m'ont laissé descendre où je voulais.

Dans les clapotements furieux des marées,
Moi, l'autre hiver, plus sourd que les cerveaux d'enfants,
Je courus ! Et les Péninsules démarrées[4]
N'ont pas subi tohu-bohus plus triomphants.

La tempête a béni mes éveils maritimes[5].
Plus léger qu'un bouchon j'ai dansé sur les flots
Qu'on appelle rouleurs éternels de victimes,
Dix nuits, sans regretter l'œil niais des falots[6] !

Plus douce qu'aux enfants la chair des pommes sures,
L'eau verte pénétra ma coque de sapin
Et des taches de vins bleus et des vomissures
Me lava, dispersant gouvernail et grappin.

Et dès lors, je me suis baigné dans le Poème
De la Mer, infusé d'astres, et lactescent[7],
Dévorant les azurs verts ; où, flottaison blême
Et ravie, un noyé pensif parfois descend ;

---

1. *J'étais insoucieux :* je portais indifféremment tous les équipages et toutes les cargaisons. \ **2.** *Tapages :* ceux des disputes des matelots. \ **3.** *Démarrées :* dont les amarres ont été défaites. \ **4.** Éveil d'une conscience nouvelle au contact de la mer. \ **5.** *Falots :* lanternes du navire ou des appontements le long desquels il se rangeait. \ **6.** *Lactescent :* devenu laiteux. Les appositions se rapportent au sujet « je » (et non à « Poème ») : la coque inondée d'eau s'imprègne des astres et se couvre d'écume.

Où, teignant tout à coup les bleuités, délires
Et rhythmes lents sous les rutilements du jour,
Plus fortes que l'alcool, plus vastes que nos lyres,
Fermentent les rousseurs amères de l'amour !

Je sais les cieux crevant en éclairs, et les trombes
Et les ressacs et les courants : je sais le soir,
L'Aube exaltée ainsi qu'un peuple de colombes,
Et j'ai vu quelquefois ce que l'homme a cru voir !

J'ai vu le soleil bas, taché d'horreurs mystiques[1],
Illuminant de longs figements violets,
Pareils[2] à des acteurs de drames très-antiques
Les flots roulant au loin leurs frissons de volets[3] !

J'ai rêvé la nuit verte aux neiges éblouies,
Baiser montant aux yeux des mers avec lenteurs,
La circulation des sèves inouïes,
Et l'éveil jaune et bleu des phosphores chanteurs[4] !

J'ai suivi, des mois pleins, pareille aux vacheries
Hystériques, la houle à l'assaut des récifs,
Sans songer que les pieds lumineux des Maries
Pussent forcer le mufle aux Océans poussifs !

J'ai heurté, savez vous, d'incroyables Florides
Mêlant aux fleurs des yeux de panthères à peaux

1. *Horreurs mystiques :* le soleil se couche parmi des nuées sanglantes, d'où cette impression d'holocauste tragique (*Cf.* « Harmonie du soir » de Baudelaire, p. 148, v. 12). \ **2.** *Pareils :* se rapporte à « flots ». Rimbaud pense sans doute à l'évolution des choreutes des chœurs antiques se déplaçant en files parallèles. \ **3.** *Volets :* les ondulations de la mer tracent des raies d'ombre sur les flots miroitants, comme des volets fermés laissent filtrer des bandes de lumière. \ **4.** *Phosphores chanteurs :* lueurs phosphorescentes qui *chantent* à l'œil (correspondance de sensations)

D'hommes ! Des arcs-en-ciel tendus comme des brides
Sous l'horizon des mers, à de glauques troupeaux !

J'ai vu fermenter les marais énormes, nasses
Où pourrit dans les joncs tout un Léviathan[1] !
Des écroulements d'eaux au milieu des bonaces[2],
Et les lointains vers les gouffres cataractant !

Glaciers, soleils d'argent, flots nacreux[3], cieux de braises !
Échouages hideux au fond des golfes bruns
Où les serpents géants dévorés des punaises
Choient, des arbres tordus, avec de noirs[4] parfums !

J'aurais voulu montrer aux enfants ces dorades
Du flot bleu, ces poissons d'or, ces poissons chantants.
– Des écumes de fleurs[5] ont bercé mes dérades[6]
Et d'ineffables vents m'ont ailé par instants.

Parfois, martyr lassé des pôles et des zones,
La mer dont le sanglot faisait mon roulis doux
Montait vers moi ses fleurs d'ombre aux ventouses jaunes
Et je restais, ainsi qu'une femme à genoux…

Presque île[7], ballottant sur mes bords les querelles
Et les fientes d'oiseaux clabaudeurs[8] aux yeux blonds.
Et je voguais, lorsqu'à travers mes liens frêles
Des noyés descendaient dormir, à reculons !

1. *Léviathan :* monstre biblique. \ **2.** *Bonaces :* accalmies. \ **3.** *Nacreux :* couleur de nacre. \ **4.** *Noirs :* inquiétants. \ **5.** Des écumes s'épanouissant comme des fleurs. \ **6.** *Dérades :* substantif tiré du verbe « dérader » : un bateau « dérade » lorsque, sous l'effet du vent ou de la force des flots, il rompt ses amarres et sort de la rade. Le poète suggère ainsi ses errances. \ **7.** *Presque île :* île flottante. \ **8.** *Clabaudeurs :* criailleurs.

Or moi, bateau perdu sous les cheveux des anses,
Jeté par l'ouragan dans l'éther sans oiseau,
Moi dont les Monitors[1] et les voiliers des Hanses[2]
N'auraient pas repêché la carcasse ivre d'eau ;

Libre, fumant, monté de brumes violettes,
Moi qui trouais le ciel rougeoyant comme un mur
Qui porte, confiture[3] exquise aux bons poètes,
Des lichens de soleil et des morves d'azur,

Qui courais, taché de lunules électriques,
Planche folle, escortée des hippocampes noirs,
Quand les juillets faisaient crouler à coups de triques
Les cieux ultramarins[4] aux[5] ardents entonnoirs ;

Moi qui tremblais, sentant geindre à cinquante lieues
Le rut des Béhémots[6] et les Maelstroms[7] épais,
Fileur éternel des immobilités bleues,
Je regrette l'Europe aux anciens parapets !

J'ai vu des archipels sidéraux ! et des îles
Dont les cieux délirants sont ouverts au vogueur :
– Est-ce en ces nuits sans fond que tu dors et t'exiles,
Million d'oiseaux d'or, ô future Vigueur[8]? –

Mais, vrai, j'ai trop pleuré ! Les Aubes sont navrantes.
Toute lune est atroce et tout soleil amer :

1. *Monitors :* vaisseaux garde-côtes. \ **2.** *Hanse :* au moyen âge, associations de marchands ayant le monopole du commerce par eau dans une région. \ **3.** *Confiture :* régal. \ **4.** *Ultramarins :* d'un bleu d'outremer. \ **5.** *Aux :* dans les. \ **6.** *Béhémots :* monstres bibliques. \ **7.** *Maelstroms :* tourbillons. \ **8.** *Ô future vigueur :* le poète imagine que les hommes du futur auront la force d'aller jusqu'au bout d'une exploration qu'il amorce.

L'âcre amour m'a gonflé de torpeurs enivrantes.
Ô que ma quille éclate ! Ô que j'aille à la mer[1] !

Si je désire une eau d'Europe, c'est la flache[2]
Noire et froide où vers le crépuscule embaumé
Un enfant accroupi plein de tristesse, lâche
Un bateau frêle comme un papillon de mai.

Je ne puis plus, baigné de vos langueurs, ô lames,
Enlever leur sillage[3] aux porteurs de cotons,
Ni traverser l'orgueil des drapeaux et des flammes[4],
Ni nager sous les yeux horribles des pontons[5].

1. *Que j'aille à la mer :* que je sombre dans les flots. \ **2.** *Flache :* flaque, mare en dialecte ardennais. \ **3.** *Enlever leur sillage :* suivre de près en sorte que leur sillage soit effacé. Il ne peut plus suivre les itinéraires conformistes. \ **4.** Passer entre les escadres orgueilleusement pavoisées. \ **5.** *Pontons :* vieux bateaux ancrés et servant de prisons flottantes.

UNE SAISON EN ENFER (1873)

Alchimie du verbe (extraits)

À moi. L'histoire d'une de mes folies.

Depuis longtemps je me vantais de posséder tous les paysages possibles, et trouvais dérisoires les célébrités de la peinture et de la poésie moderne.

J'aimais les peintures idiotes, dessus de portes, décors, toiles de saltimbanques, enseignes, enluminures populaires ; la littérature démodée, latin d'église, livres érotiques sans orthographe, romans de nos aïeules, contes de fées, petits livres de l'enfance, opéras vieux, refrains niais, rhythmes naïfs.

Je rêvais croisades, voyages de découvertes dont on n'a pas de relations, républiques sans histoires, guerres de religion étouffées, révolutions de mœurs, déplacements de races et de continents : je croyais à tous les enchantements.

J'inventai la couleur des voyelles ! – *A* noir, *E* blanc, *I* rouge, *O* bleu, *U* vert. – Je réglai la forme et le mouvement de chaque consonne, et, avec des rhythmes instinctifs, je me flattai d'inventer un verbe poétique accessible, un jour ou l'autre, à tous les sens. Je réservais la traduction.

Ce fut d'abord une étude. J'écrivais des silences, des nuits, je notais l'inexprimable. Je fixais des vertiges.

[…]

La vieillerie poétique avait une bonne part dans mon alchimie du verbe.

Je m'habituai à l'hallucination simple : je voyais très franchement une mosquée à la place d'une usine, une école de tambours faite par des anges, des calèches sur les routes du ciel, un salon au fond d'un lac ; les monstres, les mystères ; un titre de vaudeville dressait des épouvantes devant moi.

Puis j'expliquai mes sophismes magiques avec l'hallucination des mots !

Je finis par trouver sacré le désordre de mon esprit. J'étais oisif, en proie à une lourde fièvre : j'enviais la félicité des bêtes, – les chenilles, qui représentent l'innocence des limbes, les taupes, le sommeil de la virginité !

Mon caractère s'aigrissait. Je disais adieu au monde dans d'espèces de romances : [...]

L'Éclair

Le travail humain ! c'est l'explosion qui éclaire mon abîme de temps en temps.

« Rien n'est vanité ; à la science, et en avant ! » crie l'Écclésiaste[1] moderne, c'est-à-dire *Tout le monde*. Et pourtant les cadavres des méchants et des fainéants tombent sur le cœur des autres... Ah ! vite, vite un peu ; là-bas, par delà la nuit, ces récompenses futures, éternelles... les échappons-nous ?...

– Qu'y puis-je ? Je connais le travail ; et la science est trop lente. Que la prière galope et que la lumière gronde... je le vois bien. C'est trop simple, et il fait trop chaud ; on se passera de moi. J'ai mon devoir, j'en serai fier à la façon de plusieurs, en le mettant de côté.

Ma vie est usée. Allons ! feignons, fainéantons, ô pitié ! Et nous existerons en nous amusant, en rêvant amours monstres et univers fantastiques, en nous plaignant et en querellant les

1. *L'Écclésiaste :* attribuée à Salomon, cette partie de la Bible développe une maxime devenue célèbre : *« Vanité des vanités, tout est vanité »*.

apparences du monde, saltimbanque, mendiant, artiste, bandit, – prêtre ! Sur mon lit d'hôpital, l'odeur de l'encens m'est revenue si puissante ; gardien des aromates sacrés, confesseur, martyr…

Je reconnais là ma sale éducation d'enfance. Puis quoi !… Aller mes vingt ans, si les autres vont vingt ans…

Non ! Non ! à présent je me révolte contre la mort ! Le travail paraît trop léger à mon orgueil : ma trahison au monde serait un supplice trop court. Au dernier moment, j'attaquerais à droite, à gauche…

Alors, – oh ! – chère pauvre âme, l'éternité serait-elle pas perdue pour nous !

Matin

N'eus-je pas *une fois* une jeunesse aimable, héroïque, fabuleuse, à écrire sur des feuilles d'or, – trop de chance ! Par quel crime, par quelle erreur, ai-je mérité ma faiblesse actuelle ? Vous qui prétendez que des bêtes poussent des sanglots de chagrin, que des malades désespèrent, que des morts rêvent mal, tâchez de raconter ma chute et mon sommeil. Moi, je ne puis pas plus m'expliquer que le mendiant avec ses continuels *Pater* et *Ave Maria. Je ne sais plus parler !*

Pourtant, aujourd'hui, je crois avoir fini la relation de mon enfer. C'était bien l'enfer ; l'ancien, celui dont le fils de l'homme[1] ouvrit les portes.

Du même désert, à la même nuit, toujours mes yeux las se réveillent à l'étoile d'argent, toujours, sans que s'émeuvent les

1. *Le fils de l'homme :* Caïn.

Rois de la vie, les trois mages, le cœur, l'âme, l'esprit. Quand irons-nous, par delà les grèves et les monts, saluer la naissance du travail nouveau, la sagesse nouvelle, la fuite des tyrans et des démons, la fin de la superstition, adorer – les premiers ! – Noël sur la terre !

Le chant des cieux, la marche des peuples ! Esclaves [1], ne maudissons pas la vie.

1. *Esclaves :* le poète a entrevu la possibilité d'un monde renouvelé, les esclaves que sont les hommes doivent garder confiance.

ILLUMINATIONS (1886)

Mystique

Sur la pente du talus les anges tournent leurs robes de laine dans les herbages d'acier et d'émeraude.

Des prés de flammes bondissent jusqu'au sommet du mamelon. À gauche le terreau de l'arête est piétiné par tous les homicides et toutes les batailles, et tous les bruits désastreux filent leur courbe. Derrière l'arête de droite la ligne des orients, des progrès.

Et tandis que la bande en haut du tableau est formée de la rumeur tournante et bondissante des conques des mers et des nuits humaines,

La douceur fleurie des étoiles et du ciel et du reste descend en face du talus, comme un panier, contre notre face [1], et fait l'abîme fleurant et bleu là-dessous.

Aube

J'ai embrassé l'aube d'été.

Rien ne bougeait encore au front des palais. L'eau était morte. Les camps d'ombres [2] ne quittaient pas la route du bois. J'ai marché, réveillant les haleines vives et tièdes, et les pierreries [3] regardèrent, et les ailes se levèrent sans bruit [4].

La première entreprise [5] fut, dans le sentier déjà empli de frais et blêmes éclats, une fleur qui me dit son nom.

---

1. *Contre notre face :* Albert Thibaudet (1874-1936) résumait ce poème comme « La vision d'un homme couché, qui regarde le paysage en renversant la tête. » \ **2.** *Les camps d'ombres :* le poète évoque d'abord un tableau de nuit. \ **3.** *Les pierreries :* les cailloux qui luisent. \ **4.** *Les ailes… :* sans doute les oiseaux de nuit qui s'éloignent. \ **5.** *Entreprise :* conquête.

Je ris au wasserfall[1] blond qui s'échevela à travers les sapins : à la cime argentée je reconnus la déesse[2].

Alors je levai un à un les voiles. Dans l'allée, en agitant les bras. Par la plaine, où je l'ai dénoncée au coq. À la grand'ville elle fuyait parmi les clochers et les dômes, et courant comme un mendiant sur les quais de marbre, je la chassais[3].

En haut de la route, près d'un bois de lauriers, je l'ai entourée avec ses voiles amassés, et j'ai senti un peu son immense corps. L'aube et l'enfant tombèrent au bas du bois.

Au réveil il était midi.

Les Ponts

Des ciels gris de cristal. Un bizarre dessin de ponts, ceux-ci droits, ceux-là bombés, d'autres descendant ou obliquant en angles sur les premiers, et ces figures se renouvelant dans les autres circuits éclairés du canal, mais tous tellement longs et légers que les rives, chargées de dômes s'abaissent et s'amoindrissent. Quelques-uns de ces ponts sont encore chargés de masures. D'autres soutiennent des mâts, des signaux, de frêles parapets. Des accords mineurs se croisent, et filent, des cordes montent des berges. On distingue une veste rouge, peut-être d'autres costumes et des instruments de musique. Sont-ce des airs populaires, des bouts de concerts seigneuriaux, des restants d'hymnes publics ? L'eau est grise et bleue, large comme un bras de mer. – Un rayon blanc, tombant du haut du ciel, anéantit cette comédie.

1. *Wasserfall :* en allemand, cascade. \ **2.** *La déesse :* l'aube divine commence à éclairer le haut du tableau. \ **3.** *Chassais :* poursuivais.

Stéphane Mallarmé

(1842-1898)

Apparition [1]

La lune s'attristait. Des séraphins en pleurs
Rêvant, l'archet aux doigts dans le calme des fleurs
Vaporeuses, tiraient de mourantes violes
De blancs sanglots glissant sur l'azur des corolles
– C'était le jour béni de ton premier baiser.
Ma songerie aimant à me martyriser
S'enivrait savamment du parfum de tristesse
Que même sans regret et sans déboire laisse
La cueillaison d'un Rêve au cœur qui l'a cueilli [2].
J'errais donc, l'œil rivé sur le pavé vieilli
Quand avec du soleil aux cheveux, dans la rue
Et dans le soir, tu m'es en riant apparue
Et j'ai cru voir la fée au chapeau de clarté
Qui jadis sur mes beaux sommeils d'enfant gâté
Passait, laissant toujours de ses mains mal fermées
Neiger de blancs bouquets d'étoiles parfumées.

1. Cazalis avait demandé à son ami Mallarmé des vers qui évoquent sa fiancée « qui luit sur nous comme une nuée d'étoiles ». \ **2.** Un rêve exaucé perd son charme de rêve.

Placet futile[1]

Princesse ! à jalouser le destin d'une Hébé[2]
Qui poind sur cette tasse au baiser de vos lèvres,
J'use mes feux mais n'ai rang discret que d'abbé
Et ne figurerai même nu sur le Sèvres.

Comme je ne suis pas ton bichon[3] embarbé,
Ni la pastille ni du rouge, ni Jeux mièvres
Et que sur moi je sais ton regard clos tombé,
Blonde dont les coiffeurs divins sont des orfèvres !

Nommez-nous… toi de qui tant de ris framboisés[4]
Se joignent en troupeau d'agneaux apprivoisés
Chez tous broutant les vœux et bêlant aux délires[5],

Nommez-nous… pour qu'Amour ailé d'un éventail
M'y peigne flûte aux doigts endormant ce bercail,
Princesse, nommez-nous berger de vos sourires.

Renouveau

Le printemps maladif a chassé tristement
L'hiver, saison de l'art serein, l'hiver lucide,
Et dans mon être à qui le sang morne préside
L'impuissance s'étire en un long bâillement.

---

1. *Placet :* écrit adressé à un haut personnage de l'État (Souverain, ministre, etc.) pour obtenir une faveur ou demander justice. Le poème est un pastiche de la poésie galante du XVIIIe siècle. \ **2.** *Hébé :* déesse de la jeunesse. \ **3.** *Bichon :* petit chien d'appartement au poil long et soyeux. \ **4.** *Framboisés :* de la couleur des lèvres. \ **5.** *Délires :* des rires charmeurs qui séduisent et s'attirent une cour d'admirateurs.

Des crépuscules blancs tiédissent sous mon crâne
Qu'un cercle de fer serre ainsi qu'un vieux tombeau,
Et, triste, j'erre après un rêve vague et beau,
Par les champs où la sève immense se pavane

Puis je tombe énervé de parfums d'arbres, las,
Et creusant de ma face une fosse à mon rêve,
Mordant la terre chaude où poussent les lilas,

J'attends, en m'abîmant que mon ennui s'élève…
– Cependant l'Azur[1] rit sur la haie et l'éveil
De tant d'oiseaux en fleur gazouillant au soleil.

L'Azur

De l'éternel azur la sereine ironie
Accable, belle indolemment comme les fleurs,
Le poête impuissant qui maudit son génie
À travers un désert stérile de Douleurs.

Fuyant, les yeux fermés, je le sens qui regarde
Avec l'intensité d'un remords atterrant[2],
Mon âme vide. Où fuir ? Et quelle nuit hagarde
Jeter, lambeaux[3], jeter sur ce mépris navrant ?

Brouillards, montez ! versez vos cendres monotones
Avec de longs haillons de brume dans les cieux

1. *L'Azur :* l'Idéal, l'inspiration poétique. \ **2.** *Atterrant :* le remords de ne pas créer le jette à terre et le maintient dans l'abattement. \ **3.** *Lambeaux :* apposé à nuit.

Que noiera[1] le marais livide des automnes,
Et bâtissez un grand plafond silencieux !

Et toi, sors des étangs léthéens[2] et ramasse
En t'en venant la vase et les pâles roseaux,
Cher Ennui, pour boucher d'une main jamais lasse
Les grands trous bleus que font méchamment les oiseaux[3].

Encor ! que sans répit les tristes cheminées
Fument, et que de suie une errante prison
Éteigne dans l'horreur de ses noires traînées
Le soleil se mourant jaunâtre à l'horizon !

– Le Ciel est mort. – Vers toi, j'accours ! Donne, ô matière,
L'oubli de l'Idéal[4] cruel et du Péché[5]
À ce martyr qui vient partager la litière
Où le bétail heureux des hommes est couché,

Car j'y veux, puisque enfin ma cervelle, vidée
Comme le pot de fard gisant au pied d'un mur,
N'a plus l'art d'attifer la sanglotante idée[6],
Lugubrement bâiller vers un trépas obscur…

En vain ! l'Azur triomphe, et je l'entends qui chante
Dans les cloches. Mon âme, il se fait voix pour plus
Nous faire peur avec sa victoire méchante,
Et du métal vivant sort en bleus angelus !

1. *Noiera :* cachera le morne aspect des choses. \ **2.** *Léthéen :* qui donne l'oubli. De Léthé, fleuve des Enfers où les ombres goûtaient l'oubli de leurs malheurs. \ **3.** *Les oiseaux :* ils percent des trous dans les brumes et laissent apercevoir le bleu de l'azur, hantise du poète. \ **4.** *L'Idéal :* il est cruel parce que jamais atteint. \ **5.** *Péché :* celui de renoncer, de s'enliser dans la vie végétative. \ **6.** *N'a plus… :* aveu d'impuissance à créer, la poésie étant artifice comme l'évoquent les termes « *pot de fard* », et « *attifer* ».

Il roule par la brume, ancien[1] et traverse
Ta native[2] agonie ainsi qu'un glaive sûr ;
Où fuir dans la révolte inutile et perverse ?
Je suis hanté. L'Azur ! l'Azur ! l'Azur ! l'Azur !

Brise marine

La chair est triste, hélas ! et j'ai lu tous les livres.
Fuir ! là-bas fuir ! Je sens que des oiseaux sont ivres
D'être parmi l'écume inconnue et les cieux !
Rien, ni les vieux jardins reflétés par les yeux
Ne retiendra ce cœur qui dans la mer[3] se trempe
Ô nuits ! ni la clarté déserte de ma lampe
Sur le vide papier que la blancheur défend[4],
Et ni la jeune femme allaitant son enfant[5].
Je partirai ! Steamer balançant ta mâture
Lève l'ancre pour une exotique nature !
Un Ennui, désolé par les cruels espoirs,
Croit encore à l'adieu suprême des mouchoirs !
Et, peut-être, les mâts, invitant les orages
Sont-ils de ceux qu'un vent penche sur les naufrages
Perdus, sans mâts, sans mâts, ni fertiles îlots…
Mais, ô mon cœur, entends le chant des matelots !

1. *Ancien :* comme toujours, éternel. \ **2.** *Native :* née en même temps que l'âme du poète. \ **3.** *Dans la mer :* l'aventure poétique. \ **4.** *Que la blancheur défend :* la page blanche résiste au poète paralysé devant elle. \ **5.** *Son enfant :* allusion à la fille de Mallarmé, Geneviève.

Don du poème

Je t'apporte l'enfant d'une nuit d'Idumée[1] !
Noire, à l'aile saignante et pâle, déplumée,
Par le verre brûlé d'aromates et d'or,
Par les carreaux glacés, hélas ! mornes encor,
L'aurore se jeta sur la lampe angélique.
Palmes[2] ! et quand elle a montré cette relique[3]
À ce père essayant un sourire ennemi,
La solitude bleue et stérile a frémi.
Ô la berceuse, avec ta fille[4] et l'innocence
De vos pieds froids, accueille une horrible naissance[5] :
Et ta voix rappelant viole et clavecin,
Avec le doigt fané presseras-tu le sein
Par qui coule en blancheur sibylline la femme
Pour des lèvres que l'air du vierge azur affame[6] ?

Le Tombeau de Charles Baudelaire

Le temple enseveli divulgue par la bouche
Sépulcrale d'égout bavant boue et rubis[7]
Abominablement quelque idole Anubis[8]
Tout le museau flambé comme un aboi farouche

1. *D'Idumée :* du pays d'Edom, en Palestine. Peut-être allusion au poème *Hérodiade.* \ **2.** *Palmes :* apposition à « *l'aurore* ». \ **3.** *Relique :* résultat du travail de la nuit. \ **4.** *Ta fille :* allusion à la fille du poète que Mme Mallarmé allaite. \ **5.** *Horrible naissance :* celle, ardue et dérisoire, du poème. \ **6.** *Affame :* comme l'enfant qui allaite, le poème est « affamé » d'azur. \ **7.** *Boue et rubis :* images évoquant l'inspiration baudelairienne qui mêle boue et rubis, noblesse et trivialité. \ **8.** *Anubis :* dieu des sépultures dans l'ancienne Égypte. Il avait une tête de chacal sur un corps d'homme.

Ou que le gaz récent torde la mèche louche[1]
Essuyeuse on le sait des opprobres subis
Il allume hagard un immortel[2] pubis
Dont le vol selon le réverbère découche[3]

Quel feuillage séché dans les cités sans soir[4]
Votif pourra bénir comme elle se rasseoir
Contre le marbre vainement de Baudelaire

Au voile qui la ceint absente avec frissons
Celle son Ombre même un poison tutélaire[5]
Toujours à respirer si nous en périssons

1. *La mèche louche : cf.* « La chevelure » (p. 144) de Baudelaire. \ **2.** *Immortel :* parce que la prostitution est le plus vieux métier du monde ? \ **3.** Évocation de la prostitution en hommage aux *Tableaux parisiens* de Baudelaire. \ **4.** *Cités sans soir :* les cimetières. \ **5.** La prostituée devient comme *l'Ombre* du poète, *La Fleur du Mal* incarnée.

LIRE LES POÈMES

QUESTIONNAIRE DE LECTURE

POÈMES SATURNIENS

1. Dans le titre *Poèmes saturniens*, quel sens donnez-vous à l'épithète « saturniens » ? Qu'en déduisez-vous de l'esprit censé inspirer l'ensemble du recueil ?

FÊTES GALANTES

2. Les poèmes extraits des *Fêtes galantes* vous paraissent-ils en accord avec ce titre ? Justifiez votre réponse.

« L'ART POÉTIQUE »

3. « L'Art poétique » de Verlaine : le titre de ce poème peut-il être considéré comme provocateur ? Justifiez votre réponse en vous demandant en quoi les conseils de Verlaine aux futurs poètes se démarquent de la tradition, quelles méthodes d'écriture poétique sont prises à partie ?

4. Quels sens donnez-vous au dernier vers de « L'Art poétique » : « Et tout le reste est littérature. » ?

« ALCHIMIE DU VERBE »

5. Dans le titre « Alchimie du verbe » de Rimbaud, définissez le terme « alchimie ». Quelle conception de l'activité poétique signale-t-il ?

« L'AZUR »

6. Dans le titre « L'Azur », de Mallarmé, pourquoi le mot prend-il une majuscule ? Quels commentaires vous inspire la graphie du même mot au vers 1 ? puis aux vers 29 et 36 ?

LES POÈMES DANS L'HISTOIRE

LE CONTEXTE CULTUREL DU SYMBOLISME

LES LIMITES DU RATIONALISME

Dans le dernier quart du XIXe siècle, le scientisme est en passe de devenir la pensée unique tandis que le matérialisme sacralise les démarches de la raison dans ses analyses critiques imparables. De grands noms cautionnent jusqu'au début du XXe siècle le rationalisme érigé en religion : le mathématicien Henri Poincaré (1854-1912), le sociologue Émile Durkheim (1858-1917), l'anthropologue Lévy-Bruhl (1857-1930), l'historien Ernest Lavisse (1842-1922).

Traitée par la dérision, l'inquiétude métaphysique renaît pourtant. En 1869, le philosophe allemand Hartmann (1842-1906) affirme l'existence d'un inconscient psychique dans un ouvrage qui ne passe pas inaperçu, intitulé *Philosophie de l'inconscient*. La vogue, en France, de Schopenhauer (1788-1860) est immense chez une jeunesse lasse du matérialisme ambiant. Ce philosophe allemand donne une vision très pessimiste de la condition des hommes dans son ouvrage le plus connu : *Le Monde comme volonté et comme représentation* (1818) : la tristesse, ou la mélancolie de certains des poètes symbolistes (Jules Laforgue, par exemple avec ses *Complaintes*) n'est pas étrangère à ce pessimisme. Les recherches scientifiques sur l'hypnotisme, la télépathie ouvrent de nouveaux horizons et continuent à passionner. Baudelaire ne cessait de dire que notre monde est en *correspondance* avec le monde spirituel : le décadentisme, antichambre du symbolisme, reprend à son compte une idée très proche en affirmant que le monde des apparences cache une autre réalité sous-jacente, qui nous échappe et que le poète doit tenter de saisir.

LE DÉCADENTISME POÉTIQUE DES ANNÉES 1880

En 1884, paraît une œuvre d'un ancien disciple de Zola, Huysmans (1848-1907), dont le titre, *À Rebours*, est par lui-même un programme. Le personnage principal, le duc des Esseintes, présente les aspirations d'une nouvelle jeunesse qui s'affirme décadente et s'oppose aux idées reçues d'une société dont elle désire l'écroulement. (« Je suis l'Empire à la fin de la décadence » écrit Verlaine en 1883 dans *Jadis et Naguère*). Des Esseintes est un aristocrate névrosé qui installe son originalité « à rebours » de tous les attendus et conformément à ses propres désirs. Retiré du monde et de la nature, il se reconstitue un monde dans lequel les objets n'ont de sens que par l'effet artistique qu'ils produisent sur celui qui les contemple.

La névrose, comme la folie, la débauche, l'obsession ou la perversité sexuelle sont des thèmes chers aux romanciers naturalistes. Ils sont repris par les Décadents au nom d'une conception de la vie qui donne à l'individualité une place essentielle. L'individualisme décadent est en effet un refus de s'inscrire dans les normes et les schémas de comportement d'une époque et d'une civilisation qu'il rejette.

Cette même année 1884, Verlaine fait paraître *Les Poètes maudits*. Il y évoque largement Rimbaud, mais aussi Tristan Corbière et Mallarmé (« Le nom et l'œuvre de Corbière, de Mallarmé, sont assurés pour la suite des temps ; les uns retentiront sur la lèvre des hommes, les autres dans toutes les mémoires dignes d'eux »). Dans une édition ultérieure, il ajoute à la liste des « maudits » Villiers de l'Isle-Adam et lui-même.

LA NAISSANCE DE L'IMPRESSIONNISME EN PEINTURE

Le chimiste Eugène Chevreul ayant créé le cercle chromatique, publie en 1864 une étude sur les couleurs et leur application aux arts industriels. Il divise les couleurs en primaires (jaune, rouge, bleu) et binaires (formées de deux couleurs). Il effectue un certain nombre d'expériences qui lui permettent d'échafauder des théories sur les mélanges optiques des tons et les contrastes simultanés des couleurs. Les mémoires qu'il produit sont d'une importance immense pour les peintres.

En 1874, Louis Leroy fait dans le journal *Le Charivari* le compte rendu d'une exposition de jeunes artistes. S'inspirant sans doute du tableau de Claude Monet, *Impression, soleil levant*, le critique parle de peinture imprécise dont la seule qualité est de suggérer une impression. Dès lors cette école picturale trouve son nom : École impressionniste. Ce mouvement impressionniste est né et s'est développé dans les cafés (le Voltaire, le Volpini, la Coupole, etc.). Le plus important de ces cafés est le Café Guerbois où peintres et écrivains se rencontrent, généralement le jeudi. Les peintres qui fréquentent ce café sont désignés sous le nom de *Groupe des Batignolles*. Ainsi voit-on Zola et Mallarmé côtoyer Manet, Degas, Monet, Cézanne, Sisley, Pissaro. En 1871, Verlaine présente le peintre Forain (1852-1931) à Rimbaud, les trois hommes se lient d'une solide amitié.

Le souci majeur des peintres qui animent ce mouvement selon des approches différentes est de capter l'impression visuelle dans son immédiateté. Tel éclairage sera saisi et fixé sur la toile à un moment donné. Ces peintres, qui sont avant tout des peintres de plein air (Paris, ses faubourgs, la Normandie, les bords de la Seine, la mer, la campagne), sont moins intéressés par le paysage en soi que par le temps qui passe sur lui. Les fluctuations de la lumière font des réalités extérieures des réalités changeantes, dénaturées (la lumière peut dénaturer la vraie couleur des objets comme elle peut déformer leurs contours). La perception du visible est perturbée ; elle change, s'inscrit dans l'imprévu. Les choses perdent leur permanence et prennent de multiples identités. La fugacité de leur apparence annule la conception rationnelle que nous pouvions en avoir. Le peintre se donne désormais pour tâche de fixer l'éphémère. Il crée, comme le fera le poète symboliste, un art de la suggestion par la dislocation des lignes. Les motifs sont construits par touches juxtaposées, avec du flou, des lignes fuyantes. Le peintre s'attache aux reflets changeants, aux mouvements, aux teintes assourdies.

L'IDENTITÉ DU MOUVEMENT SYMBOLISTE

MANIFESTE DU SYMBOLISME

Il survient tard, en 1886, sous la plume de Jean Moréas (1856-1910), alors que les trois poètes majeurs du symbolisme, Verlaine, Rimbaud et Mallarmé, ont donné l'essentiel d'eux-mêmes : Rimbaud a cessé d'écrire, Verlaine et Mallarmé ont publié leurs œuvres capitales. C'est Moréas, toutefois, qui donne son nom de « symbolisme » au mouvement : « Nous avons déjà proposé la dénomination de symbolisme comme la seule capable de désigner raisonnablement la tendance actuelle de l'esprit créateur en art. »

Ce manifeste a pour effet non seulement de synthétiser les orientations du mouvement mais de relancer l'aventure poétique symboliste et de regrouper un certain nombre de jeunes poètes autour de Verlaine et de Mallarmé : Laforgue est de ceux-là.

« POINT DE REPORTAGE ! »

Contrairement à ce qu'on pense parfois, le symbolisme est un mouvement européen et non un mouvement proprement français qui aurait marqué la littérature de toute l'Europe. C'est un ensemble de représentations et de projets élaborés dans un même temps par des écrivains de langues différentes. Il se définit d'abord comme une réaction contre le naturalisme, le positivisme et l'esprit scientiste : pour ces nouveaux poètes (Verlaine, Rimbaud, Mallarmé), le monde n'est pas réductible à la matière et aux descriptions objectives qu'on peut en donner. Il est fait de représentations, d'apparences. Le signe, l'idée l'emportent sur le réel. Dès lors le langage n'apparaît plus uniquement comme destiné à transmettre des informations, mais à percer les arcanes du mystère. Ainsi le poète symboliste va s'efforcer de ne pas nommer la réalité mais l'impression qu'elle a faite sur son esprit ; il va privilégier la suggestion sur la représentation, la musique sur la forme. Lorsque Mallarmé s'écrie « Point de reportage ! », il entend s'opposer à toute description objective. Baudelaire nous apprenait déjà que tout est à déchiffrer, le symbolisme poursuit dans cette voie puisqu'il se met en quête de découvrir les « symboles » qui se cachent dans l'univers. Baudelaire, avec ses « Correspondances », avait introduit l'idée qu'un mystère est à déchiffrer dans les choses. Rimbaud, avec « Voyelles », reprend la même idée.

SYMBOLISME ET MUSIQUE

C'est à la fin du XIXe siècle que le rapprochement entre musique et poésie s'opère. Paul Verlaine dont la poésie, tout en effleurements et en murmures, est des plus musicales, prône en poésie la suprématie de la musique : « De la musique avant toute chose » (p. 202). Le vers impair qu'il préconise remet en cause les rythmes traditionnels auxquels l'oreille est accoutumée. Cette musique évoquée par Verlaine est celle, « audible », de ses vers, avec leurs assonances, leurs échos, leurs rimes intérieures, l'instabilité des accents. Mais c'est aussi la musique qui se cache dans l'harmonie des sphères et dans le monde des synesthésies. La poésie de Mallarmé, elle aussi, se rapproche de la musique. Ses audaces lexicales, sa façon de désarticuler et d'amincir la syntaxe, de privilégier les termes abstraits, produisent des associations inattendues, et la lecture devient instable, énigmatique, plurielle. L'altération du sens d'un mot, la modification de sa place dans la phrase produisent des effets dissonants semblables à ceux d'une partition de musique. Cette écriture rappelle, dans l'ordre musical, celle de Ravel, tout occupé à dissimuler la structuration de ses œuvres sous une souplesse mélodique. Toutefois, alors que Verlaine se laisse bercer par des impressions sonores, Mallarmé, qui veut mener « l'explication orphique de la terre », loin de cette forme d'abandon, travaille ses impressions sonores, les organise soigneusement et nous pousse à la spéculation intellectuelle.

Dans le même moment, des musiciens comme Fauré, Debussy, Ravel trouvent une technique musicale épurée qui s'associe étroitement, par des effets d'estompage mélodique et de subtiles modulations, aux conceptions des symbolistes et des impressionnistes. Fauré et Debussy écrivent des mélodies sur des poèmes de Verlaine. Tous ces artistes ont le souci d'une émancipation esthétique, d'une libération.

LE CONTEXTE BIOGRAPHIQUE

VERLAINE ET RIMBAUD

On ne peut guère séparer ces deux poètes tant leur vie et, dans une certaine mesure, leur inspiration furent mêlées.

Paul Verlaine (1844-1896)

Il naît à Metz en 1844. Après des études convenables à Paris, il est reçu au baccalauréat. Expéditionnaire à l'Hôtel de Ville, il fréquente le Café du Gaz où il contracte deux habitudes : la poésie et l'alcool. En 1866, il publie ses *Poèmes saturniens*, d'inspiration parnassienne mais où des accents nouveaux laissent pressentir une évolution de son écriture. En 1869, il écrit les *Fêtes galantes*, inspirées des personnages de Watteau : il y met en scène la comédie de l'amour avec des pirouettes grinçantes.

Pour Mathilde Mauté, jeune fille de seize ans dont il s'est épris, il écrit en 1870 *La Bonne Chanson*. Le mariage a lieu en 1870, mais le poète, malgré ses promesses, se remet à boire et retrouve avec sa jeune femme des manières brutales. Il participe à l'insurrection de la Commune sans grand héroïsme.

La rencontre de Rimbaud, en 1871, change sa vie. Verlaine est subjugué par ce jeune homme révolté de dix-sept ans. Les deux amis recourent à la boisson pour connaître des « états flamboyants ». Ils partent pour Charleroi, Bruxelles, puis Londres. La femme de Verlaine, qui a mis au monde un fils, tente vainement de ramener son mari à la raison. À Londres, la vie des deux hommes est difficile, orageuse. En 1873, Verlaine part à Bruxelles, où il attend vainement sa femme qui a demandé la séparation de corps. Rimbaud le rejoint : au cours d'une dispute, Verlaine tire un coup de feu sur Rimbaud qui finit par le faire arrêter.

Verlaine est condamné à la prison. En 1874, au désespoir d'apprendre que sa femme a obtenu la séparation de corps, il revient à la religion. Sa conversion dure quatre ans, puis il se remet à boire, ses projets échouent. En 1882, il fait paraître *Sagesse*. Sa vie se clochardise de plus en plus : il connaît la déchéance physique et morale, jusqu'à sa mort misérable, en 1896, alors qu'il commence à connaître la gloire.

Arthur Rimbaud (1854-1891)

Il naît à Charleville en 1854. Ses études sont brillantes. Son professeur de rhétorique, Georges Izambard, l'encourage à écrire. Rimbaud est un révolté, un anarchiste épris de liberté. S'il écrit le 24 mai 1870, à Théodore de Banville : « je serai Parnassien », le poète parnassien incarnant à ses yeux l'idéal du poète, un être « épris de la beauté idéale », il a soin d'ajouter : « Je jure, cher maître, d'adorer toujours les deux déesses, Muse et Liberté ». Le mot « Liberté » prend ici tout son sens : il annonce une inspiration qui refusera vite l'enfermement des règles.

Rimbaud écrit des poèmes, il en envoie à Verlaine qui l'attire à Paris en 1871. De là, les aventures, les pérégrinations et autres errances à Bruxelles et Londres, le coup de revolver de Verlaine qui le blesse au poignet gauche. Pendant tout ce temps, Rimbaud n'a cessé d'écrire : des vers réguliers, des vers libres, de la prose, toujours en quête d'effets neufs. Il commence *Les Illuminations*. Après son drame avec Verlaine, il décide de raconter sa propre histoire, ce sera *Une saison en enfer*.

Rimbaud choisit ensuite de nouvelles options de vie : il deviendra « un homme puissant et riche ». Dans *Une saison en enfer*, il avait écrit : « J'aurai de l'or, je serai oisif et brutal ». Le voilà qui retourne en Angleterre pour perfectionner son anglais, qui va en Allemagne pour apprendre l'allemand. Il se sent prêt, à 21 ans, à courir sa chance : débardeur à Marseille, soldat de l'armée hollandaise à Java, contremaître d'une carrière de pierre à Chypre, employé d'une maison de commerce à Aden en 1880. Et le voilà, alors que son œuvre commence à être en France admirée, trafiquant d'armes en Éthiopie jusqu'à ce qu'un cancer au genou le ramène en France, à Marseille où il meurt en 1891.

Stéphane Mallarmé (1842-1898)

L'enfance d'Étienne (dit Stéphane) Mallarmé est triste. Né à Paris le 18 mars 1842, il perd sa mère à cinq ans. Confié à ses grands-parents, il se montre élève médiocre. À quinze ans, sa sœur Maria, sur qui il avait reporté toute son affection, meurt. C'est « pour mieux lire Poe », et le traduire, qu'il fait un séjour en Angleterre « pour parler la langue, et l'enseigner dans un coin, tranquille et sans autre gagne-pain obligé ». Il est successivement professeur d'anglais à Tournon, Besançon et Avignon avant de se fixer à Paris en 1871.

En fait, la poésie est toute sa passion. Tôt, il écrit des vers. De 1866 à 1871, il participe au *Parnasse contemporain*. Pendant dix ans, il travaille à deux vastes ensembles : *Hérodiade* et *L'Après-midi d'un faune*. Il publie des articles dans des revues, compose des poèmes en prose, traduit Poe. La lecture du philosophe allemand Hegel est pour lui déterminante. C'est Hegel qui lui fait comprendre que si « le Ciel est mort », le néant est un point de départ qui conduit au Beau et à l'Idéal. C'est encore Hegel qui l'incite à créer une nouvelle langue qui ne se contentera pas de représenter le réel mais aussi les impressions que le réel produit sur l'observateur.

Il sort de son obscurité lorsqu'en 1884 Verlaine, dans *Les Poètes maudits*, et Huysmans, dans *À Rebours*, le révèlent à un public lettré. Mallarmé devient alors le maître des Symbolistes, on se réunit à ses *mardis*, rue de Rome, où figurent, parmi ses jeunes disciples, Jules Laforgue, André Gide, Paul Valéry. En 1882, Claude Debussy débute la composition de sa pièce : « *Prélude à l'après-midi d'un faune* » qui sera présentée en 1894. Mallarmé obtient sa retraite de l'enseignement en 1893. Il donne alors des conférences littéraires à Cambridge et à Oxford. En 1898, il se range aux côtés de Zola en faveur de Dreyfus. Il meurt brusquement dans sa propriété de Valvins (près de Fontainebleau) cette même année 1898.

LA RÉCEPTION DES ŒUVRES : LE SYMBOLISME SOUS LES FEUX DE LA CRITIQUE

VERLAINE, RIMBAUD ET MALLARMÉ FACE À LA CRITIQUE DE LEUR ÉPOQUE

La véritable notoriété des recueils de Verlaine, Rimbaud et Mallarmé ne survient pas avant 1884, au moment où se constitue le mouvement symboliste. À cette époque, Verlaine et Rimbaud ont écrit leurs œuvres et Rimbaud est totalement inconnu. En 1884, en effet, Verlaine publie *Les Poètes maudits*, recueil dans lequel il fait connaître les grandes figures des poètes contemporains, en particulier Arthur Rimbaud et Stéphane Mallarmé. Toute la nouvelle génération de poètes, dont Laforgue, revendiquera désormais l'influence de Rimbaud. Rappelons que c'est en 1886 que Jean Moréas écrit son *Manifeste du symbolisme*.

C'est au moment où Rimbaud, à des milliers de kilomètres de là, vit sa vie d'aventurier, que son œuvre (qu'il condamnera sans appel en déclarant « Tout cela n'était que des rinçures ») est enfin appréciée et qu'il est célébré comme un poète génial et visionnaire. Verlaine connaît lui aussi la consécration : à sa mort misérable, de nombreux discours d'hommages sont prononcés sur sa tombe et il aura bientôt sa statue.

Mallarmé reste le poète de quelques initiés, il a des disciples admiratifs qui viennent à ses mardis, ce n'est pas assez pour Gide et surtout pour Valéry qui mettront tous leurs efforts à justifier l'aventure mallarméenne.

Au XIXe siècle, le symbolisme n'a été que très partiellement compris. Faguet aime les sonorités suggestives de Mallarmé, même s'il évoque, à son propos, l'idée d'un poète mystificateur. Lanson n'accorde à Rimbaud qu'une note de bas de page pour souligner qu'il est le plus pur des Symbolistes, tandis qu'il salue l'écriture de Verlaine, toute en délicatesse et en dissonances. Il déplore l'individualisme forcené de Mallarmé qui, pour s'exclure de l'expression pratique uniformisée, se crée « un verbe à part » et se condamne à une solitude d'incompris.

LECTURES DES SYMBOLISTES AU XXE SIÈCLE

Gide

Au cours d'une conférence faite au théâtre du Vieux-Colombier en 1913, Gide loue à la fois les libertés de Verlaine et les exigences de Mallarmé. Gide admire en effet la musicalité du rythme indécis et impair du vers verlainien (« ce nombre impair, aucune césure jamais ne le pourra partager en deux parties égales »), un vers qui ne se figera jamais. En Mallarmé, il voit un poète qui, soucieux d'une « esthétique intransigeante », a aimé le défi, refusé le compromis, dépouillé les mots de leur valeur commerciale, poussé la rigueur à l'extrême. Et Gide note avec optimisme : « Je crois fermement que Mallarmé paraîtra moins incompréhensible demain qu'il ne paraît aujourd'hui. »

En 1941, Gide écrit un article sur Rimbaud où il confère au poète cet incomparable esprit de nouveauté que « les imitateurs sans nombre n'ont pu tarir », il salue en ce poète son « individualisme outrancier » qui lui apparaît comme un ferment.

Valéry

En 1936 et en 1938, Valéry publie des articles concernant le symbolisme. À ses yeux, ce mouvement est trop hétérogène, trop disparate : « Il n'y a pas d'esthétique symboliste » affirme-t-il. Le seul point commun aux poètes qui se rattachent au mouvement, c'est la négation de ce qu'ils abhorrent. Comme la théologie apophatique (ou négative) qui affirme qu'on ne peut définir Dieu que par ce qu'il n'est pas, le symbolisme se définit par ce qu'il rejette, par ce que ses membres, en commun, détestent et ne veulent pas être, et Valéry de souligner en parlant d'eux : « Ce n'est qu'une négation qui leur est commune, et qui est essentiellement marquée en chacun d'eux. »

Les symbolistes, selon Valéry qui voit en Mallarmé l'incarnation idéale du poète, ont ceci de courageux qu'ils ne cherchent pas à séduire le public au prix de compromissions. Ils s'efforcent de créer leur propre public : « Loin d'écrire pour satisfaire un désir ou un besoin préexistant, ils écrivent avec l'espoir de créer ce désir et ce besoin. »

La pérennité de Rimbaud, voleur de feu

Soulignons enfin l'importance de Rimbaud, non seulement aux yeux de Claudel pour qui il était un « mystique à l'état sauvage », mais encore pour les surréalistes qui voient en lui et en Lautréamont des précurseurs de leurs recherches, et pour les écrivains américains des années cinquante du XXe siècle. La *beat generation* de Ginsberg, Cassady, et Kerouac salue Rimbaud comme le premier « clochard céleste », et les leaders du rock (Bob Dylan, Jim Morrison, Patti Smith) ont, dans les années 60-70, repris l'esprit de contestation d'un Rimbaud dont ils se veulent les disciples.

LE GENRE POÉTIQUE

LES SYMBOLISTES DANS L'HISTOIRE ET DANS L'ÉVOLUTION DU GENRE POÉTIQUE

VERLAINE : VERS IMPAIRS ET DISSONANCES

L'usage de l'impair

De la musique avant toute chose,
Et pour cela préfère l'Impair
Plus vague et plus soluble dans l'air,
Sans rien en lui qui pèse ou qui pose.
(« L'Art poétique », p. 202, v. 1-4)

Verlaine écrit son poème didactique « L'Art poétique » en 1874. À cette date, il a déjà écrit plusieurs de ses recueils, dont *Les Poèmes saturniens, Les Fêtes galantes, La Bonne Chanson*. Le vers impair, il l'emploie depuis longtemps, mais non systématiquement. Les vers impairs apparaissent dans deux types de poèmes.

Ceux écrits en vers hétérométriques tout d'abord : mètres pairs et mètres impairs alternent, comme dans « Chanson d'Automne » (p. 194), poème de trois sizains (un sizain est une strophe de six vers). Dans chaque sizain, à deux tétrasyllabes (vers de quatre syllabes) succède un trisyllabe (vers de trois syllabes) suivi lui-même de deux tétrasyllabes et d'un trisyllabe, soit l'agencement aabccb. Le vers court empêche toute sophistication du discours, il est fluide, simple et convient aux notations rapides, subjectives, impressionnistes.

Ceux écrits en vers isométriques ensuite : le poème utilise alors un seul et même mètre, comme « L'Art poétique » exclusivement composé d'ennéasyllabes (vers de neuf syllabes) à rimes embrassées (abba). Ces vers, en l'absence de césures fixes, sont malléables et conviennent aux poèmes fluides et musicaux.

Un poème comme « Mandoline » (p. 196) est composé de quatre quatrains d'heptasyllabes (vers de sept syllabes) à rimes croisées, toutes féminines.

Un art musical fait de dissonances

Lorsque Verlaine écrit des vers pairs à structure classique, il en défait généralement la structure par des maladresses volontaires qui sont comme autant de dissonances. Ainsi « Mon rêve familier » (p. 193) est un sonnet régulier écrit en alexandrins (abba, abba, ccd, ede) dont les répétitions (itération de « *et* » dans le premier quatrain) produisent un effet de lourdeur envoûtante.

Ou bien, le discours s'absente un instant de lui-même, se refuse à toute explication. Les alexandrins des « Ingénus » (p. 195) y perdent ainsi de cette qualité rhétorique à quoi nous avait habitué la poésie romantique, ils se transforment en flashs impressionnistes ; les notations se font fugitives, évanescentes : « Et c'étaient des éclairs soudains de nuques blanches ». Ce vers dit l'anonymat, l'imprécision, la déshumanisation dans un instant d'ivresse où l'on ne cherche que son plaisir.

Citons encore la syntaxe syncopée, elliptique, élémentaire, de style oral, comme si elle était saisie dans l'instantanéité, d'un poème comme « Charleroi » écrit en tétrasyllabes :

> Sites brutaux !
> Oh ! votre haleine,
> Sueur humaine,
> Cris des métaux !
> (p. 199-200, v. 21-24)

La perception de la réalité est réduite à un jeu de sensations et d'impressions affranchi de tout souci de « connaissance ».

Les dissonances naissent aussi du recours à des enjambements souvent dérangeants, qui agressent délibérément l'ouïe du lecteur autant que son regard tourné vers l'espace de la page blanche. Le vers devient un lieu de provocations multiples, comme dans « Clair de lune » (p. 195) qui sépare un épithète de l'adverbe qui le détermine («... Et quasi// Tristes... ») ou dans « Chanson d'automne » (p. 194), où le poète utilise l'enjambement pour séparer, contre tous les usages, un article du nom qui le suit : « Pareil à la// Feuille morte ».

RIMBAUD ET LA CONTESTATION DES RÈGLES

Dans la lettre à Paul Demeny du 15 mai 1871, Rimbaud écrit : « Je dis qu'il faut être voyant, se faire voyant. Le Poète se fait voyant par un long, immense et raisonné dérèglement de tous les sens [...] Donc le poète est vraiment voleur de feu. » Il s'agit donc de voir comment l'écriture de Rimbaud met en œuvre cette sourde révolte et ces aspirations au statut de « voleur de feu ».

Rimbaud et le sonnet

Lorsque Rimbaud utilise les formes prosodiques classiques, c'est presque toujours en en déplaçant l'ordonnance. Ainsi chez lui le sonnet n'épouse jamais la forme attendue et régulière. Si la composition strophique est généralement régulière (deux quatrains suivis de deux tercets), le poète se permet de nombreux écarts, par exemple dans l'agencement des rimes. Ainsi, dans « Le Dormeur du val » (p. 205) nous constatons la présence de quatrains à rimes croisées (et non embrassées). De plus, le poète ne respecte pas la règle de versification qui impose un seul jeu de rimes pour les deux quatrains (abba-abba) et nous avons l'enchaînement abab – cdcd. Dans « Ma bohème » (p. 206), le poète respecte la règle des rimes embrassées, mais sur deux jeux de rimes (abba-cddc) au lieu d'un seul dans le sonnet classique (abba-abba). Dans « Voyelles » (p. 207) enfin, les mêmes rimes embrassées se trouvent dans les deux quatrains mais de façon inversée : abba-baab.

On peut parler, dans l'œuvre de Rimbaud, d'une véritable désinvolture du rythme. Rimbaud brise la régularité de l'alexandrin, et son ordonnance compassée par des déplacements d'accents, des coupures, des enjambements et des rejets insolites, créant ainsi des effets de surprise. Dans de nombreux vers, il évite ainsi de placer la coupe à l'hémistiche comme il est d'usage, ainsi dans « Ma bohème », nous lisons : « Je m'en allais,//les poings dans mes poches crevées ; » où la césure tombe après la quatrième syllabe. Les effets de dissymétrie peuvent encore être accentués davantage, comme au vers 12 de « Ma bohème » :

O<u>ù,</u> rimant au milieu des ombres fantastiques

De nombreux rejets ou des enjambements permettent en outre de mettre en valeur des mots clés en créant des accélérations imprévues.

Notons les rejets expressifs et pathétiques du poème « Le Dormeur du val » :

> Accrochant follement aux herbes des haillons
> D'argent...

Ou, plus inquiétant :

> Et la nuque baignant dans le frais cresson bleu,
> Dort ;... »

Par ces rejets, le rythme du poème se rapproche de celui de la prose. Mais la poésie, désacralisée, se révèle plus apte à dire le quotidien dans son émouvante simplicité.

L'odyssée scripturaire du poète : « Le Bateau ivre »

« Le Bateau ivre » (p. 207) n'est pas un texte révolutionnaire, mais il représente l'expérience d'une quête poétique écrite en 25 quatrains d'alexandrins amples à rimes croisées. Ce poème peut être interprété comme une profession de foi poétique.

Rimbaud y exprime d'abord une révolte contre toutes les entraves : le poète est aux prises avec un monde qui le révolte parce que la prétendue poésie n'est qu'inspiration convenue et sans joie : « les fleuves impassibles » (v. 1) évoquent une poésie sans enthousiasme, froide, compassée dans ses clichés et ses attendus (est-ce la fausse sensibilité des romantiques ? la froideur parnassienne ?). Lui veut s'affranchir des « haleurs », des guides de tradition, et des conventions. Il revendique une liberté absolue d'inspiration, dût-il « descendre » aux enfers : « Les Fleuves m'ont laissé descendre où je voulais » (v. 8).

L'océan atteint est celui d'une inspiration libérée : l'écriture poétique se fait fugue, insouciance, ivresse miraculeuse loin des contingences et des lourdeurs : « Plus léger qu'un bouchon, j'ai dansé sur les flots » (v. 14). S'abandonner à la poésie, jouir des azurs, sans interdit, sans pesanteur, dévorer ce qui passe, ne faire plus qu'un avec l'objet de son désir, tel est l'absolu qu'a connu le Poète.

Cette expérience est celle du « Voyant » : « Et j'ai vu quelquefois ce que l'homme a cru voir » (v. 32). Le poète a conscience d'avoir atteint l'autre côté du miroir, d'avoir accédé à des rives réservées aux seuls dieux. En tout poète dort un Orphée, qui va au-delà des interdits limitant les entreprises des hommes. L'expérience du poète lui permet de rencontrer l'absolu et la certitude (« j'ai vu », « je sais ») dans les délires de l'imaginaire et du verbe.

Mais l'expérience est douloureuse puisqu'elle se solde par un échec. L'homme retrouve toujours sa précarité : « Mais, vrai, j'ai trop pleuré ! Les Aubes sont navrantes » (v. 89). Mais le poète y a gagné la connaissance et la soif de nouveaux départs. « L'Invitation au voyage » de Baudelaire n'était qu'un mirage. « Le Bateau ivre » contient la promesse de nouvelles aventures : le poète ne peut plus, désormais, se réadapter à la société mercantile et asservissante des « porteurs de coton » (v. 98).

« Illuminations » : la poésie libérée

Il semble que Rimbaud ait écrit ces poèmes à titre expérimental au coup par coup, sans aucune intention d'édition. Désormais son écriture est totalement dégagée des formes poétiques classiques et de la métrique traditionnelle. Il s'agit de poèmes en prose. Lorsqu'il arrive à Rimbaud de retrouver une mesure classique comme dans « Aube » (p. 217) qui commence par un octosyllabe : « J'ai embrassé l'aube d'été », et se termine par un autre : « Au réveil il était midi », c'est pour mieux briser notre attente et convertir la musique traditionnelle en dissonances et assonances (*cf.* la récurrence des assonances en « è » : boug**eait**, pal**ais**, quitt**aient,** hal**ei**nes, ti**è**des, pi**e**rreries, regard**è**rent, **ai**les, se lev**è**rent, premi**è**re, fr**ais**, bl**ê**mes). Ce poème est symbolique, le titre « Aube » est à comprendre de multiples façons : naissance, aube d'une nouvelle écriture, avènement d'un nouvel ordre symbolique, mythique. Quête amoureuse et sensuelle, certes, mais aussi quête scripturaire éperdue qui se solde, comme dans « Le Bateau ivre » par un échec : « midi » fatal, accablant, arrache le poète à son rêve.

Plus symptomatique d'une recherche d'écriture, le poème « Les Ponts » (p. 219) qui rappelle la manière elliptique du poème « Charleroi » (p. 199) de Verlaine. Ce poème fait songer aux techniques de l'impressionnisme. « Les ponts » est un poème constitué de phrases courtes, parfois nominales : « Des ciels gris de cristal », « Un bizarre dessin de ponts… ». Les sensations sont saisies par touches fugitives, instables, dans un vertige des sens. Tout reste flou : de quelle ville s'agit-il ? De quelle époque ? Avec quelle musique : « Sont-ce des airs populaires, des bouts de concerts seigneuriaux, des restant d'hymnes publics ? » ? Quels costumes ? Tout bouge, tournoie, se fragmente. Le poète n'a plus le souci de la « représentation » et, comme Verlaine, il élimine autant qu'il le peut les supports objectifs. L'enchevêtrement « bizarre » des figures géométriques (lignes droites, courbes, obliques se croisant, épousant divers mouvements, tantôt descendants, tantôt ascendants) diversifie les angles de vision et les points de vue au point qu'on a parlé de cubisme ou de surréalisme à propos de ce poème.

Comme « Le Bateau ivre » ou « Aube », la scène se termine par un échec. L'accès à la grâce et à l'ineffable demeure précaire. La dure réalité (représentée ici par « Un rayon blanc, tombant du haut du ciel ») met fin à l'extase d'un regard perdu dans son rêve. Dès lors, le titre prend toute sa valeur allégorique : les « ponts » sont les moyens qui permettent au poète d'accéder à l'autre rive où se déploient rêve et Beauté. Le poème se referme sur un silence. Dans « L'époux infernal » d'Une Saison en Enfer, une « vierge folle » s'écrie : « Quelle vie ! La vraie vie est absente. Nous ne sommes pas au monde ». Le poète, en quelques instants privilégiés, naît au monde dans sa totalité, mais il retombe vite dans ce siècle cruel.

MALLARMÉ ET LA MAGIE DU VERBE

Alors que Baudelaire, pour atteindre l'idéal, prenait pour point de départ le réel, Mallarmé, peu à peu, va s'abstraire du réel pour n'atteindre que son propre rêve. Comme les impressionnistes, comme Verlaine et parfois Rimbaud, Mallarmé, dans sa première manière, au lieu de décrire les objets, reproduit, dans une atmosphère suggestive, l'impression qu'il ressent devant eux. Dans « Apparition » (p. 219), se succèdent trois tableaux où se mêlent rêve et réalité avec des rejets et enjambements qui détachent les éléments essentiels de l'état d'âme du poète.

On peut s'étonner que Mallarmé ait eu recours à la forme convenue et contraignante du sonnet, lui qui voulait donner l'initiative aux mots. En fait, il a eu peur de l'expérience d'une poésie folle livrée à ses seuls pouvoirs, d'où la nécessité pour lui de couler son rêve dans le cadre contraignant d'une forme fixe. C'est donc à l'alexandrin assujetti aux strophes du sonnet qu'il livre alors son inspiration. « Placet futile » (p. 220) est un sonnet qui n'a d'irrégulier que l'agencement des rimes des quatrains, qui sont croisées (abab-abab) au lieu d'être embrassées (abba-abba).

TRAVAIL DU VERS ET SOUFFRANCE EN VUE DE L'IDÉAL

À propos de son poème « L'Azur » (p. 221), Mallarmé écrit à Cazalis : « Il m'a donné beaucoup de mal, parce que bannissant mille gracieusetés lyriques et beaux vers qui hantaient incessamment ma cervelle, j'ai voulu rester implacablement dans mon sujet. Je te jure qu'il n'y a pas un mot qui ne m'ait coûté plusieurs heures de recherche... ». L'idée d'un labeur exigeant, si présente chez les tenants de l'Art pour l'Art et chez les Parnassiens, est reprise ici et s'oppose manifestement à l'épanchement lyrique des romantiques.

L'impuissance à atteindre l'Idéal – « l'Azur » – torture le poète qui, dans son désir de perfection, devient martyr de ses aspirations et redoute toujours de retomber dans la vulgarité. Le poète utilise des ruptures, des brisure, des répétitions pour manifester son accablement. On note ainsi l'emploi des rejets qui traduisent la douleur du poète en introduisant une brisure dans le rythme du texte, les répétitions qui marquent le harcèlement dont est victime le poète et traduisent sous la forme d'une musique sérielle envoûtante l'obsession qui pèse sur lui (« *Jeter*, lambeaux, *jeter* sur ce mépris navrant ?). L'effet est encore plus marqué dans le dernier vers, où la quadruple répétition du mot « Azur » souligne le caractère obsédant de la recherche insatisfaite de l'absolu : « Je suis hanté. L'Azur ! l'Azur ! l'Azur ! l'Azur ! »

Dans ses vers, Mallarmé aime les adverbes en -ment pour leur lourdeur ostentatoire et leur côté précieux : les précieux et précieuses du XVIIe siècle en aimaient d'ailleurs l'usage, ce dont Molière s'est moqué dans *Les Femmes savantes*, avec « Le Sonnet à la princesse Uranie, sur sa fièvre » de Trissotin. La Préciosité voulait créer une langue aristocratique et la libérer de l'expression du tout venant. Mais Mallarmé va plus loin : l'utilisation d'adverbes qui ont une réputation de lourdeur au sein de poèmes travaillés démontre la valeur, en poésie, de l'écart. Des éléments a-poétiques ou anti-poétiques deviennent poétiques dans un texte qui les transfigure et les « esthétise ». Ainsi Mallarmé rompt avec « l'universel reportage » en démontrant que tout mot peut devenir spécifiquement poétique : « Accable, belle *indolemment* comme les fleurs » ; « Les grands trous bleus que font *méchamment* les oiseaux ». Et, dans « Le Tombeau de Charles Baudelaire » : « *Abominablement* quelque idole

Anubis ». Mallarmé est heureux de soustraire ainsi les mots à leur signification d'usage.

L'hermétisme de la poésie mallarméenne : « Le Tombeau de Charles Baudelaire »

Ce sonnet, fort régulier quant à l'agencement des rimes, sema le désarroi dans les rangs des disciples de Mallarmé par sa complexité, qui tient avant tout à l'absence de ponctuation et à la dislocation syntaxique. En l'absence de ces repères ou supports que constituent les signes de ponctuation et la sécurité d'une syntaxe rationnelle, le lecteur est invité à établir des connexions et à faire des choix interprétatifs qui resteront problématiques puisqu'il est toujours possible d'envisager des structures fonctionnelles différentes. Le parcours du lecteur, perturbé, se limite à un ensemble de possibilités instables. Il s'agit pour le lecteur de se laisser aller à la musique des mots, aux multiples effets de suggestion de l'imaginaire créateur.

Comment, par exemple, comprendre les tercets de ce sonnet ?

> Quel feuillage séché dans les cités sans soir
> Votif pourra bénir comme elle se rasseoir
> Contre le marbre vainement de Baudelaire
>
> Au voile qui la ceint absente avec frissons
> Celle son Ombre même un poison tutélaire
> Toujours à respirer si nous en périssons
> (p. 220, v. 9-14)

« votif » est-il l'épithète de « soir » ? de « feuillage » ? Qu'entendre par cette comparative « comme elle se rasseoir » ? Qui est ce « elle » ? La supposée prostituée évoquée dans le second quatrain (« ... un immortel pubis// Dont le vol selon le réverbère découche ») ? Que modifie l'adverbe « vainement » ? Qui est « Celle » du second tercet ? « elle » c'est-à-dire la prostituée ? « poison tutélaire » : à quoi renvoie cette image ? S'agit-il d'une apposition à « Celle » qui serait attachée à « l'Ombre » du poète et serait devenue inséparable de l'image des *Fleurs du mal* dont le « poison » envoûtant reste à respirer ?

En rompant avec la rhétorique traditionnelle, le poète s'affirme dans sa singularité. Créateur d'un monde, il s'affirme dans un processus critique des conventions. La préciosité de Mallarmé réside dans le recours au détour, à la périphrase, « déréalisations » qui arrachent le mot à son sens « lourd », usé, « enfoncé dans la matière » (selon une expression que n'auraient pas reniée les précieux du XVIIe siècle) pour le faire surgir à une existence nouvelle qui déroute et en même temps libère.

SUJETS

INVENTION ET ARGUMENTATION

SUJET 12

Citant une phrase de Louis Leprince Ringuet, J.-C. Renard écrit : « La poésie travaille, comme la science, à "prendre possession du monde". En vous référant aux poèmes symbolistes que vous connaissez, dites comment la poésie peut « prendre possession du monde ».

SUJET 13

Parlant des symbolistes, Paul Valéry écrit : « Ils s'accordaient dans une résolution commune de renoncement au suffrage du nombre : ils dédaignent la conquête du grand public. » Expliquez en quoi les symbolistes sortent des sentiers battus et dites quelle vision nouvelle du monde ils offrent au public en vous appuyant sur les poèmes proposés ici..

COMMENTAIRES

SUJET 14

TEXTE 5 • « Chanson d'automne », Verlaine

Les sanglots longs…

PAGE 194

Après avoir répondu aux questions suivantes, vous ferez un commentaire de ce texte.

1. Étudiez la structure rythmique de ce poème : quelle est la mesure des vers ? comment les rimes s'enchaînent-elles ? Quel effet les enjambements produisent-ils ?

2. Étudiez les sonorités de ces strophes, soulignez les contrastes.

3. Observez les indices personnels de ce poème. Comment le poète vit-il la saison d'automne ? Quelle tonalité d'ensemble s'en dégage ?

SUJET 15

TEXTE 6 • « Les Ponts », Rimbaud

Des ciels gris de cristal…

PAGE 218

Après avoir répondu aux questions suivantes, vous ferez un commentaire de ce texte.

1. En quoi ce texte apparaît-il comme un tableau de peintre ? Dégagez-en les éléments impressionnistes. A-t-on une vue d'ensemble nette de ce paysage ?

2. Quels éléments paraissent troublants concernant l'époque où se situe cette scène ? Le mot « comédie » qui conclut ce poème vous éclaire-t-il sur l'ensemble de la scène ?

3. Quelle valeur prennent les pluriels utilisés dans ce poème ? (« ponts », « ciels », « masures », « dômes », « mats »)

SUJET 16

TEXTE 7 • « Brise marine », Mallarmé

La chair est triste…

PAGE 223

Après avoir répondu aux questions suivantes, vous ferez un commentaire de ce texte.

1. Dégagez la structure de ce poème en soulignant sa progression.

2. Le premier titre de ce poème fut « Épilogue » : en quoi ce titre vous éclaire-t-il sur la portée du poème et sur la véritable intention du poète ?

3. Déterminez ce qui, dans ce poème, ressemble à une « invitation au voyage ». Qu'attend le poète de ce départ entrevu ?

4. Comparez l'ennui mallarméen à l'ennui baudelairien.

Claude Monet (1840-1926), *Impression, soleil levant, Le Havre.*
Huile sur toile, Paris, Musée Marmottan, ph© The Bridgeman Art Library

ANALYSE D'IMAGE

SUJET 17 (ci-dessus)

Pressé de donner un titre à cette vue de l'ancien avant-port du Havre, Monet aurait répondu : « Mettez *Impression* ». Le frère du peintre Renoir aurait ajouté « soleil levant ». Le critique du Charivari, par raillerie à propos de ce titre, intitula son article du 25 Avril 1874 : « L'Exposition les impressionnistes ». Le mouvement trouvait son nom !

1. Par rapport à un paysage « classique », quelles innovations apporte ce tableau dans, les formes, le jeu des reflets, la netteté des lignes ?

2. À partir des remarques faites sur ce tableau, déterminez pourquoi la bourgeoisie de l'époque, secouée par l'insurrection de la Commune, vit une menace dans l'expression picturale impressionniste ?

BIBLIOGRAPHIE

PREMIÈRE ET DEUXIÈME SECTIONS

Sur le Romantisme

BÉNICHOU P., *Le Temps des prophètes. Doctrines de l'âge romantique*, PUF, 1966.

BÉNICHOU P., *L'Ecole du Désenchantement*, Gallimard, 1992.

CHAUDONNERET M.-C., DAGUERRE DE HUREAUX A., GUÉGAN S., *L'ABCdaire du Romantisme français*, Flammarion, 1995.

GENGEMBRE G., *Le Romantisme*, Ellipses, 1995.

POULET G., *Les Métamorphoses du Cercle*, Flammarion, 1979.

RICHARD J.-P., *Études sur le romantisme*, Le Seuil, 1999

Sur l'œuvre de Lamartine

BENET R., *Les Méditations poétiques*, Ellipses, 2000.

GUILLEMIN H., *Lamartine*, Le Seuil, 1987.

REYNAUD J.-P. (dir.), *Un Ange passe, Lamartine et le féminin*, Bibliothèque du XXe siècle, 1997.

Sur l'œuvre de Vigny

CASANOVA N., *Alfred de Vigny sous le masque de fer*, Calmann-Lévy, 1990.

CASTEX P.-G., *Vigny*, Hatier, 1952-1969.

VIALLANEIX P., *Vigny par lui-même*, Le Seuil, 1964.

Sur l'œuvre de Hugo

BARRÈRE J.-B., *Hugo*, Hatier, 1968.

GAUDON J., *Le Temps de la contemplation*, Flammarion, 1969.

GLAUSER A., *La Poétique de Hugo*, Nizet, 1978.

VILLIERS C., *L'Univers métaphysique de Victor Hugo*, Vrin, 1970.

Sur l'œuvre de Musset

LEFEBVRE H., *Musset*, L'Arche, 1970.

VAN THIEGHEM Ph., *Musset, l'homme et l'œuvre*, Hatier, 1944-1969.

TROISIÈME SECTION

BERNARD S., *Le Poème en prose de Baudelaire jusqu'à nos jours*, Nizet, 1969.

FERRAN A., *L'Esthétique de Baudelaire*, Nizet, 1968.

FREEMAN G. et HENRY, *Le Message humaniste des Fleurs du Mal*, Nizet, 1984.

GIUSTO J.-P., *Charles Baudelaire, Les Fleurs du Mal*, PUF, 1984.

PICHOIS C., ZIEGLER J. , *Charles Baudelaire*, Fayard, 1986-1996.

POULET G., *La Poésie éclatée. Baudelaire/Rimbaud*, PUF, 1980.

RAYMOND M., *De Baudelaire au surréalisme*, Corti, 1969.

STAROBINSKI J., *La Mélancolie au miroir*, Julliard, 1989.

QUATRIÈME SECTION

Sur le Symbolisme

BIETRY R., *Les théories poétiques à l'époque symboliste, 1883-1896*, Slatkine, 2001.

DE CORNULIER B., *Théorie du vers, Rimbaud, Verlaine, Mallarmé*, Le Seuil, 1982.

DESSONS G. et MESCHONNIC H., *Traité du rythme*, Dunod, 1998.

FRIEDRICH H., *Structures de la poésie moderne*, Denoël/Gonthier, 1976.

KRISTEVA J., *La Révolution du langage poétique*, Seuil, 1974.

MESCHONNIC H. : *Critique du rythme*, Verdier, 1982.

RICHARD J.-P., *Poésie et Profondeur*, Le Seuil, 1955.

Sur l'œuvre de Verlaine

ADAM A. : *Verlaine*, Hatier, 1961.

BORNECQUE J.-H., *Verlaine par lui-même*, Le Seuil, 1966.

BORNECQUE J.-H., *Les Poèmes saturniens de Paul Verlaine*, Nizet, 1952.

BORNECQUE J.-H., *Lumières sur les Fêtes galantes*, Nizet, 1959.

NADAL O., *Paul Verlaine*, Mercure de France, 1961.

PETITFILS P., *Verlaine*, Julliard, 1994.

RICHER J., *Paul Verlaine*, Seghers, 1953.

TROYAT H., *Verlaine*, Flammarion, 1993.

ZIMMERMANN E.-M., *Magies de Verlaine*, Corti, 1967.

COLLECTIF (BEAUVERD, BORNECQUE, BRUNEL, CHAUSSIVERT, COGNY, DECAUDIN, VIALLANEIX, ZAYED, ZIMMERMAN), *La Petite Musique de Verlaine, « Romances sans paroles, Sagesse »*, SEDES, 1982.

Sur l'œuvre de Rimbaud

BAYO G., *Arthur Rimbaud ou la révolte des limbes*, Charleville-Mézières, ANCIAUX, 1984.

BONNEFOY Y., *Rimbaud par lui-même*, Le Seuil, 1981.

BRUNEL P., *Arthur Rimbaud ou l'éclatant désastre*, Champvallon, 1983.

BRUNEL P., *Rimbaud, Projets et réalisations*, Champion, 1983.

EIGELDINGER M., *Rimbaud et le mythe solaire*, La Baconnière, 1964.

ETIEMBLE, *Rimbaud, système solaire ou trou noir ?*, PUF, 1984.

ETIEMBLE et GAUCLERE, *Rimbaud*, Gallimard, 1936-1966.

MAGNY C.-E., *Arthur Rimbaud*, Seghers, 1967.

PETITFILS P., *L'Œuvre et le visage d'Arthur Rimbaud*, Nizet, 1949.

RUFF M.-A., *Rimbaud, l'homme et l'œuvre*, Hatier, 1968.

COLLECTIF, *Minute d'éveil, Rimbaud maintenant*, SEDES, 1984.

Sur l'œuvre de Mallarmé

ABASTADO C., *Expérience et théorie de la création poétique chez Mallarmé*, Minard, 1970.

BELLET R., *Mallarmé, l'encre et le ciel*, Champvallon, 1987.

MAURON CH., *Mallarmé par lui-même*, Le Seuil, 1964.

MICHAUD G., *Mallarmé*, Hatier, 1971.

MONDOR H., *Vie de Mallarmé*, Gallimard, 1941.

RICHARD J.-P., *L'Univers imaginaire de Mallarmé*, Le Seuil, 1961.

VALÉRY P., *Écrits divers sur Stéphane Mallarmé*, Gallimard, 1951.

WALZER P.-O., *Mallarmé*, Seghers, 1963.

Collection Classiques & Cie

6 Abbé Prévost
Manon Lescaut

41 Balzac
Le Chef-d'œuvre inconnu
Sarrasine

47 Balzac
Le Colonel Chabert

11 Balzac
Histoire des Treize
(Ferragus - La Duchesse de Langeais La Fille aux yeux d'or)

3 Balzac
La Peau de chagrin

34 Balzac
Le Père Goriot

42 Barbey d'Aurevilly
Les Diaboliques

20 Baudelaire
Les Fleurs du mal

15 Beaumarchais
Le Mariage de Figaro

2 Corneille
L'Illusion comique

38 Diderot
Jacques le Fataliste

17 Flaubert
Madame Bovary

44 Flaubert
Trois Contes

4 Hugo
Le Dernier Jour d'un condamné

21 Hugo
Ruy Blas

8 Jarry
Ubu roi

36 La Bruyère
Les Caractères
(De la ville - De la cour Des grands - Du souvenir ou de la république)

5 Laclos
Les Liaisons dangereuses

14 La Fayette (Mme de)
La Princesse de Clèves

46 Marivaux
L'île des Esclaves

12 Marivaux
Le Jeu de l'amour et du hasard

30 Maupassant
Bel-Ami

18 Maupassant
Nouvelles

27 Maupassant
Pierre et Jean

40 Maupassant
Une vie

1 Molière
Dom Juan

19 Molière
L'École des femmes

25 Molière
Le Misanthrope

9 Molière
Le Tartuffe

45 Montesquieu
Lettres persanes

10 Musset
Lorenzaccio

35 **La poésie française au XIXe siècle**

Achevé d'imprimer par Grafica Veneta à Trebaseleghe - Italie
Dépôt légal 95881-6/03 - Septembre 2013